養娃好食光

3

完

三朵青 著

風文創 1270

目錄

第四十六章

山裡很安靜，沒有爆竹聲，年味似乎有些淡。

當許姑姑拿出一大堆煙花跟爆竹時，連雲岫都被驚到了。不過在山中放煙花容易失火，最後大家只在瀾月閣門口放了幾串鞭炮。

鞭炮噼哩啪啦炸個不停，聲音又響又大，程行彧幫阿圓捂著耳朵，小孩的手蓋在程行彧的手背上，一模一樣的白。

小白被聲響嚇到，直接縮成一團躲在許姑姑手中，分不清哪邊是頭、哪邊是尾。

等聲音初歇，程行彧鬆開手，阿圓還有些呆萌。「燕燕，這就是炸牛便便的那個？」

「是，炸牛糞的鞭炮。」

阿圓拍拍小胸脯，後知後覺地感慨一句。「幸好沒有牛便便！」

人小鬼大，程行彧笑得歡暢。嗯，幸好沒有，他也不想再沾上飛濺的牛糞了。

閣前和路邊掛上彩燈，點亮後，燈上的筆墨及花樣清晰，程行彧抱著阿圓欣賞每一盞燈籠，找到他畫的小白後，阿圓可興奮了。

「燕燕，我畫的！」阿圓指著畫中那個沒毛沒刺的白團子，聲音響亮地說：「小白！」

程行彧眉眼彎彎，溢出一聲輕笑。這哪裡是白刺蝟，倒更像沾了兩粒黑芝麻的白饅頭。

「燕燕，那裡，是岫岫畫的阿圓！」

程行彧抱著阿圓走過去，懷中小孩看清後，叫嚷著。「咦，好胖！」小胖手捂著眼睛，催促道：「燕燕，快走，快走。」

「知道了。」身為工具人的娃兒他爹抱著小胖子返回閣中。

典閣主正在講昔日舊事給眾人聽，他老人家活了大半輩子，所見所聞中有不少奇聞軼事，再加上語氣詼諧有趣，那些故事讓安安聽得入迷了。

喬長青抱著他，看見阿圓來了，招呼著阿圓過去。

阿圓找到小白，擠到許姑姑懷中，跟著一塊兒聽。聽到驚奇之處，頻發感嘆，招來典閣主的注意。

程行彧環視一圈，未見雲岫。雖然坐了下來，但心神飄忽不定。

他心不在焉地聽典閣主講完第三個故事，唐晴鳶走到他身後，說：「阿圓他爹，岫岫讓我轉告你，去三樓尋她。」

程行彧聽了，沒有一絲猶豫，舉步便朝外走，順著木樓梯去三樓。

瀾月閣三樓的露臺上，中間有一座小亭子，亭中有一張紅木圓桌和一架藤編搖椅。

椅子上空無一人，桌上的茶飲也已冷卻，只剩層層素紗悠悠飄蕩。

程行彧察覺到雲岫的呼吸聲以及細微聲響，人似乎是在上方？

他後退幾步，身靠欄杆，仰頭張望，果然看見有雙繡鞋露了出來，正交疊在一起，腳尖還輕輕左右搖晃著。

雲岫躺在屋頂上？她是順著旁邊的木架爬上去的？

「岫岫？」

雲岫沒動，聽見他的聲音後，回道：「上來看星星。」

今夜是年三十，過了子時便是初一。天上沒有圓月，但繁星熠熠，比月夜更動人。這等星海之景，最適合躺在屋頂上欣賞，繁星為被，青瓦為床，令人生出慵懶倦怠之意。要是盛夏，完全可以在此乘涼淺眠。

程行彧眼力好，腳踩青瓦銜接處，向雲岫而去。

「岫岫，小心著涼。若有事商量，不如下去說？」

雲岫雙手枕頭，面朝星海，不願起身，反而道：「一起躺一會兒。」

程行彧拗不過她，服了軟。「那妳等我。」

他說完，從屋頂躍至露臺處，取走搖椅上的花毯，重新回到雲岫身邊，幫她蓋上毯子，才跟著躺下。

程行彧剛躺平，雲岫便滾入他懷中，把身上的花毯蓋在兩人身上，嘴上念叨道：「你的手借我枕一下。就等你上來當人形抱枕了，還磨蹭老半天。」雖然嘴上嫌棄，但整個人擠進他懷中，手也揣到他胸前暖著。

程行彧愣怔一瞬，把手臂展開，讓雲岫枕在他的胳膊處，摟著她。

屋頂不似一樓，靜謐得能聽得見彼此的呼吸聲，一起一伏，相互交融。

「阿彧，那是銀河，美嗎？寂靜無聲，卻星漢燦爛。」

「美。」

雲岫把手從他懷中伸出來，捧住他側過來的臉龐。「看天空！我是在問你，那片星海美不美？」

「妳怎麼知道我沒看？」

雲岫在他臉上輕揉兩下，收回欣賞星海的目光，對上他熾熱坦誠的雙眸，反問道：「那你看了嗎？」

「看了，妳就是。」程行彧眸裡光華流轉，攏著天下最亮的星星。

她，就在他眼中。

雲岫低笑兩聲，輕輕側身，把手和腿搭在他身上，頭也靠著他的胸膛，大半個身子都倚過去。

「你說，我這麼動來動去，屋頂的青瓦會坍塌嗎？」

「不會。即便塌了，也有我在。」

他的目光侵略性太強，如今又只有他們兩人，那種感覺更加明顯。

雲岫在繁星滿天的夜空中找到一顆又大又亮的星星，數著它一眨一眨的次數，以忽略程行彧的注視。

「讓你放棄權勢和我定居縉寧山，會後悔嗎？」

「不後悔。」發生了什麼事，竟然會讓雲岫有此疑問？程行彧攬著她，繼續說：「縉寧山很好，既清靜淡泊，又有人間煙火，亦可不拘形跡，悠閒自在。

「權勢雖為大多數人所追求，但是對我來說，相較於重權在握，我更願意聽阿圓叫我燕燕，聽妳叫我阿彧，聽旁人叫我阿圓他爹。

「最重要的是，岫岫，我不想再與妳分開。」所以他願意妥協，願意留在縉寧山。

雲岫感覺程行彧的眼神一直停留在她身上，風拂過，林間葉子窸窸窣窣響起。她依舊看著那顆星，想起後世，想到曾經，無聲感慨，程行彧真是一個另類的古人。

「那你服用絕子丸，後悔嗎？」

程行彧攬著她肩臂的手微微收緊，雲岫立刻察覺到，側頭與他面對面，凝視著他的眼睛，再次問道：「後悔嗎？」

這就是她今夜不對勁的原因？程行彧毫不猶豫地回答。「不後悔。所以，妳知道了？」

那日他找典閣主製藥時，被唐晴鳶撞見，雲岫應該就是因為她而得知此事的。

「如果……以後我們起了其他爭執，分開了，你也不會後悔嗎？」雲岫微微垂眸。這是南越，不是後世，程行彧吃絕子丸對她造成的衝擊，比得知他兄長是當今天子還要大。

他們之間有阿圓，但程行彧服用絕子丸後，代表他今生只會有阿圓這個孩子。她心有感動與悅然，但也怕他將來會後悔。

程行彧眉頭輕皺，用另一隻手托起雲岫的臉，鄭重其事地問：「我們為何還會分開？」

這是重點嗎？雲岫道：「我說的是假設，是另一種可能。若我們分開了，我怕你會後悔。吃下絕子丸，就真的再也生不出孩子了，以後你要是……」

「沒有以後。」程行彧口氣決然地打斷她的話，神色凝重，眼中甚至有淡淡的怒意。「我只要妳，也只會有妳。妳曾經說過，如果我碰了別人，就再也不要我了。我已經乾乾淨淨地守了五年，還怕我以後守不住？」

完了，她就應該開開心心地接受這個結果，為什麼要糾結將來，弄得現在下不了臺。

「守得住，守得住。」讓一位天子表弟、世家公子為她守身五年，很難得的。

雲岫不想再繼續這個話題，想聊聊其他，讓這件事過去。

孰料，程行彧不罷休，眸底暗色洶湧，神情複雜，一張嘴，那股如黃連般的苦澀味撲了雲岫滿耳朵。

「岫岫，難不成妳要移情別戀？」

雲岫確實有過這種猜想，萬一她以後變心怎麼辦？略心虛的她，悄悄低頭，想迴避程行彧的目光。

可是，她的下巴被程行彧托起，與他四目相對，感覺到他的指尖緩緩移動，觸碰到她的下唇，然後輕輕摩挲。

大概是這些日子以來，程行彧服軟聽話，謙和待人，以至於讓她忘了，他的個性是有些偏執的。

「沒有變心。我就是隨意問問，你別當真呀。」

程行彧幽怨至極，又不敢與雲岫深談。倘若真談出問題來，他該如何是好？

「岫岫，妳不是說過嗎，要坦誠相待，遇事互相商量。若是我哪裡做得不對，妳同我說，我改就是。如果……如果真有人比我對妳好，那我默默守著妳便是，妳別趕我走。」

他可以改過，他可以收斂，但要他再離開雲岫，休想！

雲岫的歉疚感瞬間爆棚，她哪裡見過如此卑怯的程行彧，不管真的或是裝的，她都不好意思再聊如果變心當如何如何了。反正她對目前生活是滿意的，等哪天變心了再說。

「我知道了，阿彧，我們看星星吧。今夜沒有圓月，不能指月亮上的月海給你看。哦，月亮上的暗黑色斑塊，就叫月海。」雲岫轉頭，從程行彧手中掙開，頭枕在他胳膊處，手指著那一彎很淡很淡的新月。

「岫岫，我不會後悔吃絕子丸的。我悔的是，五年前妳生阿圓時，我不在妳身邊；我悔的是，五年前逼妳趕路，害妳生阿圓時難產。

「孩子，有阿圓就足夠了。我不願讓妳再有孕，不願妳再踏進鬼門關半步，我只想讓妳好好活著。」即便沒有我，也能好好活著。

一席話猛地撞入心中，雲岫澀然。她生阿圓時，身邊只有不知所措的喬長青，她用盡渾身力氣，孩子卻怎麼都生不出來。她害怕孩子在腹中缺氧，害怕在生產條件落後的南越會一屍兩命。

那種恐懼一直存在，只是被她深深藏在心底，未曾向他人表露。直到今日，她從唐晴鳶口中無意得知程行彧服用絕子丸後，對生孩子的恐懼忽然消散了，渾身鬆懈。

程行彧一句「我只想讓妳活著」，更令她感動，她沒有看錯人。

「嗯，我知道了，我們都會好好的。」

輕輕一吻落在她臉頰處，雲岫眼睫微顫，耳邊是程行彧斷斷續續的呢喃。

「我不會後悔的，岫岫。」

雲岫忍不住，側頭回應他。星海下，他們相擁相吻。

除夕夜的星空之景，真美！

正月初三，有人到了錦州蘭溪。

車隊停留在蘭溪縣城外，來人的人數不多，那些馬車外觀也普通平凡，只是途經泥土路時，皆留下深深的車輪印子。

車簾未掀，隔著馬車車壁，一道渾厚沈著的聲音傳出來。

「晏之和雲岫都不在家中？」

汪大海立於車側，低頭回稟。「留守的侍衛說，公子隨夫人去逢春舍過年了。那處莊子距離蘭溪縣城有七十多里路，天色漸黑，主子不如在蘭溪留宿一夜，休整歇息，明日再啟程前往。」

「可，不必讓人提前告知。」他想看看程行彧追尋的日子究竟如何。

「是，主子。」

如此，蘭溪最大的悅士酒樓，被一對母子包下。

曲灩下車時，抬眸看見斜對面的顧家肉鋪，一陣驚呼。「小白，你看，那家鋪子牌匾上掛著一隻豬！」

陸清鳴站在車架旁，攙扶曲灩下車，聞言只輕輕掃了一眼，便收回目光，說道：「娘，沿途舟車勞頓，不如先進客棧歇乏須臾。」

曲灩不願，從京都到蘭溪，為了趕路，她沒在各州縣多停留遊賞。如今好不容易到了目的地，哪裡還耐得住性子。

程行彧雖然不在家，但她可以提前看看他以後要定居的蘭溪是個什麼地方。

「小白，你到底去不去？」

「去。」陸清鳴怎麼能放心讓曾今的麗貴妃、如今的太后自己遊走街頭呢？轉頭對秦總管吩咐道：「秦城，把錢袋給我，不必尾隨。」

「主子，年節人雜，還是讓小的派人跟隨吧？」雖然在外要以主子和老夫人稱呼皇帝母子，秦總管仍彎腰駝背，不敢直視天顏。如今，兩位主子居然還要自行遊逛蘭溪，他恐有歹人衝撞冒犯了他們。

「不必，暗處有人足矣。」

秦總管無奈，低頭將墨綠色錢袋雙手奉上，裡面有銀票和碎銀。

陸清鳴道：「出門在外，別人的管家與僕從如何，你們便如何，不用過於敬小慎微，以免遭人看出端倪。」

他都已經習慣小白的稱呼了，秦總管還是不自在。

秦總管聞言，身子微直，謙慎應下。「是，主子。」

等母子倆進了斜對面的顧家肉鋪後，秦總管才站直身子，偏頭瞅了瞅那隻笑臉木雕豬，呢喃一句。「神了，竟然還是隻粉紅色的豬。」

俄頃，他收回思緒，催促下屬趕緊搬挪行李，等會兒他還要去沐春巷找汪大海會合呢。

顧家肉鋪裡，顧秋顏和顧秋年仍在忙碌。除了年三十休息一日，他們一直在鋪子裡包裝新年大禮包。

一個多月前，他們還在為三十頭活豬的銷路發愁，如今卻是到處收購活豬做臘貨，忙得腳不沾地，依然供不應求。

鋪子裡有從書院來工讀的師兄們，大家裝完最後十個木雕禮盒，把客人提前準備好的名帖置於箱蓋背面的裡層。

其中一人說道：「顧師妹，甜味臘腸已經用完了，之後的禮包跟禮盒需要用其他口味的臘腸替代。如果妳遇到來買甜味臘腸的客人，也得跟他們說一聲。」

顧秋顏應下。「好，多謝師兄提醒。」手裡拿著筆在清冊上畫了幾下，拿出一張名單，對他們說：「還要煩勞師兄們把這些木雕禮盒送去快馬鏢局，寄往各處，這是收件人的地址。寄完禮盒後，師兄們就可以下工了，想先回城外小院或逛夜市都可，不用再回鋪子裡。過年這幾日，煩勞諸位師兄下山幫我，顧秋顏謝過。」

這些學子有的是因為回家路程遠，選擇留在蘭溪；有的是家境不好，不想花錢回家，聽聞顧家肉鋪缺人手，便到山下幫忙。前者增加見識，後者賺取錢財，但用五穀先生的話來說，都是工讀。

「顧師妹客氣了，是顧家照拂我等，應該是我們謝謝妳和顧師弟。」過年期間的工錢是三倍，一日有三百文錢，對於手頭拮据的清貧學子來說，是一筆不小的收入。

「哪裡，都是互惠互利，大家皆大歡喜。」

肉鋪生意越來越好，所需人手也越來越多，像是做臘貨的、包臘貨的、送臘貨的等等。顧秋顏也想過要不要招人手，但是腦中剛冒出這種想法，就被掐斷。

沒有縉沅書院、沒有雲岫，就沒有今天的顧家肉鋪。

她想回饋書院，工讀的法子甚好！

第四十七章

顧秋顏目送師兄們用板車把木雕禮盒送往鏢局後，關了後門。
申時已過，再招待幾批客人就可以打烊了，還能趕上酉時開張的蘭溪夜市。
她手拿清冊回到櫃檯處，核對起來。今日白家預訂了五十斤燻肉，初六需送貨上門，已付二十兩訂金；錢家預訂了十個藤編大禮包、二十個木雕禮盒，初十四自取，已付二百兩訂金；施家預訂了三十斤臘排骨，代發濟州，銀錢已全部付清，收十九兩銀子……
忽然間，一道溫柔清潤又爽脆動聽的聲音傳來。
「小白，你快看那架子上的木雕豬！」
顧秋顏側頭看去，發現門口處有兩位氣質不俗的客人，女子身穿紫綃翠紋寒絲水裙，體態婀娜，眼角雖有細紋，卻不影響其美麗清雅、高貴絕俗的容貌；男子則一襲青色竹紋長衫，面如冠玉，眉眼冷峭，渾身散發著一種矜貴和疏離感。
她一抬眼，對上男子清淡無波的眼神，莫名一個激靈，腦中清明一片。放下手內冊子，從櫃檯後走出來，迎了上去。
「兩位客人可是要買臘貨，是自食還是送禮？客人可以自行選購，小店還提供竹編、藤編、木雕禮盒等包裝。若購買的東西超過十兩銀子，便提供送貨上門與代寄服務。」

顧秋顏說完，見兩人身後沒跟著管家，再看他們打扮不像是蘭溪人，遂多解釋一句。

「送貨上門是可以在約定時間內，為客人把臘貨送到蘭溪縣城內的指定地點；若是外府，客人也可留下寄件地址，由我們替您把臘貨送去快馬鏢局寄出。」

送貨上門？代寄服務？陸清鳴輕笑兩聲，在蘭溪逛的第一家鋪子就與眾不同，不愧是楊喬，也不愧是雲岫。

曲灩指著博古架上的一排排小木豬，柔聲問道：「店家，那妳身後的木雕豬賣嗎？一隻多少錢？」

她還是第一回見到這麼有意思的木雕豬，不同於宮裡那些木雕的刻板端正，這些小豬雖然不大，但每一隻都穿著衣裳和裙子，而且表情都不一樣，有在撓癢癢的、單腿跳舞的、閉眼打坐的等等。

不等顧秋顏回話，她又發現一隻好玩的木雕豬。那隻豬四肢舒展，兩個豬鼻孔朝天，正勾著豬嘴睡覺，但除了挺著的肚子圓鼓鼓的，其餘部分卻是扁平，不由大為驚訝。

「那隻豬是一隻筆擱豬？」

果然，這些木雕豬放在櫃檯後面確實能吸引不少人的注意，若是有幸從買臘貨的顧客中為紀魯魯尋到知音伯樂，也是一件好事，而今日似乎有貴客上門。

顧秋顏聽見女子的驚呼，返回櫃檯後面，從下方取出一塊墊了靛藍棉布的木托盤，戴上白棉布手套，然後才把那隻筆擱豬取下來。

一連串動作讓曲灩懵了，在豬肉鋪看見木雕已經很令人匪夷所思，而店家這些舉動更讓她不解，覺得這隻豬應該價值不菲。

顧秋顏把筆擱豬放在托盤上，道：「請夫人觀賞。」

小豬很精緻，栩栩如生，彷彿下一刻就會睜眼醒來似的。

曲灩伸手，手指將要碰到木雕豬的肚子時，忽然看向顧秋顏。「我需要戴手衣嗎？」

顧秋顏看了眼她蔥白細長的手指，從櫃下取出一雙手套遞給她。「給您手套。」

原來蘭溪把手衣叫手套呀？曲灩戴上手套，輕輕拿起那隻木雕豬，沈甸甸的，質感不俗，細節也很清晰，越看越喜歡，側身看向陸清鳴，也不說要不要，只喊一聲。「小白。」

陸清鳴聲音清冽慵懶。「一隻木雕豬多少錢？」

顧秋顏回答。「小店的木雕豬不單售，可買禮盒……」話語未畢，聽見男人突然出聲，驚得她心跳如雷，撞得胸口發疼。

「所有木雕豬，我全要了。」

賣！要賣！但紀魯魯在家過年，幫她打製木盒並雕花。他不在，她怎麼賣？平常說成本是多少呢？翻十倍差不多吧？

「三……」三兩？不行，翻十倍太少了，貴人吃佳品，那豪客也可以玩貴豬！

「十……」不行，十兩有點貴了，萬一把人嚇跑了怎麼辦？

曲灩沒注意到顧秋顏的糾結，還在欣賞博古架上的一排排木雕豬，自家兒子果然知她懂她，這麼一看，每隻木雕豬她都喜歡，捨下任何一隻，她都會惦念不止。

「一隻三十兩？」陸清鳴語調微揚。這些木雕豬確實稀奇，恐怕全南越只有這裡買得到，值這個價。

顧秋顏兩眼發直，一隻賣三十兩?!一隻木雕豬就頂她六、七個禮盒，這就是紀魯魯尋找的伯樂吧！

陸清鳴看了錢袋一眼，道：「煩勞店家把所有木雕豬打包，送去悅士酒樓，告訴他們是瑾公子所買，自會與妳結帳。」

他環視店鋪一圈，看見架子上掛的臘肉、臘腸，還有擺在低處的各種罐子、罈子，又說：「所有臘貨各拿十斤，一併送過去。」

大戶，這才是大戶！顧秋顏伸手扶在櫃檯上，以支撐發軟的身體，見他們朝外走去，趕緊從櫃檯下方取出一本薄冊，拖著發軟的腿追到門口。

「客人，且慢。」

曲灩回眸，不解道：「嗯？」

大美人！還是大貴人！顧秋顏心神晃動，把薄冊奉上，笑盈盈地說：「兩位客人，這是蘭溪遊玩攻略，是小女同窗師兄所編，其中撰寫了蘭溪必遊賞之景點、必品鑑之吃食、必打卡之商戶，兩位可依此遊玩蘭溪。」

陸清鳴眼底浮現笑意，曲灩沒聽明白，朱唇輕啟。「何謂『攻略』？何謂『打卡』？」

「就是把值得去逛一逛、看一看、玩一玩的地方羅列出來，幫助您制定遊玩計劃。兩位可結合自己的喜好，根據冊子上的說明，選擇感興趣的景點和商戶，前往遊玩。

「攻略上所記錄的商戶都是蘭溪優質店家，不僅誠信經營，其營生也極具蘭溪特色。恰逢年節，從初一至十五，每日都有活動。兩位客人雖自外府而來，也可以放心遊玩一番。」

用先生的話來說，就是放心玩，不宰客。

蘭溪這個地方真有意思，曲灩從她手中接過那本清冊，發現封皮上寫了幾個大字：蘭溪遊玩攻略。

她道謝後，隨意翻開一頁，看見姜記製衣鋪的介紹，可提供妝容造型搭配，如新婦妝、踏青妝、赴宴妝、四季妝、花系美人妝等等，並依據客人容貌、身形，挑選合適的衣服。

姜記製衣鋪，想去！再往下翻，酒久糖鋪，想去！蘭溪絕飲，想去！

陸清鳴在曲灩翻動冊子時看了幾眼，圖文並茂，簡單明瞭又很有意思，目光移到顧秋顏身上，問道：「妳是縉沅書院的學子？」

雖然不知他為何這麼問，但顧秋顏以身為縉沅學子為豪，態度依然如之前那般和善，應下。「是。」

陸清鳴若有所思地點點頭，未再言語，扶著曲灩離去。

顧秋顏目送兩人離開，非常期盼大戶也去光顧其他商戶，如此豪闊的客人可不常見。

等人走遠了，她才快步走回木樓梯，朝上方喊道：「顧秋年，快下來，陪我去送貨！」

一聲暴躁的聲音響起。「來了！」

剛在二樓盤點完的顧秋年覺得好煩，倉房裡的臘貨又缺了好幾個種類與口味啊。

從顧家肉鋪出來後，曲灩便直奔姜記製衣鋪，到時卻發現人很多，根本擠不進去。

製衣鋪門外擺放了許多小凳子，有些婦人正帶孩子坐著等候。

正巧，一名中年男子送一大兩小三位客人出來，大人的妝容平常，曲灩沒看出有何驚豔之處。但小孩的臉上卻挺有意思，用色豐富，這是把動物神色繪於人臉之上？

「小白，那畫的是兔子？」曲灩看著小孩，一人臉上像隻兔子，另一人臉上則是蝴蝶。

「嗯。」

男孩面上塗白，於鼻尖處點紅，兩頰有鬍鬚，額頭上還畫了兩隻長長的兔耳；女孩臉上以兩眼為中心，畫上一對黃底藍紋的蝴蝶翅膀，額心則為蝶身和觸角。

中年男子喊了一聲。「第一百二十八號！」

一名婦人手舉竹片，大聲回應。「姜掌櫃，是我們！」

「來來來，快來。」男人招呼那對母子進去，突然注意到曲灩，上前致歉。「這位夫人若要裝扮，需明日再來。今日的一百五十個竹片都已取盡，實在抱歉。」

這幾日，閨女越來越忙，他哪裡想得到小孩臉上的動物妝那麼受歡迎。

如果只有蘭溪縣城的孩子也就罷了，但縣衙開了蘭溪夜市後，竟然吸引一大批附近的百姓來蘭溪遊玩，今日他們便接待了二十幾位外府顧客。再過幾日，怕是會有更多的外府百姓來蘭溪過上元節。

他家閨女只有一雙手，妝是畫不完的，一日最多招待一百五十位顧客，畫完就不畫了。現在他最愁的是，等書院開課，閨女回山上後，該如何是好？難不成他一個製衣匠，也要重新學習妝容打扮？

曲灩雖心動，但一來她不想等，二來已經取不到竹片，就對男人說：「無礙，那我改日再來。」

「多謝貴客諒解。」

「小白，我們去望月橋？」

「聽娘的。」陸清鳴看見曲灩的手指著攻略某一處，看清周圍標注的商戶，挑眉輕笑，此處食肆還真多。

細流淙淙，一彎黛眉橋，正是望月橋。

此時已近黃昏，曲灩看見望月橋兩岸的攤販甚多，幌子延伸，一家又一家，以吃食居多。再遠些的，就望不真切是哪種營生行當。

忽然間，更夫敲打的鳴鑼聲傳來，咚咚聲連打三次，口中高聲喚道：「戌時一更，可點燈燭——」

母子倆皆是一愣，兩年前已頒下政令解除宵禁，但不論京都還是其他州府，更夫的職責除了報時辰，更多是要提醒百姓小心火燭，避免走水。如今蘭溪的更夫卻提醒百姓點燈，這是何意？

望月橋兩岸，一只只燈籠被點亮，街巷上燈火輝煌，星星點點又是另一幅熱鬧場景。一派祥和昌盛之態，竟似比京都城的集市還要繁盛。

曲灩心頭大震，原來這才是蘭溪夜市的真實面貌。

「小白，橋對岸的那些帶刀人是衙役？」

「是，主管夜間治安，亦防火救火。」陸清鳴收回目光，側眸道：「走吧，娘，我陪您去逛一逛。」

夜市人來人往，絡繹不絕，各式各樣的商品與吃食琳琅滿目，應有盡有。

曲灩手裡輕輕捏著一塊翠玉豆糕，像其他百姓那般邊走邊吃，體驗蘭溪的活力和魅力。

她已經很多年沒這樣吃東西了，無人知曉他們的身分，沒有侍從前後簇擁，更沒有森嚴的宮規拘束，感覺很自在。看了不吃不喝、依然雅正端然的陸清鳴一眼，微微嘆氣。

「小白，你當真不吃？」

陸清鳴淡笑搖頭，婉拒之。

曲灩微微洩氣，要是程行彧在就好了，心情忽然有些沈悶，未再買吃食品嚐。

陸清鳴察覺到她的低落，緩緩道：「娘，您看前方的攤販竟然叫做『五人』，實際上卻是一家吃食攤子，不知賣的是什麼？不如您陪兒子用一點？」

五人？好奇怪的名字，是不是賣很奇特的吃食？但兒子願意試試，曲灩便勉強作陪。

「走吧。」

兩人氣度不凡，來到五人的攤子，立刻吸引了學子們的注意。

「兩位客官吃點什麼？」一名小學子正要招呼他們坐下，發現桌子全坐滿，只有旁邊方桌還剩兩個空位，語帶歉意地商量。「此時已無空桌，兩位是否介意併桌？或打包帶走？」

曲灩對攤子上的吃食很感興趣，紅紅綠綠黃黃，有甜有鹹有辣。陸清鳴見狀，不想再敗她興致，淡淡應道：「併桌。」

原本坐在方桌一側的一家三口，見兩人容儀不凡，頷首示好，把女兒抱到中間的長凳上，讓他們方便入座。

曲灩看小姑娘白淨可愛，大約六、七歲，臉上畫著小鹿，誇讚道：「好乖巧的女孩。」不知程行彧的孩子是男孩還是女孩？長得像雲岫還是像他？可惜他們去莊子過年，不然她今日就能抱到小甥孫了。

小學子嘿嘿笑著，問道：「兩位客官想點什麼？我們這兒有血旺麵線、豬雜湯粉、豬雜粥、滷肉雜糧飯、滷豬雜、湯圓子和豆麵圓子。」

曲灩仔細聽著小學子報菜名，發現這家吃食攤子是以豬下水為主，而她從來沒吃過，也不知道能不能吃、好不好吃，眼神不定地望向陸清鳴。

陸清鳴抿嘴輕笑。「每樣來一份。」

「那滷豬雜需不需要加佐料拌製，或是享用原味？」

「拌與不拌各上一份。」

「好，客官稍等片刻。」

上輩子他吃過滷豬雜，今生雖也讓御廚做過，但味道相差甚大，無法入口，不知這攤子能不能做出入味可口的豬雜。

他仔細打量正在忙活的五人，並不是上輩子賣豬雜的攤販。

「小白……」

「娘，試一試。」

同桌的紅衣婦人正在喝豬雜粥，看出曲灩似有抗拒，搭話道：「夫人，五人豬雜很好吃的，您試過便知，一點腥臊味都沒有，孩子他爹最喜歡他家的滷豬雜配清酒。」

曲灩欣喜，竟有人主動和她說話，便與婦人攀談起來。

陸清鳴雖少言，卻一直豎耳傾聽。桌上客人多有誇讚，看他們大快朵頤的模樣，猜測這家攤子的吃食味道應該不差。

這時，有個漢子端著鍋子來買血旺。

「小學子，給叔打一鍋豬血旺，要特辣！」

「欸，來了。」有學子接過鍋具，問道：「叔這個時辰才用晚飯嗎？」

漢子站在攤子前。「是啊，來蘭溪遊玩的人太多了，忙活到現在。剛剛瞧見你們還在，我就趕緊回家拿鍋來打個豬血旺。」

雖然累，但他高興啊，這個時辰居然就把今日備好的糖稀全賣完了，畫糖畫的手隱約發痠起來。今日才初三，等到上元節，他家婆娘不知得熬多少糖稀呢。

他看見其他學子撈出一塊紅亮軟嫩的滷豬腸，忍不住說道：「再加一份滷豬雜。」

「好，豬雜幫您用別的碗裝，明日再還回來就好。」

「好好，多謝小哥。」漢子瞅著學子在裝血旺的鍋裡撒上蔥花、香菜、醬汁等佐料，又問：「小哥，你們擺攤到什麼時候？前日要不是我家婆娘看見攤子，還不知道你們來了。」

這五人豬雜攤也不是時時有的，上次吃他們的豬血旺，還是一個月前呢。五個臭小子，風一樣來，雨一樣去，在集市上擺了幾日就不見人影，害他以為再也吃不到這家的吃食了。

前些日子也有別家做豬血旺出來賣，但味道還是差了一點點，不及五人賣的醇厚細嫩。若是臭小子們不擺攤，便勉強將就；一旦擺攤，那肯定要選擇五人才正宗。

小學子們相視而笑，一人回道：「叔，我們這次擺到初十六，之後就要回書院上課了。但您放心，只要書院放假、有節日，我們一定會再出攤的。」

陸清鳴背對著五人，靜靜聽著，面色不變，心中卻另有想法。程行彧真是……竟不能把雲岫帶回京都，著實可惜。

隨後，他又輕笑兩聲，微微搖頭。也罷，是他欠他們的。

豬血旺、豬雜、滷肉這些都是提前準備好的，舀起後放上佐料即可。需要在攤子上燙煮的，只有豬雜湯和豬雜粥，所以很快便能上菜。

漢子離開時，陸清鳴點的吃食已經上齊。

曲灩沒有聞見什麼異味，但看著切好的一節節豬腸，還是選擇了清爽的豬雜湯，細白手指輕拿勺子，舀起一勺清湯，送入口中。

「嗯？」口味香而鮮，不是她以為的味道。

陸清鳴跟著嗯了一聲，在曲灩的瞠視下，淡笑著挾起一塊滷豬腸送入口中，軟糯入味，鹹香適中。與上輩子吃到的滷味相比，仍有輕微差異，但已經很相似了。

果然，還是她。

曲灩吃了一塊，說道：「小白，把那份豆麵圓子遞給我。」

有個小學子忽然回頭看他們，發現只是母子倆在說話，正要收回目光，卻對上陸清鳴微涼的眼神，當即頷首致歉。轉回身後，心想居然有人和小師弟的刺蝟同名，還被他們遇上，真是緣分。

亥時二更，更聲將畢，煙花於夜空綻放，行人欣喜，皆仰頭觀望。

「小白，蘭溪居然有錢財放煙花！」

色彩斑斕的光芒映照在曲灩臉上，同桌婦人答道：「從初一開始，每夜都有。雖然只有十響，但能放到十五那晚。」

曲灩好奇地問：「買煙花的錢財從何而來？由知縣出嗎？」

婦人笑著搖頭。「哪能讓知縣大人動私帳，是收取攤位租金湊的。一個攤子一日十文錢，不僅用於置買煙花，便是夜市上的燈油火燭，也是從中支付。」

曲灩算了算，還是不對。「煙花價貴，燈油也不便宜，僅收取攤位租金，恐怕仍是入不敷出。」

婦人沒想到這件事，愣了一下，她身邊的漢子隨即接話。「不足的錢財由富紳商賈捐贈。年前縣衙聯合縉沅書院發起活動，所有商賈皆可在蘭溪夜市打廣告，即廣而告之欲宣之事。縣衙會根據捐贈數目，讓商賈選擇一處城中的廣告位。蘭溪夜市玉華臺的位置很受歡迎，所籌款項便夠用了。」

廣告位？對於陸清鳴來說，是新詞。

玉華臺？曲灩略有印象，摸出遊玩攻略，找到蘭溪必遊景點，排名第七的正是玉華臺。

漢子看見那本冊子，笑意滿面。「夫人已有攻略，用得可順手？」

陸清鳴清涼如水的目光看向漢子，忽然問道：「閣下是縣衙官員？」

漢子一愣，回答。「在下並無官職在身，只是縣衙書吏。」

如此，陸清鳴請縣衙書吏一家帶路，同遊蘭溪夜市，得以見識何為廣告位。

玉華臺有歌舞及雜技表演，百姓多聚集於此欣賞，還有一組組如屏風般、被環繞放置的布簾，上面分別寫著——

「快馬鏢局，運達天下。」

「靜中求知，山納書香——緡沅書院。」

「好糧進萬家，米香溢四方，買糧就到鄒畝糧行。」

「悅目、悅味、悅心、悅己，悅士酒樓恭候您。」

陸清鳴朗聲酣笑，先生之名，雲岫當之無愧。

第四十八章

第二日，陸清鳴坐在馬車上，心情依然十分愉悅。

輕裝簡行，兩輛馬車全力行駛，暖陽高升時，他們已到逢春舍。

沒有宅門，沒有院牆，僅有一塊厚重石碑刻著逢春舍三個字。

曲灩下車時，就看見不遠處正彎腰說話的人，熟悉的側臉與身影，不是許姑姑是誰？再看撅著屁股、蹲在她腳邊的小胖子，一顆心又熱又燙，激動地抓住陸清鳴的手臂，走了幾步，喊道：「靈秋！」

許姑姑猛然回頭，身子瞬間僵住。

方才聽見馬車動靜時，她曾回頭看，本以為是路過行客，還在催促阿圓趕緊回家，哪承想，竟然是陛下和娘娘來了！

逢春舍湯池密，居所多，大家可以根據喜好選擇中意的地方住下。

典閣主和曹白蒲住在碧落齋，唐大夫和唐夫人則住韶影軒，兩處皆靠近瀾月閣。唯獨雲岫選擇了山腰上的汀蘭居，要走一段路才能到瀾月閣，連唐夫人都說她選的住處有點遠，來往不方便。逢春舍處處是溫泉小池，何必非要步行一刻鐘去半山腰呢？

雲岫十分喜歡位在半山腰的溫泉池，石壁被打磨光滑，宛若一只被劈開的葫蘆瓢嵌在山林中。因石壁微微傾斜，從壁下湧出的溫泉水會隨石壁邊際緩緩流淌而下，形成一掛淅淅瀝瀝的小水簾。

天然溫泉的水溫偏高，但冬日泡在其中，恰巧合適。抬頭望星海，低頭賞冬景，水氣氤氳下，活似天邊神仙境。

汀蘭居是離此處最近的居所，所以雲岫選擇這裡，每夜睡前都要去泡一下，放鬆身心。再讓程行彧幫她推拿解乏，真是輕快愜意。

大年初四，天色未亮，雲岫便聽見輕微的聲響，知曉是下方的瀾月閣在放鞭炮。

昨晚吃飯時就聽唐夫人他們說起，初四晚上要迎財神，今日會早起蒸製糕果、烹煮熟食、備妥香燭，等待夜幕降臨，祭祀並迎接財神爺。

雲岫睡眼朦朧，瞥了花窗外的天色一眼，又重新閉上，心想這時辰也太早了，扭著腰肢，想將身子往前挪一挪，調整睡姿。

她剛把手從被褥裡伸出來，就被身後人重新箍入懷中。

昨晚後半夜，兩人一同入睡，程行彧抱著雲岫，頭貼在她的後頸處。此刻，察覺懷中人的動靜，他輕啄兩下，聲音低沈，略帶曖昧地淺笑道：「天色尚早，再睡一會兒。」

雲岫的腰背被捂得又暖又熱，翻過身與他面對面，頭枕在他胳臂處，身子任他繼續環抱著，雙眼輕閉，眉頭微擰。

「不許再親。你若在明面上留下痕跡，別想我再放你進來。」

程行彧揚起唇角，凝眸望她，聲音又柔又低，呢喃私語般說：「岫岫儘管放心，臉龐、頸項、雙手都是白白淨淨的，未曾留下一處紅印。」音色繾綣勾人，撩心入骨。

雲岫身子一陣酥麻，暗嘆一聲，不愧是素了五年的狗男人。

兩人相擁，輕寐至天微亮後，才起身穿衣。

畢竟是新年嘛，更應該隨心所欲。

許姑姑找人前來報信時，兩人正在瀾月閣三樓批改縉沅學子遞交的職業規劃書。

雲岫靠在長簷下的藤椅上，冬日暖陽剛好照得到她的腿腳，卻不影響她翻閱每個小學子的規劃書。

程行彧盤腿坐在一只麥秸編造的蒲團上，身前是一張紅木小案桌，桌上放了筆墨紙硯，正在振筆疾書。動作雖快，卻一心二用，每寫一段便要舉目望藤椅上的人兒一眼。

他一臉春意，生怕別人不知道兩人之間的那點「你來我往」。

「程行彧，收斂點。」

「咳，知道了。」

雲岫的書法一般，寫得也很慢，所以平日教算科時多用火炭筆。可是為書院學子答疑解惑，實在不應該再用火炭筆批註，幸好有程行彧在，可代她執筆。若學子提出的問題在他所知範疇內，還能建言獻策，令她能結合實政，多方衡量。除了帶孩子之外，果真有些其他的用處。

程行彧陪在她身邊，胖兒子卻不知去向。小纏人精沒在身邊念叨，雲岫忽然有點不習慣，便問程行彧。「阿圓去哪了？好像好久沒聽見他的聲音了。」

他們能聽見樓下唐晴鳶和喬長青的說話聲、典閣主和唐山長的交談聲，偶爾聽到安安的聲音，卻沒有聽到阿圓的。

程行彧如白玉般的手指握著筆，繼續伏在案桌上整理記錄，聽見雲岫的話，筆下不曾停頓，輕輕一笑。

「許姑姑帶著他去遛小白，順便捉蟲子。有姑姑在，妳盡可放心，午膳前必定回來。」

雲岫點頭。

程行彧寫完最後一個字，手中毛筆暫放於筆擱上，把已寫好的文稿移到案桌另一側，平鋪晾曬，然後重新取來一張白淨宣紙，研墨時問雲岫。「岫岫，下一位學子姓甚名誰，有何規劃想法？」

雲岫先向程行彧解釋了「旅行社」的概念，然後問他南越有沒有這種營生行當？她也沒想到，課堂上隨意一提，竟有位學子聽入耳，想創辦一家旅行社。

此人名仲甫，是錦州永寧人，家中製醬為生。其實製醬也是一門手藝，醇香味厚的大醬多受酒樓食肆偏愛，如果走仕途行不通，回家賣醬也是一條退路。偏偏這人鍾情於山水，無心製醬，在家或書院都定不住，一心只想為顧客送醬，以便乘機沿途遊玩。

幾日前聽到設立旅行社、帶人一起玩耍的點子後，仲甫沈迷其中，一發不可收拾。他寫了一份非常詳細的職業規劃書，表明創社的堅定決心，詢問創社的必備條件，甚至附上了他認為有意思的幾條遊玩路線，以備雲岫參考。

此份職業規劃書為眾學子所遞交之最，目標最明確、提問最詳細、準備最充分，字數……也最多。

雲岫說完後，欣賞程行或研墨的姿勢。在硯臺中滴入清水，指拿墨條，垂直推拉前後磨，動作如行雲流水般流暢，有些特別的美感。

程行或不用抬頭都知道，此刻雲岫正在看他，柔和潤白的臉龐上飛出笑意，突然問雲岫。「岫岫想不想試試？妳可坐我身前，我握著妳的手，帶妳研墨。」

雲岫回神，拿起手邊的廢稿，揉成紙團子丟向他，正中腦門。

程行或不避不閃，任由紙團擊中後輕輕掉落，滾入五、六個紙團堆中。一張俊臉笑靨如花，回應她方才的疑問。

「南越出遊多為親友結伴而行，未曾結社，南越律法也無這方面的明確條例。若此人真想建立旅行社，且先讓他在蘭溪縣城一試。若可行，再煩勞知縣大人上書諫言。」

雲岫覺得他此言有理，縣衙和縉沅書院關係好，既然沒有具體的律法規定，那麼只要不是違法之事，縣衙也能睜一隻眼、閉一隻眼，可以先讓仲甫試一試。

過了上元節之後，蘭溪遊客會慢慢減少，如何吸引其他州府的遊人前來？如何讓這些客人玩得盡興？如何遊玩蘭溪才最有意思？恐怕還需要再詳細思索一番。

不過，先在蘭溪嘗試，確實是個好主意。暫時不創社，且先看看仲甫能否擔任「導遊」一職吧。

雲岫對程行彧說：「此人的批註與建議稍後再寫，規劃書另外存放，容我再想想。」

程行彧自然都隨她，待雲岫拿起另一份規劃書，還未展開時，就聽見木樓梯上的急促腳步聲。

兩人對視一眼，程行彧起身查看，發現唐晴鳶正扶著木樓梯的欄杆，氣喘吁吁。

她看見程行彧後，不等他說話，急道：「阿圓他爹，你兄長來了！」

兄長是誰？不言而喻！

唐晴鳶的聲音又急又大，即便雲岫剛從藤椅上起身，也聽清楚了。程行彧的「娘家人」來了？意欲何為？

程行彧心緒紛雜，聞言有驚無喜，是他沒把楊喬的身分瞞過去嗎？兄長竟親訪錦州?!

他轉頭對雲岫說：「岫岫，妳待在此處，我先下去看看。」不走樓梯，直接自三樓露臺躍下。

雲岫見他急匆匆離開，跟過去探頭查看，卻只見碧瓦飛簷，枝繁葉茂，不知是何情景。

唐晴鳶軟著腿坐在樓梯口歇息，怎麼偏偏是她去挖洋蔥？偏偏是她被許嬸子叫住？還偏偏是讓她跑腿傳話？

那可是當今德清帝，她竟然面聖了！

「雲小岫，妳不一起下去嗎？」

雲岫卻問她。「除了當今陛下外，是否有侍衛？人數多不多？帶兵器了嗎？」

唐晴鳶眨眨眼，瞬間沒反應過來，瞧見雲岫嚴肅的面容，想起程行彧的贅婿身分，急忙出聲解釋。

「不多不多，就兩輛馬車，共六人。除了陛下外，我只聽許嬸子稱另外一名年紀稍長的婦人為娘娘。其餘的話，我沒來得及聽清楚，就跑來傳話了。」

雲岫微鬆了口氣，僅六人，應該無惡意。許姑姑既然喚那婦人為娘娘，那麼，是程行彧的姨母也來了嗎？

「唐小鳥，阿圓呢？」

「和他們在一起，正向瀾月閣而來。」

「阿圓是否牴觸？」

「我看小胖子挺開心的，還讓那位娘娘牽著。」

雲岫放鬆下來，大概猜出他們的來意，拉起唐晴鳶。「走吧，唐小鳥，一起下去。」

唐晴鳶抱住欄杆，不情不願。「雲小岫，妳下去就成，今日我便待在三樓了。等會兒吃燜飯，煩勞妳讓我娘替我送上來。」

伴君如伴虎，她一隻蜉蝣，無膽瞻仰聖顏，更無力接待聖駕，若得罪貴人，惹來滿門抄斬怎麼辦？所以，她還是待在三樓保平安為上策。

雲岫怎會不明白她的驚恐，得知他們一行人中並無帶刀侍衛後，猜測他們可能只是來探望程彧的，便安撫她。「一起下去吧，他們是阿圓爹的兄長與姨母，應當只是來看看的。既然妳已經露面，更應該下去，萬一那位娘娘問起妳，讓眾人如何替妳回答？」

唐晴鳶癟癟嘴，一雙眼望著雲岫。「雲小岫，我是三人中最小的，還是阿圓的姨姨，妳可得保護好我啊。」

雲岫失笑，拉起她。「知道了，只要我無礙，定保妳無事。」

兩人下來時，看見在瀾月閣一樓忙活的眾人都已到齊，連典閣主也出來了。一群人排排站，等著接駕。

雲岫腹誹，所以嘛，她為什麼要回京都？大年初四，財神還沒接，就要先來接聖駕，一通跪拜肯定是免不了的。

她隱隱約約聽見胖兒子咯咯咯的笑聲，舉目看去，一行人剛好自路口處走進來。

典閣主眼睛一瞪，看清來人，趕緊對其他人使眼色，正要一起跪下叩拜，就聽見走在最側邊的布衣太監出聲制止。「諸位不必跪拜，此行乃是探親，免除一切虛禮。」

不跪拜也罷，不行禮行嗎？還不等他們想清楚，就見最中間的玄衣男子抱著小阿圓，逕自走到雲岫面前，聲音沈穩清越，且帶著一絲絲慵懶。

「雲岫？抑或該稱呼妳為楊喬先生？」

陸清鳴一出聲，在場之人皆屏聲息氣。

雲岫發現，程行彧沒有陪伴在側，他跑去哪裡了？難道沒有碰到他們？

她的目光從一行人身上迅速掃過，汪大海恭候在美豔婦人身側，垂首低眉，看不清神色；另一名太監直接道明是探親，免了大家的禮；而阿圓被陸清鳴一手抱住，手還揪著他肩上的錦衣……

雲岫心思回轉，雖未下跪，卻拱手行了拜禮，神色不驚地對陸清鳴道：「拜見兄長。楊喬只是初到書院時用的名號，兄長直呼雲岫便可。」隨後轉身面對美豔婦人，委身行禮。

「雲岫拜見姨母。」

曲灩眼角眉梢漾開層層笑意，欣慰道：「妳就是岫岫了？」

兄長？陸清鳴眸底意味不明，神情卻微微鬆緩。

「兄長，不要！」一道又驚又急的聲音傳來。

曲灩走向雲岫的腳步立刻頓住，回頭看去，欣喜叫喚。「晏之！」

程行彧衣襬飄飄，腳下生風，直接越過她擋在雲岫面前，目光中充滿探究之意，喚道：「兄長，姨母，你們怎麼來了？」

阿圓見到他，也跟著喊：「燕燕！燕燕！」

阿圓一掙扎，陸清鳴便把他放在地上，阿圓立刻跑向程行彧，抱住他的腿，和他一起站在雲岫面前。

看著一家三口黏在一起，程行彧還傻裡傻氣，一副防備模樣，陸清鳴鬢角突跳，這是在山裡待久了？怎麼變得憨蠢憨蠢的？

曲灘感覺程行彧像一陣風似的，從身前掠過，然後把她的貌美小甥媳擋住了。

唐晴鳶瞥見程行彧像隻老母雞似的，把雲岫當小雞護在身後，忍不住嘴角微揚。

唐夫人睨她一眼，要不是貴人在場，必好好教訓她一番！

這是做什麼？秦總管、汪大海和許姑姑也看傻了。

雲岫沒料到程行彧會這般，看著擋在身前的寬背，走到他身側，與他並肩站在一起，說道：「阿彧心切，不知所以，望兄長擔待。」

「我的表弟，妳卻護上了？他不知所以，那妳可知曉？」陸清鳴威容凜凜，銳利目光緊盯著雲岫，想聽聽她如何回答。

程行彧急切道：「兄長！」

曲灘不讚許地說：「小白！」

阿圓耳朵一動，跟著仰頭叫道：「小白！」

陸清鳴無語。

小白？這、這是……雲岫忙岔開話，回答。「兄長和姨母遠赴錦州探望阿彧，沿途舟車勞頓，不如到閣內稍作歇息，再話家常。」

她性子閒散，又不曾仔細學過宮廷禮儀，這麼說不知能不能糊弄過去，但肯定是不合規矩的。

帝王心思深沈且多變，深諳權謀與人心，何況是陸清鳴這種重生回來的人，連程行或都不清楚他上輩子到底活了多少年，雲岫更不能掉以輕心。與其在他眼皮子底下耍小伎倆，倒不如以真心換真心。

雲岫是小輩，典閣主是客，唐山長察言觀色，見陸清鳴聽了雲岫的話後，似乎並未生氣，悄悄瞅了眼唐大夫，便往前邁出一步，行南越大禮，伏身作揖，恭敬道：「陛下，請。」

「縉沅書院山長，唐硯淰？」

「稟陛下，正是草民。」

陸清鳴掃視眾人一眼，突然看到一張陌生卻又有些熟悉的面孔，不由愣住，心思回轉間，暗暗決定，要盡快查探這人來錦州的意圖。

不等眾人察覺，陸清鳴已收回神思，玩味道：「唐山長，請。」

最後，還是唐山長擔下一切。

雲岫眼睜睜看著其他人如同一群小鵪鶉似的，簇擁陸清鳴步入瀾月閣，上好茶水果子，便戰戰兢兢陪坐一旁，宛若羊入虎口。

有外人在場，陸清鳴和曲灩自然不會與程行彧傾心交談。

每個人都不自在，又不敢私自退下，聽見曲灩開口問道：「路上聽人提到，逢春舍有溫泉熱池，冬日最是解乏。雲岫，還有沒有合適的湯池子可以泡？」

「姨母，逢春舍湯池眾多，不如先用午膳，稍後雲岫再陪您挑選池子，浸泡解乏？」

曲灩哎呀一聲，想起蘭溪夜市令人眼花撩亂的各種小吃，向雲岫打探起來。「蘭溪的吃食還真不少，你們過年會吃一些特別的菜餚嗎？」

被程行彧抱在腿上的阿圓晃著腳尖，脆聲道：「肉！豬肉脯、雞肉乾、肉鬆拌飯！」

他所說的都是這幾日雲岫和兩位好友一起做的小零嘴，不僅安安和阿圓喜歡，連典閣主也覺得可口，只是沒想到阿圓記得清清楚楚，還在這樣的場合下說出來。

曲灩不曾聽聞，難不成又是蘭溪的新吃食？好奇地望向雲岫，等待她的介紹。

陸清鳴卻凝視著阿圓，眼底有著眾人未曾察覺的笑意。

雲岫回話。「姨母，今日午膳準備吃羊排燜飯與麻辣香鍋，配干貝蘿蔔湯。逢春舍並無僕從伺候，所以都是大夥一起動手下廚。現下時辰不早了，不如先讓許姑姑他們去灶房準備膳食？」

唐夫人挪了挪腳，羅嬸子挺了挺背，唐晴鳶和喬長青蓄勢待發，彷彿只要許姑姑招呼一聲，她們就能立即起身，奔向灶房。

「可，那就去準備吧，雲岫留下陪姨母說說話。」

陸清鳴抿了一口茶，身後的秦總管立即會意，對汪大海使個眼色，道：「主子，奴才們去幫許姑姑。」

一左一右兩位太監都開口了，其餘人紛紛附和，去洗菜的、去燒火的，幾句話的工夫，竟發現每人手上都有事可做。

喬長青牽著安安退至門口，阿圓見狀，從程行彧腿上跳下來，也想跟出去，卻被陸清鳴出聲叫住。

「回來。」

腳步慢的人登時呆在門邊，不敢動彈，走也不是，留也不是。

「阿圓留下，其餘人退下吧。」

喬長青聞言，緊繃的背微鬆，再次拱手後，一點都不敢含糊，帶著安安麻利地溜走了。

第四十九章

阿圓眼巴巴望著其他人離開，想跟出去，卻被程行彧扣在身前，眼睛滴溜溜一轉，口中朗聲喚道：「爹，阿圓要出去。」

什麼？阿圓說什麼?!

「阿圓，你叫我什麼？你再叫一聲，好不好？」還在心中思量如何應對兄長的程行彧差點從椅子上滑落，蹲下身子，雙手搭在阿圓的小肩膀上，連問數聲，就怕剛才那一聲「爹」是他的臆想，聲音不覺提高了幾分，驚喜交加，微微顫抖。

曲灩不明白，只是一聲爹，為何會讓程行彧如此激動？

正在飲茶的陸清鳴，一口茶水卡在喉間不上不下的。雖然他的重生改變了很多事情，但他壓根兒沒料到程行彧如此能忍。找尋五年，從青州追去盤州，又從盤州追來錦州，孩子都要五歲了，現在才被親兒叫第一聲爹？還真是有出息了。

算了，不提也罷！

連雲岫都很意外阿圓會在此刻改口，何況是程行彧本人呢？也許陸清鳴和曲灩無法想像，但雲岫卻能理解他。

這些日子以來，她和阿圓說了很多次，燕燕才是爹，原來的爹是現在的青姨。但哪怕和穿回男裝的喬長青一起在阿圓面前耐心解釋，他也只改變了對喬長青的稱呼，還是一直叫程行彧為燕燕。

如今一聲叫喚，把老父親喜得暈頭轉向的。

「爹，阿圓想出去找哥哥玩。」

「再叫一聲！」

「爹！」

曲灩忽然有些了然，看了陸清鳴一眼，當即確認這真是阿圓第一次喊爹。

「岫岫，兄長，姨母，你們聽見了嗎？阿圓叫我爹了！」

程行彧不顧在場之人，抱起阿圓舉高，逗得小孩哈哈脆笑，隨後又緊緊擁抱入懷，跟著他朗笑出聲，笑得胸膛發震，笑得眼角溢出淚光。

雲岫偏頭閉眼，簡直無法看。

陸清鳴搖頭失笑，剛尋到個機會，話都還沒開始問，就被這齣父子天倫打斷。

不過，傻歸傻，他也略有感慨，程行彧如此肆意輕快的笑容，他好像很多很多年不曾見過了。

程行彧的暢笑聲，其他人在灶房裡都能聽見。

雖然這兒有兩位太監，但面對他們總比面對閣中那兩位容易，何況有許姑姑在中間調和，倒也相處融洽。

唐晴鳶看典閣主正在扒洋蔥皮，便抱著小石臼蹲在他身邊，舂搗辣椒。

典閣主忽然嘆了口氣，若有所思，問道：「小唐大夫，下午去山中尋藥草如何？」

真是找藥草嗎？兩人心知肚明，唐晴鳶快語應下。「好，有勞典閣主再費心指導。」

羅大夫和羅嬸子說：「典閣主，不如一道而行？」

喬長青也插上話。「我也去！逢春舍有溫泉，比山下溫暖，我去看看山裡有沒有野花，摘一些回來，晚上供奉。」

她一去，肯定會帶走陸銜和安安。

典閣主手拿洋蔥，吹鬍子瞪眼地拒絕。「這可不行，人都走光了，誰去幫小友？要是這樣，老夫不必去了，在這裡添柴加火也不是不行。」

這……如何是好？

秦總管見汪大海還在許姑姑身旁噓寒問暖，不得不覥著老臉過去，打斷兩人，笑咪咪地說：「叨擾了，許姑姑，汪大監。」

其他人聽見他的聲音，頓時安靜，雖然手上動作未停，雙耳卻仔細傾聽。

秦總管問：「敢問許姑姑可知曉，程公子和程夫人意欲何時返回蘭溪？」

許姑姑回答。「公子和夫人最快要初十三才會回去。秦總管有何吩咐？」

秦總管的笑臉像朵菊花似的。「此次兩位主子微服南下，只為探望程公子，並無其他安排。既然如此，兩位主子必然要在逢春舍停留一段時日，勞許姑姑安排合適的居所。」

逢春舍院舍多，這事倒也好辦，許姑姑應下，與秦總管及汪大海商議起來。

發現大家的目光時不時聚集在她身上的唐晴鳶，則陷入了懊悔。

嗚嗚，她為什麼要邀大家來逢春舍過年？更重要的是，為什麼要計劃初十三才回蘭溪！

午膳吃羊排燜飯，但動動腦子也知道，眾人不可能同桌而食。

這幾年，程行彧常在四方遊走，極少待在京都，而雲岫是第一次出現在他們面前。曲灩更是難得出宮，如今見到外甥一家，相逢之情、思念之意，不是一時半刻就能道盡的。

而典閣主和唐山長他們，若非必要，自然不想作陪。眾人本就是到鄉下溫泉莊子放鬆身心，體驗自由自在的隨興日子，結果財神沒迎到，卻迎來一尊大佛。這回好了，不管是何身分，在這尊大佛面前都得拘著。

如此這般，當然是分而住之，分而食之，儘量避免相擾。既讓陸清鳴等人能吃桌團圓飯，也能讓一群提心弔膽的小鵪鶉好好過個年。

午飯是秦總管和許姑姑送進來的，除了之前說好的羊排燜飯、麻辣香鍋和干貝蘿蔔湯外，又另加了四道菜，有浮光躍金豬皮水晶凍、清燉蟹粉千絲獅子頭、翡翠白玉清灼捲心菜，與錯彩鏤金蝦仁芙蓉蛋。

雲岫聽著秦總管嘴皮子順溜、毫不停頓地報菜名，眉角跳動，這就是宮廷風？連一道菜都要形容得如此詩情畫意。

陸清鳴突然開口道：「秦城，你不必在此伺候。之後的膳食也不用特意準備，逢春舍吃什麼，便上什麼。」

「是，主子。」秦總管和許姑姑放下手中勺筷，躬身退下。

四人加上阿圓共坐一席，雲岫極力奉行食不言、寢不語的規矩，默默吃飯。即便如此，她的存在也有些突兀，尤其在膚色白皙瑩潤、眉眼相仿的四人襯托下，這種感覺更明顯。

幸好曲灩與靜慈師太不同，性子率真活潑，有她活絡氛圍，一家人的第一頓飯吃得不算尷尬。

曲灩聽阿圓口中咿咿呀呀的，看他兩隻手抓著一根燜得軟爛的羊排賣力啃咬，便多問了幾句阿圓的吃食喜好和日常小事，再聽程行或全都能答上來，眼中更是浮現笑意。

「晏之當爹後，果然變了。」

她的晏之終於遇到對的人，也找到要的人，如今那股清冷疏離消散不少，整個人柔和平潤，還多了幾分煙火氣。更想不到的是，他竟會照顧孩子了。

有阿圓在，曲灩的心思暫時未放在其他人身上。即便如此，雲岫這頓飯仍是吃得不盡興，真是可惜了香噴噴的羊排燜飯，她都不敢用手抓著吃。

唉，她也好想在灶房大口啃羊排！

陸清鳴一直在悄然觀察雲岫，可他的眼神一旦停留在雲岫身上，程行或便會出聲，試圖阻止他說話。

而且，某人已經習慣自稱「我」，而不是「晏之」了。

「兄長，嚐嚐這個皮凍，是我……晏之昨日熬煮的。」

陸清鳴收回目光，挾起一塊透亮的皮凍，入口軟彈，獨特醬汁提升了口味層次。

麻辣香鍋口味重，是程行彧喜歡的菜餚。陸清鳴見他吃得津津有味，也挾起一片藕送入口中。

頓時，嗆辣味襲捲而來，讓他咳嗽不止。

干貝蘿蔔湯正放在雲岫面前，她手指微動，取來一只乾淨白瓷碗，舀了一碗湯，遞給程行彧。

「阿彧，給兄長解辣舒緩。」

陸清鳴喝下兩口溫湯，那股辣味才被沖散，對雲岫道：「多謝。」

「兄長客氣。」

雲岫低頭繼續吃飯，覺得不對勁，皇帝也會這樣道謝？抬頭望去，正好對上陸清鳴的眼睛，深邃而遙遠，有一種滄桑感，更像是透過她想起什麼人似的。

程行彧一直關注著雲岫，發現陸清鳴的眼神後，又插話道：「兄長，再嚐嚐這捲心菜，是莊子裡種的。唐伯母都是現摘現炒，不僅食材新鮮，口感也很脆甜。」

陸清鳴無語地盯他一眼，手肘果真全向雲岫拐去了，心中又氣又笑，未再打量雲岫。

直到飯後，阿圓跑出去玩，他才再次對雲岫道：「雲岫，我有事與妳敘談。」

雲岫驚恐，更大的不對勁果然來了，德清帝竟然自稱我？皇帝不都是自稱朕、孤或寡人的嗎？

不等她回話，程行彧又挺身而出，對陸清鳴幽幽地說：「晏之有事與兄長相商。」

再次被他氣到的陸清鳴道：「雲晏之！我就請教她一些事而已，你不必如此吧？」

被新名字驚豔的程行彧接話。「雲晏之？此名甚好。兄長不如先聽聽晏之所商之事。」

雲岫惘然，雲晏之？冠她的姓，用他的字，取了新的名？是指程行彧？而且話裡居然用上了「你」、「我」、「請教」？其中蘊藏的意思可不少。而且，陸清鳴行事也不如她想像中的老皇帝那般。

所以，是讓她先和陸清鳴聊？還是讓程行彧先和他聊？

連曲灩都瞧出不對勁，難不成陸清鳴和雲岫之間有糾葛，不然程行彧為何三番五次打斷陸清鳴說話？可陸清鳴是第一次見雲岫呀，還是他臨時反悔，不肯讓程行彧留在錦州了？

曲灩怨嘆一聲，這些年，陸清鳴的心思越發難以揣測，但她遠赴錦州是來成全程行彧，而不是拆散他和雲岫的。

於是，曾經的麗貴妃、如今的太后娘娘一聲輕喝，震懾道：「行了，晏之帶瑾白去泡湯解乏。」一說完起身，衝雲岫招招手，同程行彧那樣稱呼她。「岫岫，走，陪姨母去尋個漂亮的湯池泡一泡。」

兩人逕自離去，留下程行彧和陸清鳴面面相覷。
「兄長……」
陸清鳴冷笑，哼了一聲。「程行彧，你出息了，讓汪大海遞一封信回京，就沒聲沒響地跑了。怎麼，雲岫要招你為婿，還不容朕問幾句？」
「晏之確實有事與兄長相商。」即便陸清鳴要與雲岫聊楊喬的事，也得先和他談才行。
陸清鳴雖慶幸如今的程行彧不是前世飽經世故而殺伐決斷的雲晏之，但也不願自家表弟如此懼內，還是沒名沒分地那種。
就因為雲岫不願回京，程行彧便不要高官尊爵，不要榮華富貴，連吟語樓裡的那些珠子和典籍書冊都不要了？隨隨便便送來薄紙一張，就說要隱居蘭溪，還意欲隱藏雲岫的身分。他登基後，就那麼不值得程行彧信任？就認定他一定會棒打鴛鴦，對雲岫不利？
頂著陸清鳴審視的目光，程行彧再次說道：「逢春舍湯池暖熱，晏之想約兄長共泡解乏，不知兄長意下如何？」
陸清鳴打量他片刻，又是一聲哼笑，抬腳朝外走去，施施然道：「把阿圓帶上。」
程行彧輕笑，快步跟上。
許姑姑把兩位主子的居所安排在莊內最大的向晚樓裡。此處乃一樓兩院，附近伴有三座湯池，日落風景絕佳。因位在半山腰上，離雲岫住的汀蘭居也近。

唐晴鳶得知後，大大鬆了一口氣。當初雲岫選擇汀蘭居時，她差點就選了向晚樓，幸好她嫌房間太大，一個人待著害怕，才沒有住進去。

喬長青和唐晴鳶等人去幫秦總管和汪大海搬運行李。

許姑姑跟去汀蘭居，欲留在曲灩身邊伺候，卻被屏退，曲灩只想和雲岫一起泡熱湯，說說體己話。

「是，娘娘。」許姑姑把備妥的衣物及盥漱物品放好。「奴婢在遠處候著，娘娘若有吩咐，便呼喚奴婢。」

等她離開，曲灩換好輕薄的浴衣出來，衣裳帶子繫得歪歪扭扭，也不介意，沿著一側小石階步入溫泉池。

雲岫發著呆，她真該慶幸還沒和程行彧一起泡在這個池子裡，要不然……

溫熱的泉水包裹全身，又暖又柔，曲灩舒服地喟嘆一聲，看見雲岫還愣在池邊，說道：「岫岫，真舒服，下來一起泡。」

雲岫不太想，不方便更不好意思說出原因，委婉道：「姨母，您泡便成，我……」

曲灩以為她見外，未問明緣由就說：「岫岫，妳不願與姨母親近嗎？還是妳的月事來了？身體哪處不適？」

眼見曲灩要起身，雲岫來不及找到藉口解釋，趕緊道：「姨母，我並無不適，您不必憂心。」

曲灩狐疑，見她確實沒有不適，重新泡入池中，和藹可親地再次邀請。「岫岫，姨母從未泡過這樣的野池，感覺甚有奇趣。妳去換身浴衣來，陪姨母泡泡，說說體己話，可好？」

雲岫糾結，總歸穿著浴衣，應該沒關係吧。

她應下，去換了衣服，滑入池中，和曲灩一起靠在池子外壁，感受著新湧出的泉水，緩緩穿過臂膀，慢慢流走，最後成為小水簾。

「岫岫，阿圓很可愛，妳把他養育得很好。這些年，晏之真是虧欠妳良多。五年前，他們兄弟倆思慮不周，妄作胡為，讓妳受了委屈，更讓妳吃了不少苦頭，姨母想替晏之和瑾白向妳說聲對不起。」

把程行彧留在縉寧山當贅婿，而有些心虛的雲岫道：「姨母，這些事，阿彧已同我解釋過了，您不必如此。當年是因緣巧合，是我和阿彧該有這一遭。經此一難，我們能認清本心，破鏡重圓，已是幸事一樁。我和阿彧只求餘生能同舟共濟，相輔而行。」

如果陸清鳴和曲灩的蘭溪之行只是單純探望程行彧，那她一定好生招待；但若是想帶走程行彧，那她也會竭力與陸清鳴談判。

程行彧不僅是阿圓的爹，也是她想要的人。

同舟共濟，相輔而行？能讓程行彧甘願為婿的女子，果然不同於京都閨秀。

泉水溫熱，不一會兒，曲灩的臉頰就被蒸出淡淡的紅暈，聽了雲岫的話，掩嘴而笑，一雙溢滿欣喜的眸子望著雲岫，未與她繞彎子，直接道明此次南下緣由，安撫其心。

「岫岫，姨母此行只為探望妳與晏之，並無他意，妳且放心。幾個月前，晏之一封薄信送到京都，沒頭沒尾便向瑾白請辭。若不是汪大海親自把信送到宮裡，姨母都不知道他已經找到妳了。

「你們闊別多年，若要定居蘭溪，姨母不會阻攔。倘若得空，日後帶著阿圓多回京都看看，那是晏之的家，也是妳的家。

「以前是晏之不懂事，居然偷偷把妳藏起來，使得姨母和妳明明同在京都城，近在咫尺，卻不曾有機會見面結識。這些年來，更是只見過妳的畫像，而不聞妳往昔舊事。妳願意同姨母說說，為何不喜京都嗎？」

雲岫靜心聆聽曲灩所言，腦子飛快思考。

曲灩不像陸清鳴，性子甚至可以說是有些嬌憨。但他們畢竟都是宮裡出來的，此時雖待她友好和善，卻不代表將來能始終不渝，一如今日，所以她不會因為曲灩的幾句話就改變定居蘭溪的想法。

京都城，她不會去。至於緣由，那些得罪人的話、不該說的話，天知地知己知就行了。

「姨母，京都城很好，天子腳下民安物阜。是雲岫喜暖畏寒，才想久居日和風暖的蘭溪。阿彧憐我、遷就我，讓他陪我定居蘭溪，是雲岫有愧於姨母和兄長。」

曲灩問道：「真是如此嗎？姨母聽說，岫岫還在縉沅書院當女夫子？」

「是，姨母。」

曲灩划動溫泉水，靠到雲岫身邊，揶揄道：「既然妳要在書院上課，你們相遇後，真是晏之在照顧阿圓？」

雲岫泡在水中的腳趾蜷起，微微垂眸，斂下神色，淺笑道：「是，這些日子多虧了阿彧照顧阿圓。是許姑姑告訴姨母的？」

「不是，是瑾白說的。初次聽到時，姨母也沒想到，晏之竟然會帶孩子了。」

曲灩雖然已四十有餘，但風華猶存，雲岫瞥見她浸在水中的白皙手腕，不覺縮手扯袖，儘量把手藏起，靜聽曲灩所言。

「小時候，晏之也是個白胖活潑的孩子，就和阿圓一模一樣，每次到宮裡都要來探望我，嘮嘮叨叨地說宮外的趣事，奈何他那個爹……算了，不提也罷。他是少時遭逢變故後，性子才變得謹小慎微、淡漠疏離，遇到要事只願意相信、依賴瑾白。

「他不喜女色，又不願娶妻生子，一人孤零零的，不是在外府行商，就是躲在京都別苑，身邊除了侍衛和僕從，沒個知心人相伴。以前啊，姨母常為此憂惶，害怕晏之此生煢煢孑立，被仇恨矇蔽而蹉跎歲月。」

曲灩嘆了口氣，目光落回雲岫臉上，似有感激，也有釋懷，更有欣慰，嘆道：「岫岫，幸好……他遇到了妳。妳不必害怕我們，此行瑾白不會拘他回京，往後晏之與妳想去哪兒便去哪兒，姨母只望他平安順遂，幸福如意。」

曲灩知道，雲岫不喜京都城，不僅僅是因為天氣，那個束人又束心的地方，她自己也不喜歡，又怎麼會逼迫雲岫？換作是她，若能回到三十年前，一定早早找個雍州男子嫁了，何必理會那些煩心事。

雲岫聞言，胸口跳動，心中猶如翻騰起驚濤駭浪一般，久久不能平靜。

她猛然抬頭，與曲灩相視間，竟然看懂了曲灩的期盼，而後發自內心的喜悅傳遍全身。他們真的不會與她爭程行彧！她和程行彧可以隱居縉寧山，過自己想過的日子！

「姨母，謝謝您成全我和阿彧。您放心，以後我一定照顧、呵護阿彧，與他相互扶持，相守一生。」

若是平日，雲岫必然會鑽研用詞，鄭重回覆曲灩，但她此時心緒波動得厲害，又急著把程行彧認下來，居然用上了「呵護」、「照顧」這樣的詞。

話說出口後，她才反應過來，臉上一陣羞赧。

這是真把程行彧當贅婿了，但在後世看來，兩人合適便在一起，選擇合適的地方定居，過小夫妻該過的日子，不是挺正常的嗎？

曲灩被這些話逗得笑個不停，瞧雲岫臉上泛起潮紅，才努力收斂，輕輕攬住雲岫，認真地坦誠道：「岫岫，晏之就交給妳了。」

她的晏之終於有妻有兒，餘生將平淡幸福，再也不會被人下毒謀害，再也不會遭人圍攻刺殺，再也不用踏訪南越各州，只為尋回愛人。

這葉孤舟，終於有了歸處。

第五十章

另一邊，程行彧略有苦惱。

兄長雖與他一起泡湯池，但他欲提及楊喬之事時，皆被打斷，只能看著兄長和阿圓在池中玩水嬉鬧。

陸清鳴察覺到他的情緒，卻裝聾作啞，不想搭理他。怎麼，只允許他打岔，不許被別人攪擾？

陸清鳴凝視著阿圓，太像了！阿圓和晏之真的太像了！令他彷彿再次越過時光，看到小時候那個白胖軟萌的小表弟，整日追在他身邊念叨著兄長。

阿圓很喜歡玩水，眼睛瞇成月牙，閉著小嘴，在水中游來游去。他身上沒有穿浴衣，穿的是雲岫讓許姑姑特別縫製的小背心和小短褲。在冬日暖陽下，他白皙的四肢彷彿散發著瑩光，在翠綠色衣物的襯托下，活像一隻胖青蛙在水中撲騰。

「誰幫阿圓做了這身衣裳？又是雲岫？」

程行彧嘴角微揚，回道：「岫岫畫的圖，許姑姑裁製的。」

陸清鳴瞥他一眼，目光從他身後池壁邊的竹籃掠過，挑了挑眉說：「那隻白刺蝟是阿圓養的？」

「請兄長恕罪。」程行彧有些尷尬，他見到這隻刺蝟的時候，牠就已經叫小白了。就算他和雲岫幫刺蝟改名，阿圓還是會叫牠小白，就像阿圓很執著地叫他燕燕一般。

阿圓在池中游了兩圈，游到程行彧身邊，抱著他的脖子，糯聲糯語地說：「燕燕，我想喝水。」

「叫爹。」

「燕燕。」

程行彧還想聽他叫爹，托著他，軟聲道：「阿圓，再叫燕燕一聲爹。」

阿圓咧嘴而笑，就是不叫，哼唧著。「燕燕！」

程行彧越想聽，阿圓越不叫，像和人玩似的，反倒把程行彧逗急了。

陸清鳴看著一大一小，眼神極為複雜，往上是一抹嫌棄，往下又轉化為絲絲寵溺。最後，從池中站起身，向池邊而去。

池邊除了溫水，還放了茗茶和蘋果水。

陸清鳴手拿瓷杯，垂眸問阿圓。「阿圓，想喝哪一種？」

「溫水。」

「蘋果水。」

一大一小同時出聲，阿圓嘟囔一句，不情不願地改了口。「溫水。」

陸清鳴有些疑惑。「不能喝蘋果水？」

程行彧抱著阿圓道：「這幾日，阿圓已經喝了不少。蘋果水裡放了山楂，味酸，所以小唐大夫特意囑咐過，阿圓和安安不能多喝。」

陸清鳴倒出一杯溫水，來到阿圓面前，把水餵給他，然後在程行彧身邊坐下，伸手道：「晏之，讓我抱抱阿圓。」

不想，程行彧竟問阿圓。「可以嗎？」

一旁的陸清鳴眉頭微皺。

幸好阿圓主動伸手，小胖手抓住陸清鳴的手臂，靠了過去，口中呀呀道：「抱。」

陸清鳴接過他，軟乎乎的，身上又白又嫩，神色鬆弛，好奇道：「阿圓，你不怕我？」

「不怕。燕燕說你是大伯，所以阿圓不怕。」阿圓的腳丫子在水中擺動，手卻握住陸清鳴的大拇指，笑嘻嘻地說：「和阿圓一樣白。」

三人低眼看去，是啊，一樣的膚色，一樣的白。

陸清鳴停頓一下，突然笑了起來，胸口震動，阿圓也跟著笑盈盈的。

正在程行彧鬆懈之際，陸清鳴冷不防出聲問阿圓。「那阿圓想不想和大伯回家？大伯家很大，有好吃的、好玩的；你想要什麼，大伯便給你什麼。怎麼樣？想不想去？」

泡在熱池中的程行彧聽見了，額頭和脖頸間乍然滲出冷汗，眉頭緊鎖，急言拒絕。

「兄長，不可以！」要是讓兄長把阿圓帶走，那雲岫豈不得提刀殺了他！他自己的兒子都沒相處多久，怎麼能送去京都城？

陸清鳴睨他一眼，沒好氣道：「沒問你，坐下。一驚一乍的，哪裡還有昔日意氣自如的模樣。」

「兄長，此事絕無可能，無論阿圓願不願意，您都不能把他帶走，除非晏之和岫岫都死了！」

阿圓聽不懂，看著兩人，小嘴微張。「啊？」

陸清鳴被程行彧氣得頭疼。他多久沒有動氣了，諸事皆在掌握中，唯獨他的表弟要去給人當贅婿。

偏偏那人還是楊喬！

明明容貌俊美，有權又有財，更有他這個南越最大的靠山，結果，不僅沒把楊喬帶回京都，反而把自己賠進去，說什麼要放棄一切，願為白身，隱居蘭溪。

如果不是他曾在蘭溪布下人手，差點要被程行彧瞞過去，哪能輕易看穿雲岫就是楊喬。好個雲晏之，一下子讓他賠進兩人。

陸清鳴半托著阿圓，讓他漂在水中蹬水，隨著水波晃動，綠色的小背心被水蕩開，露出雪白又圓鼓鼓的肚皮。

陸清鳴看顧阿圓，時不時幫他拉一拉滑下的背心，突然沈聲問程行彧。「說吧，往後你有何打算？」

「定居蘭溪，陪在岫岫母子身邊。」程行彧看向陸清鳴，自知有負他所望，又道：「兄長，對不起，晏之無法回京都，餘生恐怕也不能以身報國了。」

他語畢，陸清鳴諷笑一聲，抱著阿圓，看也不看程行彧，說道：「誰說不能以身報國，難道雲岫沒和你提過『筆友』一詞嗎？」

「筆友？書信往來？」

「此行，我不僅是來看你，也要和雲岫晤談。晏之，你阻擋不了的，我已知曉她就是楊喬。」是上輩子為南越出謀劃策、殫精竭慮的楊喬先生。

陸清鳴的目光又落在阿圓身上，心想上輩子阿圓應該是一直待在雲岫身邊，而他遵行程行彧的遺願，從未在民間尋訪過她，所以直到幾個月前才知道雲岫有了程行彧的孩子。那時候，他才明白，為什麼那位不知男女、行蹤成謎的楊喬先生會為他出謀獻策。

前世，他登基後，南越朝堂動盪，百姓的日子水深火熱。每日遞上來的摺子還沒議出應對良策，又有新的摺子送來。

那時，販賣私鹽泛濫，錢財為富紳王侯所壟斷，白花花的官鹽到百姓手中，卻成了味苦且伴有泥沙的下等粗鹽。是楊喬送了一封信到京都雲府，獻計獻策，並附上製鹽之法。自此，南越有了品質純粹且價格低廉的細鹽，百姓再也不用為了吃不上鹽而發愁。

此後，一張張方子，造紙、肥皂、釀酒、製糖、燒炭、燒瓷、煉鐵，甚至是農耕之術、經邦之策，皆送至雲府。

「陛下勤政為民，此為草民獻策。」

「閣下送信於雲府？乃雲府舊人？」

「非也，草民僅是雲將軍仰慕者。」

「先生有大才，可願入朝？」

「楊喬閒雲野鶴慣了，此生以山川河流、花草樹木為友，便不入京了。」

「敢問先生，瑾白可拜訪之？」

「不得，勿尋，莫擾。」

「知也。」

自此，汪大海經年累月守在雲府，收送往來信件。他們似師若友，推動了南越土地改制、科舉變革、經濟發展、文化繁榮，助他現盛世之景。

今生，陸清鳴想拜請楊喬入朝為官輔政。只是他沒想到，他要尋的楊喬先生，就是程行或要找的雲岫。

如此，他終於明悟了。

前世她的所為，皆是因為晏之。

程行或只知道陸清鳴是重生回來的，不知道那些前塵往事。

在他看來，兄長還是原來的兄長，待他並無任何改變，反而派人暗中保護、派汪大海貼身照料，又禁止他飲酒，給他權和財，以及各種方便。

所以，程行彧斗膽猜測，兄長可能因為另一世的某些緣故，對他心懷愧疚，他想用這份歉意換雲岫自由。

「兄長，岫岫確實就是您要找的楊喬先生，此事晏之也是近來才知曉的。晏之想懇請兄長，不要逼迫岫岫回京。」

陸清鳴道：「你什麼時候知道她是楊喬的？」

程行彧回答。「去年冬天。」他初到蘭溪，隱匿行蹤躲在樹上時，聽雲岫與顧秋顏談話才知道的。

陸清鳴悶笑一聲，竟然比他還晚。

他一邊聽著程行彧的話、一邊看阿圓玩水，發現小胖子累得氣喘吁吁，就把人抱回來，又是餵水、又是擦臉，環顧池子，發現有張石凳藏在水中，便抱著阿圓游過去。

阿圓睜著眼睛，有些新奇，竟然不用蹬水就能漂動，眼神似乎在問陸清鳴，他是怎麼做到的？

陸清鳴把阿圓放在石凳上，看他整個腦袋和脖頸正好露出水面，低聲一笑，忍不住抬手揉了揉他的腦袋，問道：「阿圓，想吃果子嗎？」

阿圓點點頭，用手撥動著水，脆聲應道：「要！」

「那該叫我什麼？」

「大伯！」

陸清鳴眼角上揚，輕笑著把木果盤放在他身前，一漂一蕩的，裡面都是切好的水果，直接用果叉便可叉取食用。

程行彧發現陸清鳴對阿圓有一種特別的寵溺，見他此時心情甚好，便打鐵趁熱，繼續說服他。

「兄長，阿圓很喜歡蘭溪，好多吃的、玩的，他都還沒有體驗過。何況，這裡有許多寵愛他的長輩，您若要岫岫和阿圓去京都，他們哪能像在蘭溪這般如意自在？

「兄長雖然能做他們的依靠，但國事繁忙，總有您照看不到的時候，萬一有人來欺，豈不是令他們深陷險境。有些連晏之都躲不過的讒害，您又讓他們母子如何躲避？

「此生晏之只有阿圓一個孩子，冒不得任何風險，還望兄長不要讓岫岫和阿圓進京。」

陸清鳴揚著的嘴角斂平，看向程行彧。「一個孩子？你和雲岫不想再生？」他倒是希望兩人日後多生幾個，有一個阿圓，一定還會有第二個、第三個……等阿圓長大後，他就能讓其進京。

「是晏之不想再生。」

陸清鳴不信，哪有男子不願意多兒多女的，何況他鍾情於雲岫。

「是不是雲岫不……」

他的話未問完，程行彧便急忙解釋。「無關岫岫。兄長，是晏之不願、不想。」

見陸清鳴臉色微沈，嘴角微動，似乎還要說什麼，程行彧又道：「晏之已服用絕子丸，此生除了阿圓，不會再有其他孩子。望兄長垂憐，不要讓他們進京。」

絕子丸？他竟然敢服用絕子丸！

「簡直胡鬧！」陸清鳴憋屈得很，偏偏那人是楊喬，是程行彧的命根子，打不得又罵不得，只能怒喝一聲。「秦城，出來替他診脈！」

阿圓被陸清鳴嚇到，果子也不吃了，揮動著手臂，撲通撲通飛快踩水，游到程行彧身邊，緊抱他的脖子叫喚。「燕燕！」

「兄長，您嚇到阿圓了。」

陸清鳴看著阿圓驚恐的眼神，雙眼一閉，都是些什麼事。

搬完行李回來，便一直守在外面的秦總管聽見陸清鳴的怒喝，心口一緊，快步朝池邊而去。越過樹蔭就看見程行彧父子抱在一起，看著陸清鳴，那眉頭皺得是一模一樣。

「秦城，替他診脈！」

他？是指大的，還是小的？

秦總管上前兩步，還未蹲下，便聽見程行彧語出驚人道：「兄長，不必診脈，這是晏之自己的決定，無論是誰，都不會有所改變。藥是青州典閣主配的，除了不能再有孩子外，晏之並無其他不適，您大可放心。」

秦總管聞言，砰一下跪在湯池邊，整個人伏在地上。

阿圓緊緊抱著程行彧的脖頸，倚在他懷中，連水都不玩了。

「秦城，診脈！」

程行彧長嘆一聲，把手伸出去，再次言明。「兄長，晏之是知道藥方的，晏之不可能再有子嗣。」

陸清鳴看著秦總管診脈，又問：「為什麼？」

「岫岫生阿圓時難產，差點就救不回來了。晏之想要的從來不是孩子，而是岫岫。所以，晏之不願再冒險，此生有阿圓足矣，望您成全。」

程行彧說完後，陸清鳴久不言語，又看阿圓，透過阿圓看到程行彧，想到雲岫，憶起前世的楊喬……

秦總管出了聲。「稟陛下，程公子確實……確實於子嗣有礙，奴才暫時不知解法。」

「除此之外，是否還有不適？」

「並無。」

「退下吧。」

「是。」

池中只剩兩大一小。

半晌，陸清鳴開口說道：「我不會讓雲岫和阿圓進京……」

「多謝兄長！」

話被打斷，陸清鳴沒有生氣，只有無奈與失落，但他把所有情緒掩埋於心底，不曾透露絲毫，望著緊抱在一起的父子倆，繼續說下去。

「京都與蘭溪相隔甚遠，即便水陸交替而行，單程最快也要走數月餘。往後我不一定還會南下，以後每兩年，你們一家三口需回京一趟，何時想走便走，我不強留，如何？」

程行彧願意回去探望兄長和姨母，但這件事不是他一個人能決定的，便說：「此事，晏之需要同岫岫商量過，才能給兄長回覆。」

陸清鳴冷哼一聲，懼內！

「商號由你繼續執掌，往後信物為你的『青玉』，不必分利、不必上稅，與皇室分離。此外，你繼續持有巡撫令牌，若遇不公之案、難辦之事，盡可用之，如何？」

這是他給程行彧的權與財，與雲岫和阿圓無關，總不必再與她商量了吧？

孰料，程行彧所答，再次出乎他所料。

「兄長，此事晏之也要同岫岫商量後，才能給予答覆。」

陸清鳴被氣得不知道該說什麼才好，他怎麼不知道他的表弟還有當贅婿的天分？抑鬱癲狂的雲晏之，居然有如此善解人意又溫柔體貼的一面。

「所以，我才說我要與雲岫談。你既然做不了決定，方才雲岫在時，何必一直出聲打斷！」一個兩個的，簡直比朝中那些老頑固還麻煩。

這不是怕兄長惹怒雲岫，殃及他嘛。

程行彧輕輕拍著阿圓，笑著回陸清鳴。「兄長，是晏之多慮了，稍後晏之便同岫岫道明兄長之意。」

陸清鳴順了順氣。「明日我與她詳談，你不許再從中作梗。」

程行彧咧嘴笑道：「兄長一路奔波南下辛苦了，不如今夜稍作歇息。晏之與岫岫商量一番，再回覆兄長。」

「你真是……」陸清鳴無言以對，果真是任何事皆要同雲岫商量。

「阿圓，叫大伯。」

阿圓不語。

「阿圓，叫伯伯也行。」

阿圓依舊沒回應。

看小胖子小心翼翼的樣子，陸清鳴再次收斂情緒，不想再和程行彧談任何事，更不想再從他口中聽見「商量」這個詞，和善可親地笑著哄阿圓。

「阿圓，大伯沒有生氣，大伯是和你爹爹說笑呢，讓大伯抱一抱？」

阿圓還是不肯出聲。

陸清鳴看向程行彧：怎麼辦？

程行彧回看陸清鳴：看我的。

「阿圓，想不想和燕燕、大伯一起打水仗？」

阿圓眸光一亮。「要！」

「兄長？」

陸清鳴搖頭失笑。「玩！」

要是一年前，他根本無法相信，活了兩輩子，歲數加起來已逾古稀之年的他，居然會在溫泉池子裡陪孩子打水仗！

第五十一章

曲灩和陸清鳴入住逢春舍，與眾人一起過年，嚇得一群小鵪鶉心驚膽戰。

幸好他們多半待在半山腰，又不曾主動召見雲岫和程行彧之外的其他人，所以住在山腰和山腳的兩批人互不相擾，倒也能自尋樂趣。

正月初五，包餃子。

唐夫人和羅嬸子指揮著眾人洗菜、切菜、剁肉餡、揉麵皮、包餃子，只是少了雲岫，令唐晴鳶有些懷念她拌的餃子餡料。

「等會兒雲小岫會下來嗎？她要是不來，那我的餃子蘸料，誰幫我調呀？」

安安跟著陸銜和典閣主待在院子裡剝大蒜，喬長青提著磨好的刀回來，準備繼續剁肉餡，剛跨過門檻就聽見唐晴鳶的幽怨聲，免不得打趣她。

「妳是一刻鐘也離不開岫岫，不如讓岫岫把她的拿手蘸料教給妳，省得以後妳嫁人就吃不到了。」

唐晴鳶擠到她身邊，忿忿道：「雲小岫教我了呀，可我做出來的，就是跟她的不一樣。」腦海中突然萌發出一個想法，和喬長青說道：「妳說，要不以後我也招婿得了，這樣雲小岫去哪，我就跟她去哪，跟她當鄰居。」

灶房裡的人聽了，哈哈大笑，唐夫人望著自家閨女，沒好氣地說：「那妳先找個意中人，再問問人家想不想給妳做贅婿。整日往山裡跑，下了山也只管治病救人，別說贅婿了，妳能帶個男人回來給妳爹看看，娘就阿彌陀佛了。」

「娘，您別催，我盡快，盡快！」

眾人又是一陣笑。

雖然雲岫不在，但有許姑姑啊，她包餃子的手藝也不差，今日大夥不僅可以品嚐農家口味，還能試試宮廷美食了。

生裊裊炊煙，予人間煙火。

秦總管在山頂望風亭擺了茶點後，便守在外面。

程行彧和阿圓被曲灩叫走了，此處只有雲岫和陸清鳴。

逢春舍的小山頭不算高，但也不矮，幸好是程行彧揹她上來的，否則她豈不累個氣喘吁吁，還會晚到。所以，爬山這種運動真不適合她。

陸清鳴的意思，昨夜程行彧和她說了，加上這人是重生回來的，雲岫心底有些猜測，遂依舊和程行彧一樣稱他為兄長。

看著負手而立、正遠眺風景的陸清鳴，雲岫恭敬喚道：「兄長。」

「遠望雲海飄浮間，湖水隨風動，犁然有當於人心，確實有別於京都城。」陸清鳴轉身看向雲岫，道：「坐。」

「多謝兄長。」兩人於亭中坐下。

「雲岫，我雖已知曉妳是楊喬，但還有一個疑問要問問妳，可願回答？」陸清明開門見山，不與她繞彎子。

「兄長請問。」想到此人就是斷她財路的人，雲岫心情略微複雜。

「晏之是雙眼皮、白皮膚、長睫毛、高鼻梁，可不可能生出一個黃皮膚、單眼皮且禿頭的孩子？需要妳從遺傳基因這方面仔細解釋。」這是他對雲岫的試探。

雲岫聽了，像是被人敲了一大棒，這可不像是製皂、燒炭、曬鹽，即便她不直接給方子，日月逾邁，時光荏苒，古人也能透過不斷嘗試、積累經驗而成功做出來，並逐漸改良升級。在南越，絕對不可能有人知道「遺傳基因」，並用詞如此準確。

不是在陸清鳴的前世裡，她告訴他的？可是這種偏離朝代正常發展的科學研究，她應該不會輕易說出口，難不成他既是穿越，又是重生？當初她和程行彧夜談時，只猜測過陸清鳴是穿書或重生，從未想過穿越疊加重生的可能。

「從阿彧和阿圓那頭濃密頭髮就能看出，他們世世代代難以生出禿頭的後人。當然，這個也要看女方的遺傳基因，不能一概而論。只是，單從兄長所言來看，阿彧生不出黃皮膚、單眼皮的禿頭孩子。」

阿圓就是明晃晃的例子，與程行彧相似度極高，尤其是那身白得發光的皮膚，還有茂密黑亮的頭髮，簡直是原模原樣復刻。

雲岫開口回答時，陸清鳴一直不動聲色地打量她，透過她的侃侃而談，再次憶起前世的那封信。

關於父子遺傳的驗證之法，楊喬曾用顯性基因與隱性基因舉例，為他解惑。

前世，程行彧被迫娶了徐沁芳，卻從沒見過徐沁芳生下的孩子，也不認為自己背叛過雲岫。但他見過那孩子，孩子身上有程行彧的影子，若非他堅定地相信自己的表弟，恐怕也會被迷惑。事後證明，徐沁芳果真與他人有染，她真會找人，也真是會生啊！

陸清鳴為前世之事感嘆問，聽見雲岫試探道：「兄長有坐過飛機、高鐵或小汽車嗎？」

「南越沒有，如何坐？」聞所未聞，為何她會這樣問？陸清鳴繞了個彎子回答，想看看雲岫還能問出什麼。

這個回答令雲岫難以辨別陸清鳴到底有沒有坐過這些交通工具，她真不應該這麼問的，白白浪費一次機會。

但是，見陸清鳴沒有生氣，反而一副雲淡風輕的樣子，雲岫覺得還可以再試一試，只是不能再問這種選擇意向很明顯的問題。

「兄長會唱歌嗎？比如……」雲岫唱起第一句歌詞。如果他是穿越的，一定會唱這首前世耳熟能詳的歌，即便歌詞記得不全，也能哼出曲調。

陸清鳴沒有反應，雲岫確定他只是重生而已，惶恐道：「兄長恕罪，雲岫以為兄長也會這首曲子。是雲岫唐突了，看見這大好時光，忍不住歌頌一番。」

她，還在試探。

陸清鳴定定地望著雲岫，驀然道：「不必再試探，我不是妳家鄉的人。」所以沒坐過飛機、高鐵或小汽車，更不會唱他們那裡的歌曲，更不知道她從何而來。

「妳從晏之口中猜到了，是嗎？」陸清鳴幽聲問道。

雲岫沈默不語。她自然知道陸清鳴問的是什麼，但她不能當面猜，也不能當面想。早知道，還是叫上程行彧一起更有安全感。

幸好陸清鳴沒有再追究，反而問起其他。

「雲岫，妳知道『商號』嗎？」

「聽說過，是南越最大的商行，經營買賣甚多，涉衣食住行等。」更可以說是皇商，而且，排除陸清鳴穿越疊加重生的可能，那些東西的製作方法，只可能是從她手上流出去的。

哎，真是自己斷自己財路。其心酸滋味，猶如金手指被人搶奪了一樣，果然重生才是最厲害的。

她的愁怨，陸清鳴看在眼中，眼底含笑，今生確實是他欠缺考慮，直接抄用那些方子和良策。但雲岫就是楊喬，周而復始，這些東西最終還是物歸原主了。

「這幾年晏之雖在外尋妳，但也是商號的幕後東家。往後他與妳在一起，商號繼續由他執掌，雲岫，妳可有異議？」

這……挺好，又挺不好的。昨夜程行彧和她商量過，但直接從陸清鳴手中拿走這麼一大塊肥肉，弄得她有些不好意思，畢竟商號運行成熟，還不用分利、不用上稅，接手後相當於可以數現錢，每年還有源源不斷的盈利。

「多謝兄長賞賜。」認下，必須認下，不然她會後悔糾結，難以入眠的。

果然果斷，毫不扭捏。陸清鳴挑眉，眼底蓄著笑意，然後說起兩年回京之事。

雲岫不願去京都是怕麻煩，是不想猜測帝王心，更怕兔死狗烹、鳥盡弓藏，哪怕陸清鳴對程行彧和阿圓寵信有加，卻不能保證這種信任不會改變。

可是，陸清鳴和曲灩是程行彧的親人，還是從京都遠赴蘭溪來探望他的親人，起碼目前這份親情是純粹的。

「我們三年回一次京都，探望兄長和姨母。」這是昨晚她和程行彧商量後的結果，讓她答應的關鍵是，來去隨心，絕不會被強留。陸清鳴都如此承諾了，她不好再拂其意。

「三年？太久了，兩年回去一次。」

「兄長，赴京都的路途遙遠，往返一次需數月以上，兩年一次實在緊迫，三年一次正好，望兄長垂憐。」雲岫誠心請求。

「三年？不能再改？」

「望兄長施恩。」

罷了罷了，肯回去就不錯了，總歸還能書信往來。

陸清鳴飲兩口茶，起身俯瞰逢春舍，背對雲岫，又說道：「三年也可，但妳需再答應我一件事。」

「敢問兄長是何事？」雲岫跟隨起身，立於他身後，望著下方裊裊炊煙，猜想今日吃的餃子有些什麼口味。

「雲岫，繼續幫我輔國吧。」

一聲要求如驚雷乍響，雲岫瞬間收回思緒，腿腳忽軟。這是什麼話！她可沒有那麼遠大的抱負，只想在縉沅書院當鹹魚先生。有男人、有孩子、有錢財、有聲望，在縉沅書院養老當鹹魚，就是她夢寐以求的日子，如今都實現了，她為什麼還要去艱苦奮鬥？

事業讓她的學生去打拚！

抱負讓她的學生去實現！

大佬讓她的學生去擔任！

她只想做大佬身後的老師，沒想自己去拚搏當大佬呀。

陸清鳴等待雲岫的回覆，雲岫卻在思考要如何才能說服他打消這種想法。

輔政？算了吧，自知之明她還是有的。

她只是一個小小穿越者，所知所解大多數是皮毛，算不得某個領域的專家或研究者。就像最令人恐懼的洪澇災害，她是知道一些防洪減災的應對策略，卻無法讓這些策略立即落地開展。說難聽點，她就是紙上談兵，空有理論知識，而無實踐經驗。

這樣的她，如何敢為陸清鳴輔國？

「兄長，雲岫一人之智，並不能勝天下者之眾，群策群力才是威力無敵。雲岫只是多讀一些書罷了，所知淺薄。您不該把輔國重任放在雲岫一人身上，雲岫並無此大能。」

陸清鳴垂下眼簾，炯然眸子半闔著。雲岫太過自謙了，她的本事，他早在上輩子就領略過，可謂逸群之才。

「妳不願試一試，又何來擔不起？」

雲岫站在他身後，把五彩繽紛的冬景盡收入眼中，凝思片刻後，說道：「兄長不如再聽雲岫引一例。

「有日，阿圓想吃脆皮爆汁烤雞，但我想偷懶，於是把烤雞做法告訴阿彧，讓他幫阿圓烤。我詳細告知每一步做法，包括醃製時要放些什麼佐料、放多少，還有醃製手法及烤的時間。兄長猜一猜，最後阿彧的烤雞做成了嗎？」

程行彧居然會烤雞了，陸清鳴淡笑道：「妳既然如此問，那定是沒做成。」

雲岫笑眼彎彎。「是，阿彧失敗了，那隻烤雞雖然能吃，但被他烤焦了，乾巴巴的，沒有一點汁水。但是，我把同樣的做法告訴許姑姑，許姑姑卻烤出外酥裡嫩、肉嫩多汁的烤雞，甚至比我親手做出來的更加美味可口。明明是同樣的方法，許姑姑能烤成，阿彧卻烤不成，兄長可知為何？」

陸清鳴挑眉。「為何？」

雲岫解惑。「因為凡事不可拘執，應相時而動。那日烤雞的木炭，是唐夫人新買的、燃力大的白骨炭，而非往日使用的尋常灰花炭。許姑姑熟知灶廚之事，掌握火候很熟稔，發現換了炭，火力大，便把烤雞架子升高，並縮短烤製時間，憑藉自己的經驗技巧，把雞烤得皮脆肉嫩，還能爆汁。而阿彧分不清火炭種類及其特點，只知道跟著我給他的步驟做，未曾隨機應變，自然就把雞烤焦了。」

陸清鳴目光閃爍，嘴角含著一抹淡淡的笑。「有點意思，妳繼續。」

察覺到他的心情不錯，雲岫坦白道：「雲岫是給方子的人，阿彧是知方子而缺實踐能力的人，許姑姑是得方子而能靈活變通的人。學者貴於行之，而不貴於知之，兄長找尋的輔國之臣，應該是許姑姑那般重實踐，並有能力施展的人，而非雲岫這樣的紙上談兵者。

「雲岫所知曉的良方妙策皆可獻與兄長，只是守國在政，行政在人，唯有令賢者在位，能者在職，才是南越之大利也。」

用一隻烤雞隱喻自己不願輔國，所言卻又讓他不得不服、不得不鬆口。不是所有人都會烤雞，而她願意獻上烤雞方子，只是讓他去找會烤雞的人而已，他怎能堅持要她輔國。

不過，她與程行彧說話也這般？

「妳和晏之在一起時，舉止言談也如此隱晦曲折嗎？」陸清鳴還是沒忍住，問了出來。

雲岫一愣，這可不好回答，要是說程行彧事事以她為主，陸清鳴會不會認為她在欺負他表弟？但她和程行彧在一起時，確實不用如此委婉和繁瑣，通常都是直抒己見，相互溝通商量，做出決策。

陸清鳴畢竟是當今皇帝，就算他再怎麼和氣，雲岫還是心存敬畏，略一思索，回道：「倒也不是，是雲岫才疏學淺，恐言詞含糊不清，未達心中之意，誤了兄長大事，便擅自用烤雞譬喻，望兄長見諒。」

陸清鳴挑眉輕笑，了然也。俗世中的楊喬先生比書信往來裡的她更風趣，不愧是程行彧鍾情之人，與南越女子迥然不同。

「雲岫，輔國一事可暫緩。既然妳定居蘭溪，又在縉沅書院任教，往後每年我便選派一批學子到縉寧山修業，由妳一同授課。」

教誰不是教，學到什麼程度，還得看個人天賦，雲岫沒有再婉拒，欣然應下。「是。」不過，她教授的人需是品行端正且好學不倦的大雅學子，而不是阿諛奉承、溜鬚拍馬的偽善之人，於是又說：「雲岫願盡綿薄之力教導有志之才，只是望兄長莫要透露雲岫身分，以便維持單純的師生關係，施教於至真至性之人。」

「可。」

陸清鳴這麼做，應該是想選拔人才，既然信任她，又讓她教導，那麼她的諫言，他或許也會考量。

思及如今的科舉制度，雲岫正色道：「雲岫有一事，想請教兄長。」

「說。」

「雲岫曾聽阿彧提及，當今南越的科舉制度已破舊立新，凡良民男子，不論出身，皆可科考，而女子科考尚未定下。兄長是否有意再開恩科，讓南越的良民女子也能赴考？」

程行彧曾說，至少還需三年，有沒有可能再提前一些？

陸清鳴坐回石凳上，也請雲岫坐下，抿了口茶，才說：「是為縉沅書院女學子而問？」

雲岫點頭。「是，兄長英明。」

一陣沈默，正在雲岫忐忑之際，便聽陸清鳴回道：「妳若願去京都為官，為我輔政，那明年便有機會開恩科。可我知妳不願，所以女子科舉之事，至少還要等三年。」

雲岫略有失落，說她自私自利也好，說她薄情寡義也罷，她做不到為開女子科考而去京都城，只能讓林岑雪再等三年吧。

陸清鳴也微微嘆氣，有些事不是他想做就能做的。他登基未久，朝堂局勢波詭雲譎，朝臣間利益不同、政見不同、想法不同、陣營不同，想實現大志，還需要時間。

「博求人才，為南越之大本；廣育士類，為政之先務。雲岫，我可在朝堂之上平治天下，尊賢謙下，妳亦當為我尋有志之才，舉賢育才。」

雲岫糾結，陸清鳴這是掛羊頭賣狗肉！雖稱不上輔政，但她幹的還是輔政的活兒呀。

「妳若應下，有兩個好處。」

這話勾起雲岫的好奇，什麼好處？靜待陸清鳴繼續說。

「其一，於妳所收學生有利。妳可直接向我舉薦賢能，只要他們德才兼備，我便越過科舉，直接任用。」

雲岫腹誹，雖然舉薦人才更有利於陸清鳴，但陸清鳴答應不揭穿她的身分，又願意給出特權，她好像可以悶聲幹大事，當大佬身後的大佬？倒也能勉強接受。

「其二，無條件許妳三個心願。只要我有生之年，力所能及，皆可應。」

雲岫無言了，她不追求遠大抱負，這心願能用到哪兒呢？保命用的？那一個願望能再許三個心願嗎，然後實現無窮無盡的許願？她不敢問。

陸清鳴都說到這個地步了，雲岫不好再拒絕，拒絕對她來說也沒有任何好處。再者，一個重生回來的皇帝，應該更看重她的價值，更看重與程行彧的情誼，應當不至於卸磨殺驢。以後她還要在縉沅書院當夫子，繼續上職業規劃與就業指導課。身為師者，她對學子有施教舉薦之恩，那學子當有報恩回饋之情，若陸清鳴哪天真的翻臉不認人，她也有退路。

「是，雲岫願為兄長效犬馬之勞。」

陸清鳴聞言，眼底浮現笑意，應了她一聲後，繼續淡然飲茶。

雲岫的所憂所愁，他不是不知道。誰都怕皇帝，他做皇子時也怕。但用她上輩子的話來說，時間會檢驗一切事物的真偽。她遲早會明白，他絕不會傷害她與晏之，以及小阿圓。

午膳是汪大海送到山頂上來的，一日晤談，雲岫的腰挺得頗痠。在天子的眼皮底下，她總不能沒個正經地隨意靠坐吧。

直到下午，程行彧帶著阿圓尋上來，雲岫才真正解放。

陸清鳴瞅著目光黏在雲岫身上的程行彧，抱起阿圓，笑著問：「阿圓，要不要和大伯打水仗？」

阿圓在曲灘那裡坐了大半天，今日還沒有泡溫泉、打水仗，聽見陸清鳴的話，立刻興奮應下。「大伯，要！」又看向程行彧。「燕燕，打水仗！」

程行彧回答他。「阿圓先去，燕燕等會兒就來。」

陸清鳴會心一笑，抱著阿圓走了。

等人都走遠了，雲岫急切喚道：「哎呀，可繃死我了。阿彧，快幫我按一下腰背。」

「是是是，這就來。」程行彧站在雲岫身後，嘴角凝著笑意，手上幫她按壓腰間穴位，緩解痠痛。「等會兒去池裡泡一泡，晚上我再來幫妳推拿，會更舒服些。」

等舒緩得差不多了，他才牽著雲岫緩步下山。走了一段路，又重新揹起雲岫。

雲岫趴在程行彧結實寬闊的背上，雙手疊在他胸前，腳尖輕輕晃著，聞著他身上淡淡的香味，突然喚道：「雲晏之。」

程行彧回應她。「嗯。」

雲岫貼在程行彧瓷白的臉邊，微微側頭，親了他一口。「你聽見昨日兄長對你的稱呼了嗎？他喚你雲晏之，說明你上輩子就是我的人。」

程行彧堅定地道：「上輩子是，這輩子也是，下輩子還是。」

雲岫輕笑出聲，紅著臉，湊在他耳邊呢喃幾句。

程行彧的腳步登時停住，驚喜萬分。「岫岫，妳認真的？」

雲岫笑得明媚。「當然，前提是你要幫我好好推拿按摩。」

「那妳可別反悔。到時候不許求饒，就是叫夫君，我也不會放過妳。」

「嘖嘖，誰求饒還說不定呢！」

程行彧眼裡漾出笑意，下山的腳步越來越快，遠遠地還能聽見雲岫的嬌嗔。

「雲晏之，慢點！」

第五十二章

蘭溪之行的新年，是曲灩入宮為妃以來過得最舒心、最喜樂的年節。

陸清鳴常與雲岫、程行或在向晚樓議事，因涉及育才舉賢，唐山長也受邀參議。

曲灩從不干涉國事，但獨自泡溫泉又甚感無趣，於是開開心心地跟著阿圓過年，在小胖子的碎碎唸下，逐漸融入眾人，參與逢春舍的遊戲，發現都是些稀奇古怪的玩法，聞所未聞，十分有趣勾人。

比如逢春舍尋寶記、誰是臥底、狼人殺、正話反說、你畫我猜等等，還有葉子牌升級版的竹骨麻將，摸起來手感極佳，打起來脆聲悅耳，曲灩是越玩越上癮。那些京都貴婦怕是想不到，南越的太后娘娘會在蘭溪和一群農婦打成一片。

曲灩玩得高興，沒有宮規約束，沒有繁冗祭祀，沒有女眷拜見，她都有些不想回京了。

起初陸清鳴毫無所知，直到發現曲灩回向晚樓的時辰越來越晚，心中漸漸好奇。

正月初十這晚，雲岫與程行或都已離開，曲灩還沒回來。在秦總管的提示下，陸清鳴才知道他娘去了瀾月閣。

陸清鳴不打算驚擾他人，和秦總管悄然前往，遠遠地就看見抱著阿圓、圍坐在火塘邊的曲灩，笑容燦爛，如冬日裡溫煦的暖陽，渾身散發著一種悠閒自在的感覺。

曲灩與那些人談笑風生，張嘴吃下阿圓餵給她的食物，隨唐晴鳶一起哼唱詞曲，聽著典閣主他們說故事，驚奇之處亦會鼓掌稱快。

秦總管跟在陸清鳴身後，瞧見許姑姑和汪大海依偎在一起烤肉串，心口酸得直冒泡，他怎麼就沒這種好運呢？而後收斂心思，對陸清鳴恭敬道：「主子，可要同娘娘用點消夜？」

陸清鳴擺手拒絕，他過去會攪亂熱鬧祥和的氣氛，還是不必現身了，看見唐山長翻動火塘中的地瓜與馬鈴薯，嘴角笑容極淺，心情不錯。

「回去吧。」

「是，主子。」

兩人步行遠去，身影逐漸隱入夜色中。

正月十三，大夥開始收拾東西，準備回蘭溪縣城。

唐晴鳶大喜，她可以去雲岫家住幾天，然後與好友們一起逛蘭溪夜市！

正月十四，大夥乘坐馬車回去，中午在極具蘭溪風味的小牛記酒樓用膳。醋熘魚脯、肥雞火燻燉白菜、清燉芸豆豬蹄、筍絲炒肉絲、蔥椒羊肉、八寶烤鴨、吉祥炊鍋……都是小牛記的招牌菜餚。

阿圓聽見菜名，眸光綻放，都是口味不一樣的肉，更是他好久沒吃過的小牛記美食。安安也很感興趣，他身上的毒祛除乾淨後，不用再忌口，終於也能同阿圓一起分享美味。

兩個孩子坐在一起，竊竊私語。

透過雅室的格花窗，雲岫看見街頭巷尾人來人往，蘭溪夜市的名聲顯然已經打響，有不少附近州縣的百姓願至此一遊。

小牛記的生意也非常火爆，要不是雲岫讓汪大海提早過來訂桌，恐怕現在他們也會像樓下等候的客人一般，還要等好一會兒，才能享用佳餚。

午膳自然還是訂了兩間雅室，互不打擾。用完飯，大家打算前往雲岫家小坐歇息，然後稍晚再一起去逛蘭溪夜市。

已與唐夫人和羅嬸子相處熟稔的曲灩，聞言後突然驚呼一聲。「哎呀，岫岫家的屋子怕是不夠住。要不然，還是去悅士酒樓吧？」

程行彧正在幫阿圓和安安擦嘴，聞聲便安撫道：「姨母，無礙，晏之家就在喬府隔壁，若是岫岫那裡不夠住，盡可住雲府。」

這本是解決住宿問題的法子，不想連陸清鳴也異常沈默，並未爽快應下。

汪大海側身走出半步，對程行彧道：「公子，此行老奴把您府內之物一併裝箱運來，如今都放置在沐春巷雲府內，恐怕需重新搬挪一番，才能容人歇宿。」

雲岫聽了，覺得這事很好解決，寬慰汪大海。「海叔，快馬鏢局蘭溪站的倉房挺大的，等會兒我讓鏢局的人來搬走一部分，暫存快馬鏢局就成。」然後看向陸清鳴和曲灩。「兄長，姨母，街上遊客如織，現在去悅士酒樓訂房間，怕是來不及，不如到我家歇腳留宿吧。」

他們是可以亮明身分，使用特權訂下酒樓，但房間被占的百姓和遊人就很難再找到合適的住處了，畢竟這是春節。

汪大海一張水光臉面露難色，他沒說的是，這些隨行箱籠主要是皇帝與太后的賞賜，以及程行彧多年攢下的珠子和書籍孤本。而且，還有很多物件在運來的路上，算算時日，也應該到了。然後，他正是用快馬鏢局託運，如果東西全到了，鏢局的倉房恐怕還不夠放呢。

實在是公子的家產不菲啊，他在京都城領著上百餘名小太監收拾，光整理裝箱，便耗了小半個月。

「公子，恐怕要先去鏢局打探一下，倉房是否還有位置？」

有那麼多東西嗎？程行彧一頓，倏然反應過來，心頭狂跳，嘴角微動兩下，似乎不敢相信，顫聲向汪大海確認。

「海叔，雲府的所有東西，你全搬來了？吟語樓的、書房的，還有我房間的？」

安靜品茶的陸清鳴聽這口氣，抬眼瞟程行彧一下。那些上鎖木箱裡究竟有些什麼，竟令他如此失色。

雲岫也很好奇，程行彧幹了什麼，讓人搬個屋子就如此著急？

等等，書房?!那瞬間，她的背也繃直了。

她的話本！她的春宮圖！她曾寫過個人見解的雜著！

她確信程行彧一定沒有將它們丟棄，那些書豈不是被人翻看過？啊嗚，兩眼發黑！

程行彧撐著最後一口氣，再問汪大海。「海叔，吟語樓裡上了鎖的木箱，你們搬動時沒有打開吧？」

陸清鳴垂眸，果然和上鎖的箱子有關。

雲岫微喜，可以可以，還知道幫她把書鎖起來。

曲灩不解，什麼東西如此要緊？

眾人的目光集中在汪大海身上，看得他也跟著莫名緊張，快言快語回道：「公子放心，所有箱子都未曾打開過，所有書籍也是直接搬動裝箱，並未翻閱。」

聽他如此回答，程行彧驀然放鬆，只要上鎖的箱子沒被打開就成，甚好。發現雲岫的目光一直停留在他身上，現下又不好當著眾人的面同她解釋，只能等夜間再與她說枕畔語了。

程行彧清咳兩聲，掩飾自身失態，抱起阿圓說道：「岫岫，走吧，我們先回去看看箱籠如何處理。兄長、姨母，你們要不要現在就去街頭遊逛一番呢？蘭溪白日裡的景色和夜晚還是有些不同的。」

陸清鳴微微挑眉，似笑非笑地看著程行彧，偏偏不願如他的意。

「一起回去吧，眾人還能搭把手幫忙，看看今夜歇宿要如何安排。若屋子不夠，盡快另外打算。」

曲灩也應道：「是啊，我還沒去過晏之在蘭溪的家呢。」

程行彧無奈，領路帶眾人回了沐春巷。

雲府和喬府是緊挨在一起的，直到大夥站在喬府的院子裡，才明白陸清鳴為何說要另作打算。

箱子太多了，根本放不下，只能一箱堆一箱，層層疊疊地擺放，還搬了不少到喬府去。

雲岫吁出一口氣，對程行彧說：「你去看看隔壁如何，能挪出多少地方跟多少房間。」

「好，我過去瞅一眼，一會兒便回。」程行彧應下，但身後都是人，不好再擠出去，於是踩上兩個木箱，走了兩步，站在兩府院牆之上。剎那間，身形愣住。

雲岫見他沒有跳下去，手扶木箱問：「如何？院子裡也滿了？」

「是，妳等我去屋內看看，我儘量找地方。」程行彧沿著長長的院牆，一直走到後院，才跳下去。

雲岫暗自猜想，這是運來多少東西啊，這能算是程行彧的嫁妝嗎？皇室果然財大氣粗。入眼之處皆是木箱，喬長青從來沒覺得自家如此狹小過，如今想要穿過院落去往堂屋，只能順著一條窄道通行。

典閣主和唐山長也愣在門口，還是先別擠進去了，怕等會兒轉不過身，進也難，出也難。幾人便相邀在不遠處的糖水攤子暫坐。

但是，就這麼一直等下去，也不是辦法啊！

曹白蒲說道：「閣主，我去附近看看合適的客棧還有沒有空房。」
典閣主點頭。「去吧去吧。」
唐夫人也意動。「小曹公子，我同你一起去，蘭溪縣城我比你熟。」
羅嬸子附和。「我也去。老羅，你在這裡陪著兩位貴人，我們會盡快回來。」
這下，四個老頭子加一個啞巴，只好繼續乾坐著了。

喬府內，唐晴鳶對滿屋的箱子非常驚奇，想打開看看裡面都是些什麼寶貝，卻在觸摸到箱子時停住，竊喜地看著雲岫。
「雲小岫，要不，妳打開一個箱子，讓我偷偷瞄一眼？」
秦總管待在陸清鳴和曲灩身邊，沒有跟進來，只有汪大海和許姑姑在。雲岫早已將他們視為自己人，不用顧忌當著他們的面開箱子會不會失禮，笑著問唐晴鳶。「那我們的唐小鳥想先看哪一個呢？」
嗯？竟然還能選？唐晴鳶四處張望，有一個很大，但太高了摸不到；有一個鑲金邊，但太靠裡面擠不進去；還有一個青色的，上面壓了很多個箱子，搬不動。
最後，唐晴鳶選了右邊的紅木浮紋箱，精緻漂亮，手感極好。雖然擺放在兩個箱子上面，但已經是最容易搆到的，遂興匆匆地說：「這個！」
雲岫對她道：「那妳自己打開吧。」

唐晴鳶搖頭拒絕。「不行不行，妳的東西，我怎麼能夠擅自打開呢。萬一有驚喜，如何是好？」

驚喜？這個詞立刻令雲岫想起小牛記裡程行彧的反應，那還是先讓她看一眼吧。

她吸氣收腹，踮著腳尖，與喬長青面對面擦胸而過，來到唐晴鳶身邊，觸摸那個紅木浮紋箱。

這個箱子沒上鎖，應該不是什麼不可告人的東西。但哪怕她站直伸手，也只能摸到箱頂，而看不到其中物品。

於是，雲岫腳尖踩在最下面那個露出一點頂板的木箱上，手上用力，掀起箱蓋。

看清箱中之物後，她瞬間呆住。

唐晴鳶仰頭瞧見她微紅的臉龐，激動道：「雲小岫，是什麼寶貝？紅色的珊瑚？玉石？還是瑪瑙？一整箱都是嗎？」

雲岫見識過很多東西，不該如此吃驚的，故而喬長青也追問道：「岫岫，怎麼了？」

雲岫扒住箱壁的手指微微發緊，心中猜測連連，最終還是忍不住伸手挑起覆蓋於最上層的緋色輕紗。

果然，如她所料。

這是挑繡了白色珍珠的紅嫁衣，衣襟和裙襬處更是用金線勾勒，繡了扶桑花圖案。

今天日頭好，白珍珠與金線閃爍著奪目光輝，喜服看起來越發雍容華貴，絢麗精緻。

衣上皆是她喜歡的珍珠和扶桑花，精湛工藝絕非幾十天內就能繡成，程行彧到底是從什麼時候開始準備的？

「是阿圓他爹準備的喜服。」雲岫柔聲道：「妳們想看嗎？」

唐晴鳶想看，但自知此時不是好時候，她怎能在堆滿箱子的院落中動手翻弄好友的嫁衣，遂婉拒道：「不用不用。雲小岫，等妳收拾好，再邀請我共賞，到時候我給妳添妝。」

「嗯，岫岫，我也是。」喬長青抬手扶雲岫。「闔上箱子下來吧，踮腳可費勁了。」她也想欣賞，但不是在院中粗野翻看。

雲岫眉眼微彎，粲然一笑。「喬爺，妳買下此處府邸時，挖的地室入口在哪邊？他們沒有找到，應該還是空著的吧？」

唐晴鳶睜大眼睛，不可置信，衝兩位好友壓低聲音嚷道：「妳們還挖了地室！雲小岫一直在山上，喬爺在外走鏢，到底是什麼時候挖的？」

「初到蘭溪時，剛買下這處宅院就找人挖了。」那個時候，雲岫滯留青州，阿圓和安安無人照看，喬長青便待在蘭溪，暫時未外出走鏢。

因為要定居蘭溪，喬長青重新修繕屋子的時候，請工匠順道挖建了一座地室。那時候她擔心雲岫在京都的老相好找來，存了心思，想幫雲岫留條後路。

沒想到，之前為了提防程行彧而修建的地室，如今竟成了給他擺放箱籠的地方，真是此一時，彼一時。

「這就是我二叔常說的『乃其有備，有備無患』？雲小岫，喬爺，不得不說，妳倆心眼兒真多。下回幹這種事的時候，記得帶上我。」

喬長青與雲岫會心一笑，一唱一和應下。

唐晴鳶的心思還停留在喬府的地室上，興致勃勃地對喬長青說：「喬爺，我和妳一起去瞧一眼？」

「去吧去吧。」雲岫嗓音含笑，吸氣踮腳讓她過去。

許姑姑站在大門附近，聞聲笑問：「夫人，是否需要按冊清點？」

雲岫隔著許多木箱子回道：「不了，許姑姑，還是趕緊把院子騰出來，能容人走動吧。」轉而對汪大海說：「海叔，勞您幫我去鏢局，找些人來搬箱子。」

鏢局的鏢師是流動的，人員複雜，讓人來幫忙搬東西，豈不是露財？汪大海提議道：「夫人，隨行而來的侍衛都在暗處，讓他們搬吧。總歸是宮裡人，過些時日就會隨兩位主子回去，不會輕易走露風聲。」

雲岫後知後覺地點頭。「合該如此，煩勞海叔了。」

正巧，唐晴鳶從屋子裡蹦跳出來，歡聲道：「雲小岫，地室是空的，快搬。」

汪大海笑著應下。「是，老奴這就叫人。」

隨後，一聲清脆而有規律的口哨聲傳出，沒一會兒，來了幾十名黑衣侍衛。

程行彧聽見聲音，翻牆而來，得知緣由後哭笑不得，沒想到喬府挖了地室，如今這些箱籠可得了個好去處。

待在馬車上的陸清鳴和曲灩聽見哨聲，陸清鳴看書的目光不曾移動半分，卻吩咐秦總管。「去看看發生何事。」

坐在馬車車轅上的秦總管應下，去了喬府，片刻後就回來了，在車外稟告道：「許姑姑稱喬府有一處地室，可存放箱籠，汪大監正指揮侍衛搬運箱子。」

曲灩掩口而笑。「地室？那我得下去看看。」看著在車上玩刺蝟的兩個孩子，問他們要不要一起去？

結果，脆聲應下的阿圓和安安下了馬車後，管不住腿腳，拉著曲灩，直奔不遠處的糖水攤子。

「姨婆，喝糖水！這家的糖水很好喝，有很多很多味道的。」

於是，本來要去喬府的曲灩，跟著阿圓和安安去喝了碗糖水。

宮中侍衛不同一般，身形強壯又有功夫傍身，加上汪大海從中指揮，一個個箱籠被飛快重新搬到地室存放。不得不誇，這個地室挖得真有用啊。

幾人在院中商量如何安排留宿，喬長青手指掐算，提了一口氣，對雲岫道：「如果全住在喬府，客房怎麼安排，還是不夠。」

程行彧轉眸問許姑姑。「蘭溪其他宅子也無空房了嗎？」

雲岫挑眉，程行彧還有別的宅子？

許姑姑面露難色。「公子，都滿了。」

她也沒想到陸清鳴和曲灩會在此留宿。雖然程行彧在蘭溪另有三處宅院，但除了日常打理之外，無人居住，加上這次汪大海帶來不少東西，這些宅院全用來放箱子了，並無空房。

這就犯了難，雲岫對程行彧說：「你那邊能騰出幾間房？」

程行彧頗為無奈。「八間臥房倒是空著，可以住人，但後院和堂屋都堆滿了東西，不好走路。」

許姑姑靈光一閃。「夫人，要不，我們再買處院子吧。」

雲岫不是沒考慮過，說道：「可是來不及全屋灑掃，還要重新更換乾淨被褥。」

「夫人，雲府另一邊是沐春巷二十號，從今年中秋後一直空置著。等會兒我和大海去牙行買下來，先把雲府和喬府的箱籠搬過去存放，之後再慢慢整理。如此應該行得通，不知夫人意下如何？」

好！太好了！她剛剛怎麼就沒反應過來，淨想著買房子是給人住，沒考慮到也可以拿來堆木箱啊。果然，她還不夠豪闊！

一頓操作猛如虎，一下午又是買房、又是搬運、又是簡單灑掃，終於把兩處院子騰出來，大夥得以入住。

兩位貴人到雲府歇息，其餘小鵪鶉留宿喬府。但安排下來，雲岫和喬長青發現家裡仍缺了兩間臥房，可眾人寧願擠一擠，也不願去雲府。

無奈之下，雲岫只好帶著安安和阿圓過去。

這次年節來了這麼多客人，事事安排下來，令雲岫不得不感嘆，人多就是效率高，家裡還是要招人。幸好以後許姑姑和汪大海會同他們一起生活，就是不知道程行或那邊的黑衣侍衛有沒有想留下的意願，如果他們不想回京都，那她非常樂意與他們簽訂高薪的工作合約。

今夜不做飯，眾人稍作休息，要去蘭溪夜市逛園遊會。

雖然各自認了房間，但還是喬府這邊熱鬧，連曲灩也跑過來，和唐夫人他們坐在院裡嗑瓜子，談天說地，聊著各種有意思的夜市活動。

「我聽說過園遊會，是玩投壺？猜燈謎？放水燈？」年少時，曲灩也逛過雍州雅集，只是那時舉國實施宵禁，因此集會是在白天舉辦的，有戲曲雜耍、有投壺博戲，也有繪畫詩詞比賽等等。

之前蘭溪知縣曾到縉寧山拜訪，唐夫人也在場，聽過一些玩法，於是娓娓道來，一下子便勾起了曲灩的興趣。

「不只那些，還有各種趣味小活動，套圈、射箭、繪臉譜、做燈籠，還有……哎呀，我竟然忘了，反正是稀奇古怪的玩法，跟兌……兌……」唐夫人想了一下，笑嘻嘻地繼續說：「是兌獎券！可以兌換小禮物的兌獎券！」

不僅曲灩聽得入迷，典閣主也連連道：「老夫沒聽說過這些，今晚可得去見識見識。」

「今夜也有園遊會嗎，不是明天才到正月十五？」羅嬸子跟著羅大夫當遊醫那麼多年，也沒逛過夜晚的園遊會。

唐夫人樂呵呵接話。「有的有的，園遊會從初十四到初十六。今日特地趕回來，就是不想錯過。」

眾人心想，連平日端莊大方的唐夫人都如此有興致，看來今夜的園遊會確實不一般。

第五十三章

打更聲還未傳來，天色尚敞亮時，曲灩便迫不及待出發了。

行至沐春巷巷頭，大夥發現，街頭上早已聚集了不少人。

遊客人山人海，對於安安和阿圓可不利，什麼都看不見，哪裡都擠不進去，還容易被人潮衝散。

程行彧牽著阿圓駐足，蹲下身和他商量。「坐高高嗎？」

「要要要，坐高高。」阿圓拍手樂道，因為人多而生出的一點點不開心立刻飛走了。

程行彧伏身，等阿圓坐穩，剛站起身，卻聽他猶豫道：「爹爹，那哥哥呢？」

安安乖巧地站在雲岫身旁，發現她看過來的目光，咧嘴笑道：「爹揹阿圓就好了，我跟著娘。」

明明和阿圓差不多高，阿圓都看不到，何況是他？

陸銜手指微動，有瞬間遲疑，偏偏那一絲停頓被喬長青察覺到了。

喬長青神色微黯，不想敗了大家的興致，嬉笑建議。「陸銜患有啞疾，萬一有什麼事，他無法呼喊，安安還是由我照顧吧。」蹲下身，對小孩說：「安安，姑姑力氣大，姑姑讓你坐高高，好不好？」

喬長青一介女子，力氣、耐力仍是比不過男人，汪大海便出聲。「要不，老奴來吧。」

汪大海和許姑姑好不容易有個機會能走在一起，同逛夜市，雲岫怎麼好意思讓安安打擾他們？於是牽著安安的手，對程行彧道：「阿彧，讓阿圓坐高高，安安你抱著行不？剛好讓他們兄弟倆作伴。」

「行啊。安安，來，爹爹抱。」程行彧欣然答應。安安祛毒後，氣色還沒有完全恢復，更不及肩上的小阿圓重。而且，既然雲岫已經認下他，那安安也是他程行彧的兒子，確實不該厚此薄彼。

正當他要伸手去抱安安時，陸清鳴突然出聲。「把阿圓交給我吧。」

「兄長？」這是要讓阿圓坐在當今皇帝的脖頸上？不僅程行彧，連雲岫都覺得不妥。「兄長，此行於禮不合，不如找個侍衛來吧。」

陸清鳴卻孤行己見，不容任何人置喙。「我說可，便可。」

他眉眼向下彎，眸底深處溢出淺淺笑意，對阿圓說：「阿圓，大伯帶你坐高高。」話語微頓，淡淡掃了瘦弱的安安一眼，道：「這樣，你哥哥也能坐高高了。」

他和哥哥都能坐高高？阿圓立刻向陸清鳴張開雙手，表情欣喜。「大伯！大伯！」

陸清鳴不顧雲岫和程行彧反對，俐落地接過阿圓，手臂一用力，直接把小孩托上肩。

曲灩看得心驚，口中急切道：「小白，你慢點，小心弄傷阿圓！」

陸清鳴扶著小孩岔開的雙腿。「阿圓，坐好了。」

雲岫正想交代阿圓不要伸手去摸陸清鳴的腦門，話還沒說出口，就見一隻軟乎乎的巴掌蓋在陸清鳴額頭上，口中毫無章法地叫喚著大伯，什麼語調都有。

安安是第一回坐高高，程行或把他托好後，就看見阿圓抱著陸清鳴的頭，笑呵呵地說：「大伯大伯，你仰頭看我。」

「阿圓！不……」

吧唧一聲，阿圓在陸清鳴的腦門上親了一口。「謝謝大伯讓阿圓坐高高！」

眾人怔住，連曲灩也不敢相信。

陸清鳴仰著頭的動作亦停住，額間有柔軟溫暖的觸感，眼前是燈籠燭火亮起後的火樹銀花，心裡生出感慨。他是天子，卻不是孤家寡人。

「哈哈哈！」陸清鳴開懷大笑，喜笑顏開。

蘭溪一行非常值得，可惜程行或和雲岫只生一個，要不然他定把身上小孩帶去京都城。

「走吧，一起逛！」

程行或招呼著安安坐穩，然後牽起雲岫，追了上去。

落了單的曲灩，莫名有些孤寂。

「姨母，我們一起走吧？」唐晴鳶來到曲灩身畔，隨著程行或的稱呼，試探問道。她也是孤家寡人，不知太后娘娘願不願與她作伴？

曲灩一樂，主動挽住唐晴鳶的手。「走！」

曲灩行事乾脆俐落，並不像話本裡頗愛講規矩的娘娘。這樣的曲灩令唐晴鳶微喜，兩人一同逛起蘭溪園遊會。

逛街時，唐晴鳶忍不住心有感嘆，不愧是雲小岫，不僅能讓天子表弟給她當贅婿，還能讓當今皇帝幫她帶孩子，厲害！

蘭溪的新年園遊會從望月橋開始，一直延伸到玉華臺。

望月橋旁立了一塊木牌，如果遊人從此處開始遊玩，就會看見牌子上繪製的園遊會地圖。圖中詳細標注了表演雜耍區、美食品鑑區、趣味遊戲點、禮物兌換處。木牌最下方還有相關注意事項，並註明衙役巡邏點，有事可求助。

過了望月橋，街巷兩邊是整潔有序的小攤子，但遊人熙來攘往，沒一會兒，大家就被衝散了。

安安和阿圓坐得高，看得遠，高出眾人一大截，因此陸清鳴和程行彧能看到彼此的位置，走走停停，最後還是在一起。

在一處賣糖葫蘆的地方，他們等了好一會兒，仍是不見其他人，曲灩和唐晴鳶也沒有跟上來。

雲岫握著程行彧的手問：「阿彧，怎麼沒看見姨母？」

「無礙，他們身邊有人，等會兒秦總管回來，我們便知道是何情況了。」

果然，話音剛落，就見秦總管穿越人群而來。

阿圓坐在陸清鳴脖頸上，穩穩當當的，手中拿著一串包了糯米的糖葫蘆，一邊吃、一邊張望，看見人後便喊：「秦爺爺回來了！」

安安右手拿著糖葫蘆、左手指著一個方向，也道：「爹，在那邊。」

秦總管是一個人回來的，與他們會合後，垂首恭謹道：「主子，老夫人和唐姑娘在一起，還在後方玩套圈。其他人雖然走散了，但周遭有侍衛跟著暗中保護，也是無礙。老夫人讓奴才轉告主子，不必等候，逛完園遊會，她會和唐姑娘返回雲府。」

陸清鳴說：「讓人跟好，莫出岔亂。」

秦總管應下。「是，主子。」

「那就各自逛吧。」陸清鳴神色依舊，扶了扶阿圓的小胖腿，淺笑問他。「阿圓，還想去哪兒？」

阿圓左顧右盼，指著一處掛滿臉譜的地方，說道：「大伯大伯，那裡有好多張臉，我們去看看。」又把手中的糖葫蘆往下一遞。「大伯，啊～～」

陸清鳴沒拒絕，張嘴咬下一顆糖葫蘆，阿圓再順勢抽回竹籤。兩人邊走邊吃，朝著臉譜攤子走去。

雲岫見過他們同吃一張餅、同喝一罐飲子後，已經對此見怪不怪了。真如陸清鳴所言，親眷出遊，不必拘謹。

大夥走散了，程行彧握著雲岫的手變為十指相扣。「別擔心，我不會鬆手的。」

雲岫握緊他的手，柔聲道：「知道了。園遊會上這麼多人，暗處的侍衛跟得住嗎？姨母那邊真的沒問題？」

程行彧挑眉輕笑，意氣風發，低頭在雲岫耳畔私語。「岫岫，放心，宮裡的侍衛不會跟丟的。如遇急變，自會發信號求助。」

「那就好。」雲岫了然。看看坐在他身上的安安，仰頭笑問：「安安，指一指，阿圓在哪邊？」

「那裡，弟弟在看花臉。」

兩人攜手追逐而去。

一家四口，加上陸清鳴和秦總管，開始在園遊會上邊逛邊吃邊玩。

尤其是阿圓，發現陸清鳴對他百依百順後，越發放飛忘我，纏著陸清鳴帶他玩各種遊戲，品嚐諸多吃食。

臉上戴著小貓面具的阿圓，在射箭攤子前高聲助威。「大伯真厲害！好棒！」

十發布頭箭，發發射中銅鑼的陸清鳴明朗一笑。「阿圓，攤主給的彩頭，拿著。」

射箭過關，得鈴鐺掛飾一串，兌換券兩張。

捶丸過關，得兌換券兩張。

竹筷挾木珠過關，得手串一串，兌換券一張。

詞曲填詞過關，得宣紙三刀，兌換券兩張。

木桶丟沙包過關，得兌換券一張。

滾竹筒過關，得兌換券一張。

街上人聲鼎沸，不僅遊戲熱鬧有趣，吃食也豐富可口，看得阿圓和安安眼花撩亂。尤其是安安，吃了一整份的霜雪蜜糖藕和桂花糖蒸栗子糕，還有香酥烤肉捲餅、鹽焗烤魚、蘭溪罐罐湯、脆皮炸年糕、麻辣炸串等等好吃的。

幾人行至玉華臺時，正好是縣衙放煙火的時候。

蘭溪縣城的百姓已經看了十幾天，不至於大驚小怪，但從外府州縣趕來過上元節的百姓們，卻是第一回見到這麼絢麗多彩的煙花。

雲岫靠在程行彧肩膀處，輕聲問：「今夜的煙花好像不止十發？」

程行彧微微側頭，在雲岫耳邊悄聲道：「聽海叔說，秦總管奉兄長命令，捐了一筆錢給縣衙，今夜的煙花應該不會少於六、七十發的。」

真好，這錢用起來不心疼，還能剩下不少。等年節結束後，可以讓蘭溪縣修路建橋。

行人笑容滿面，有孩童手拿糖畫邊走邊吃，有夫妻提燈攜手同行，有人聽戲看雜耍，有人河邊放燈，有人暢享美食，也有人在兌換處排隊領禮物。

三更聲響起，遊人漸散，街巷燈火未滅，但很多攤販的吃食已賣完，正在收攤。

幾人沿著園遊會另一頭返回沐春巷，路上又買了不少小吃，不僅秦總管手上拿滿了，連陸清鳴都提著一個油紙包。

今夜陸清鳴穿了一身月白色銀絲暗紋團花長袍，頭頂用白玉浮紋簪束成髮髻。走著走著，突然感覺頭頂一沈，原來是愛睏的阿圓靠在他頭上，髮髻剛好給小孩墊下巴了。

阿圓的眼睛已經閉起來，整個身子伏在陸清鳴身上，小眉毛偶爾動一下。

有好幾次，雲岫的話都到嘴邊了，欲言又止。再看看被程行彧抱在懷裡的安安，顯然也已經犯睏，眼睛要睜卻睜不開。

「安安，睏了就在爹爹懷裡睡一會兒。」

看著安安閉上眼睛，雲岫呢喃道：「阿彧……」

程行彧會意，另一隻手牽著她，附耳輕聲說：「岫岫，無礙的。兄長很喜歡阿圓，更不會同阿圓計較那些虛禮，就讓他們多親近些。過些時日回京都，他想再見阿圓一面，得等三年後了。」

過些時日是多久？雲岫有點好奇，拉了拉程行彧的手。

「嗯，怎麼了？」

雲岫低聲道：「今晚別急著睡，我要和你玩個遊戲。」

程行彧忍笑，抱著安安回答。「岫岫，我哪會著急呀。我什麼時候入睡，全看妳。」

「是是是，全看我，那你今晚別睡了。」

程行或大喜。「當真？」

雲岫咧嘴，皮笑肉不笑。「當真。」

兩人在咬耳朵，雖然沒有發出任何聲響，但月光仍映照出他們依偎在一起的身影。

秦總管佯裝不知，跟在陸清鳴身側，垂頭前行。

回到沐春巷，在巷尾便看見掛在喬府門口的兩個燈籠，又明又亮。大門敞開著，院內的燈光透到沐春巷上，很暖很暖。

雲岫讓程行或先把兩個孩子安頓好，她同喬長青和唐晴鳶說一聲就回去，程行或應下。

跨進喬府時，她看見喬長青和許姑姑正在灶房燒熱水，典閣主和唐山長他們都回來了，就差唐晴鳶和曲灩。

汪大海報了平安。「夫人，唐姑娘在路上碰到縉沅學子，和他們去烤肉店吃燒烤，有侍衛暗中保護，您可放心。」

「煩勞海叔。」雲岫有點意外，真是看不出來，唐晴鳶居然會帶著曲灩和一群小學子吃燒烤。

她小坐一會兒，聽聽眾人對園遊會的誇讚，又找喬長青交代幾句，便回到雲府。

府內安安靜靜的，住在二樓的陸清鳴，屋內已熄燈，應該休息了。而雲岫選的房間在一樓東南向，安安和阿圓睡在她隔壁。

她先去孩子的房間看了一眼，把阿圓搭在安安身上的手放回被子裡，幫兩人掖好被角，才離開。

今夜走了不少路，雲岫雙腳微腫，程行彧先燒好熱水，讓她回來漱洗後，還能靠在房內軟榻上一邊泡腳、一邊閉目養神。

聽見關門的聲響，雲岫才發現穿著褻衣的程行彧非常自然地走進房內，然後把抱在手上的衣物放進木衣櫃裡，和她的疊放在一起。

雲岫不解。「你這是做什麼？」

程行彧也不解。「岫岫，妳不是要玩遊戲嗎？」

雲岫更不明白了。「你拿衣服來我房間，和玩遊戲有什麼關係？」

程行彧站在房中，他好像想歪了，略微尷尬地問：「岫岫，那妳想玩什麼遊戲？」

「剪刀石頭布啊，不然你以為是什麼？」

雲岫雖然已經摸清楚程行彧腦海裡想的事，但還是故意問出口，就為了逗他。隨後眉語目笑間，朝他招招手，待人來到跟前便道：「想要留下也行，幫我推拿按摩。」

程行彧慨然應允，直接把人抱到床上，露齒一笑。「先玩遊戲，還是先按摩？」

「當然是遊戲！」

等會兒程行彧幫她按摩，她可不想舒服得昏昏欲睡的時候，還要費心力和他玩鬧。

兩人盤腿坐在床上，雲岫問他。「還記不記得規則？」

「記得，贏的人可以提問，對方有問必答；也可以邀對方做一件想做的事。」

猜拳是兩人以前常玩的遊戲，不過那時候雲岫以為程行彧真瞎，就欺負他，多是他九輸一贏。

程行彧笑得春風滿面，還有些說不清、道不明的恣意，壓抑著興奮說：「那先說好，一次定輸贏，不許反悔。」末了補充。「還有，我是要睜眼玩的。岫岫，妳可別想耍賴。」

簡直是黑歷史，誰知道那個時候他裝瞎！

雲岫輕咳兩下。「那我也有要求，不許說謊。」發現他有些隱隱的亢奮，也忙補充道：「一起做的事，只能是正經事。」

程行彧點頭。「只說真話，絕無虛假之詞。但，什麼才算是正經事？」

雲岫說：「除了你心裡想的那種事。」

她逗他，程行彧也想逗她。「我想的哪種事？」

雲岫可不是羞答答的古代女子，直接道：「魚水之歡之事，巫山雲雨之事，夫妻敦倫之事。」

程行彧說：「岫岫，這不公平。我知無不言，且願隨妳做任何事，妳卻對我有限制？」

雲岫道：「那……那贏滿五十次，換一次非正經事。」

剪刀石頭布是她極擅長玩的遊戲，手勢不是隨便出的，需仔細觀察對方細微的動作表情，才能摸清其出拳的習慣。

所以，她會在五十次內把想問的問題問完，到時候看他能如何！

程行彧心弦微顫，喉嚨忍不住上下滑動。「非正經事，是怎樣都可以？」

想起逢春舍那幾夜，雲岫惱羞成怒。「程、行、彧！」

見雲岫羞紅臉，程行彧忙舉手投降，在她後悔前，趕緊連聲應下。「五十次就五十次，絕不反悔！」

雲岫有些後悔，她是不是說少了？真是美色誤人，早知道她就說個百八十次的。

程行彧和雲岫互通心意，早已熟知對方的一舉一動，所以這場遊戲不僅僅要仔細觀察對方，更需活絡心思，施謀用智。唯有猜中對方究竟要出什麼，才能真正贏得遊戲。

於是，兩人異口同聲道：「剪刀、石頭、布！」

第五十四章

床幔輕紗之內，兩人盤腿相對而坐，被褥蓋在腿上。

第一局，雲岫敗，程行彧言簡意眩道：「一次。」

第二局，雲岫又敗，程行彧道：「兩次。」

第三局，程行彧出布，雲岫出剪刀，雲岫勝。

雲岫美眸輕揚，她要問的問題不多，只要沒到五十局都好說。對上程行彧深邃的雙眸，嬌俏輕笑道：「我贏了，我要提問。」

程行彧的目光凝在雲岫身上，怎麼看都看不夠。聽到她的話，順勢點頭。

這一局，雲岫贏了，在他的意料之中。不給點甜頭，她怎麼會願意玩到五十局以上呢。

程行彧道：「岫岫儘管提問，我一定毫不保留。」

雲岫說：「我看見繡有珍珠的喜服了，你什麼時候準備的？」

得知汪大海把整個京都雲府的東西打包運往蘭溪後，程行彧就知道雲岫早晚會發現那套喜服，只是沒想到會這麼早。

程行彧眉眼張揚。「如此直接了當？」

雲岫笑得十分燦爛。「嗯嗯，快回答，不許有所隱瞞。」

程行彧低笑幾聲，以手撐床，往雲岫的位置靠近幾分，拉著她的雙手，認真道：「是我們剛回京都城後開始準備的。當時，我找了城內最有名的羅裳坊趕製，本想過完年向妳求親，卻陰差陽錯分別五年。岫岫，如今妳還願意穿我為妳準備的喜服嗎？」

圖樣是由他糅合雲岫喜歡的珍珠和扶桑花親手描畫而成，那套喜服一共有十二層，雖然繁複，但他特地選用了輕薄柔軟的布帛，另準備一千六百顆均勻飽滿的白色小珍珠和五團金線縫製。

可惜，他收到衣裳時，雲岫早已逃出京都城。

雲岫聞言，有驚有喜，眼裡漫開笑意。「阿彧，不要破壞遊戲規則，是我問你答。如果你想反問我，那得贏得下一局。」

喜服明明已經製好，但她就是想知道程行彧是什麼時候生出心思的，才如此問他。說是她的小糾結也罷，說是她的小試探亦可，無論如何，程行彧的答案令她欣然滿意。

「那就開始新一局？」今夜他有很多機會，他會謀到他想要的。

「繼續來啊。」雲岫坦然應下。

剪刀石頭布，當即得出輸贏。

這次程行彧沒有記次數，他的問題依然不變，還是問雲岫願不願意穿上喜服，與他行禮成婚？

雲岫巧笑嫣然，她行事俐落，不喜歡拖來拖去，既然已經在陸清鳴面前認下了程行彧，自然不會再尋藉口推託，便大大方方地點頭答應。

「好啊，等藍花楹盛開時，我們就成婚。」

某人忽然覺得腦海裡一片空白，似夢非夢，剛剛他聽見了什麼？

「岫岫，妳答應了！妳答應我了！」原本鎮定盤腿而坐的程行彧再也坐不住，眸色震驚萬分，臉上的喜悅毫不掩飾，內心更是激動得無法控制。跪在床上，顫著手，把雲岫攬入懷中，口中反反覆覆地不停確認。

「岫岫，妳沒哄我？妳是認真的？我們當真四月就成婚？」

程行彧高興得自言自語，說著說著，彷彿又陷入自我懷疑。

「岫岫，妳怎麼會這麼輕易就答應我？發生什麼事了嗎？妳真的願意？」

這個擁抱又緊又暖，又喜又甜，但她的衣裳快要被他蹭散了。

雲岫伸手，微微推開他，手下能明顯感覺到他的心臟在劇烈跳動著，彷彿要跳出胸口一般。她知道程行彧會激動，但沒想到他會如此亢奮。

「阿彧，是真的，我答應了。」雲岫雙手捧住他白皙且熱燙的臉龐，耐心安撫他。她實在不想看程行彧半夜發瘋，畢竟陸清鳴還住在府裡，暗處更有不少侍衛，她丟不起那個臉。

程行彧欣喜難抑，眼見他要放聲大笑，雲岫連忙親上去，堵住了他的「哈」。哪知道，卻承受越發強烈的回吻。

紗帳內，人影綽綽，相互緊擁。

雲岫盤在被褥裡的腿還沒有放鬆，感覺痠麻感越來越強。程行彧親得忘乎所以，且一時半刻根本不會鬆開她，她便輕輕咬他，要他鬆開，卻沒控制好力道，把他的舌頭弄破了。

「唔……」程行彧眼裡溢滿纏綿難捨的情意，不解地看她。「岫岫？」

雲岫臉色緋紅，睇他一眼，嬌嗔道：「家裡還有人，你要再這樣克制不住，遊戲也別玩了，自己到別的臥房睡去。」

程行彧立刻明白過來，他剛剛高興得差點放聲大笑，深夜的確不該如此放肆。再者，別說遊戲還沒結束，即便結束了，他也不想走，非常上道地立刻回話。「這就收斂，立刻收斂。岫岫，我們繼續玩遊戲。」

帳幔內都是他的喘息聲，由粗重到輕緩，再到平復。雲岫聽得臉紅，不敢妄自挪動身子，怕他又胡思亂想，聯想到其他的事。

程行彧平復後，催促道：「岫岫，我們繼續吧。」

雲岫這才慢慢挪動雙腿，但又麻又痛，嘶了一聲，程行彧立即反應過來。

「腿腳盤麻了？」他伸手探進被褥中，把雲岫的雙腳慢慢展平。

雲岫忍不住低聲叫喚。「輕點，輕點，難受得受不了了。」

她的雙腳被程行彧抬放在他的腿上，用手指反覆拿捏揉按小腿和腳心，以緩解不適。

雲岫忍住最初那陣劇烈的麻疼感後，漸漸舒緩過來，想收回腳，卻被程行彧扣住。

「今夜逛園遊會走了不少路，我繼續幫妳推拿。妳也別盤腿了，腳就放我這裡，舒服些。」程行彧一邊摸到穴位推按、一邊與雲岫說話。

他的技法確實不一般，雲岫妥協了。「那還玩遊戲嗎？」

「玩！」一隻手也能玩。他想要的，還沒有贏到。

如此，遊戲繼續，結果雲岫節節敗退，程行彧次次得勝。

一直到第十三局，雲岫才得到今晚的第二次勝利。以往猜拳時，雲岫從來沒有敗得這麼慘過，程行彧是怎麼做到的？他已經積攢了十一次勝利！當即決定差不多就撤，今晚勢頭於她不利。

這一局，她依然選擇提問。「雲府的吟語樓是什麼地方？」

程行彧的眼波閃了閃。「妳想聽真話，還是虛言？」

雲岫輕踹他一下，提醒道：「注意遊戲規則。」

程行彧的漆黑眸子裡波瀾漸起，道：「吟語樓是我放寶貝、藏秘密的地方。寶貝為奇珍異寶，秘密卻不可見人，妳當真想聽？」

什麼秘密？還不可見人？雲岫興趣漸起，追問道：「賣什麼關子？全都細細道來。」

「岫岫，這是妳主動要聽的，我可沒有逼迫妳。奇珍異寶多為珠子和孤本，我知道妳最喜它們，這些年在外從商，收藏了不少。除此之外，還有珠釵、耳飾、手鐲、步搖等女子配飾，款式繁多，有珍珠珊瑚、有玉石翡翠、有寶石水晶、有金銀木骨……但因我長年在外，就把它們存放在吟語樓中。」

雲岫聽著程行彧說，他在哪裡找到一支寶藍吐翠孔雀吊釵，又在哪處海邊買到一顆瑩光大珠，又在哪間書肆找到一冊古籍……他的語氣不鹹不淡，彷彿只是陳述平常往事，但雲岫知道，他能在幾年內走訪那麼多地方，實屬不易。

這裡是交通不便的古代，除了馬、牛、驢車，只能乘船。若要趕路，就得騎馬；一些偏僻地隅，甚至僅可步行。程行彧買了多少稀奇寶貝，就代表他去了多少地方，而堆滿院落的那些箱子，就是最強有力的證明。

「那秘密呢？」奇珍異寶背後有這麼多故事，那麼藏在樓裡的秘密又是什麼？

程行彧略微怔忡，有些不安地問雲岫。「岫岫，妳有打開過上鎖的木箱嗎？」

雲岫回答。「沒有。怎麼，箱內之物和你的秘密有關？」她是看見幾個上鎖箱子，但沒打開，更不知道裡面有些什麼。

程行彧探身向前，靠近雲岫後，附耳悄言幾句。

雲岫聽得睫毛微顫，臉立即就紅了，連忙縮回搭放在程行彧腿上的腳，拉起被子，滾到床裡，整個身子藏在被褥中，只剩個腦袋露在外面，又羞又臊地指控。

「你居然喜歡一人待在樓裡，白日生夢，恣情縱慾！」

「岫岫，我只是想妳、夢妳，並沒有做任何出格之事。」

雲岫眼睛濕漉漉地望著他，不知是被氣到還是羞到，言詞鑿鑿。「我才不信！你整日待在吟語樓裡，只為作夢？肯定還幹了些不可言說之事。」

程行彧犯了難，幸好他對荒唐夢與荒唐事有所保留，又解釋道：「我在樓裡不是只有睡覺作夢，亦讀書作畫的。」

作畫?!雲岫瞋目。「程行彧，你變態啊，竟然還畫下來！」

程行彧諸多解釋，雲岫卻不願相信，他也著急了。「岫岫，我沒有畫夢，我所畫都是妳的畫像，都是我們曾經的經歷。岫岫，妳說我胡思亂想，妳又何嘗不是？」

他趴在雲岫身邊，抱著裹得似蠶繭的人，垂眸失笑。「我所說，句句屬實。妳若不信，明日我拿鑰匙打開給妳看。

「那是我一個人的樓，但有妳睡過的床榻、躺過的軟椅、看過的書、穿過的衣……與它們為伴，會讓我感覺妳還在，只是出去吃東西、看話本、找樂子去了，也許再過幾日，便會回來。」

程行彧軟聲道：「我在樓裡畫了很多妳的畫像，海叔既已帶來蘭溪，那妳想看嗎？」

雲岫搖頭晃腦與他商量。「不不不，不看了。阿彧，今夜就到此吧，你回你的屋去？」

程行彧不願走。「我沒喊停，如果結束，那妳欠我一次我想要的非正經事。然後，妳剛才明明答應我可以留下的，如今反悔，便再加一次，一共是兩次。岫岫，妳確定嗎？」

「你……」求愛也不是這麼求的，雲岫被他氣到了。「程行彧，你耍賴！」

此時的程行彧霸道又固執，知道雲岫只是羞赧，而非氣急敗壞，更沒有生氣，所以繼續遊說她。「岫岫，妳怎麼同阿圓一樣，有事爹爹，無事燕燕。」

雲岫哼哧一聲。「我可沒叫你爹爹。」

程行彧被她逗笑。「我也不想聽妳那麼叫，我更樂意妳叫我相公、夫君。」

雲岫嘴角囁嚅，面對眼前如此勾人的程行彧，她實在不敢叫出口，轉而商量。「阿彧，遊戲結束，好不好？」

程行彧搖搖頭，眸色微深，堅持道：「岫岫，妳有三種選擇。第一種，我聽妳的話，現在就拿著我的衣裳離開，同時遊戲結束，但妳欠我兩件事，是任我為所欲為的兩件事。」

兩件事？為所欲為？說話就說話，語調何須抑揚頓挫？他還真會找重點，生怕她聽不懂嗎?!

望著雲岫白裡透紅的臉蛋，程行彧揚著嘴角，繼續說：「第二種選擇，遊戲到此結束，我什麼都不做，只抱著妳睡覺。但妳欠我一件事，當作妳中斷遊戲對我的補償。」

雲岫暗自腹誹，真會談判。「第三種選擇呢？」

程行彧輕笑一聲。「第三種可能，我們今夜一直玩遊戲，玩到我們倆都不想玩，我自行離去。但是我贏得的次數，妳需認下，不可反悔。」

雲岫的手忍不住從被褥裡伸出來，抓著他的衣襟，控訴道：「程行彧，你別太過分！」

一直玩，他便可以積攢無數個五十次，不僅今夜她不能睡，還讓他得到諸多好處，她才不願。早知道，她直接問他問題，諒他也會如實告知，何須繞這麼大的彎子，結果把自己繞進去。

雲岫算是看明白了，玩猜拳肯定玩不過他，與其和他繼續玩下去，不如就此打住，及時止損，遂非常果斷地應下。

「我選第二種。」

「好，謹遵岫岫的決定。」程行彧笑容更深，放鬆身體躺在雲岫身邊，說道：「那敢問夫人，可否分點被子給為夫呢？」

雲岫瞧他那副無賴樣，噗哧一笑，鬆手把被子蓋在他身上，然後滾進他懷裡，任由他抱著她。

「你在樓裡看什麼書？我的書嗎？」

「嗯，妳的話本跟春宮圖，我都看了。」

「咳咳，真的？」

「要不，繼續玩遊戲？妳問我必答。」

「程行彧，現在我是和你聊天，沒有玩遊戲。你要是不願，以後我不找你聊天了。」

「是是是，是聊天，我願意的。那些書都看完了。」

「那我問你，小寡婦和哪個小郎君在一起？」

「唔，我記得應該是碼頭挑夫、酒樓大廚，還有獨臂俠客。」

「她和三個男子在一起？」

「所有書都運來了，包括話本？」

「嗯。」

「嗯。」

雲岫睡著前，還迷糊惦念著，要趕緊把那些話本找出來，看看小寡婦到底是怎麼勾搭上獨臂俠客的，那可是她最喜歡的男配角啊。

天亮後，又是新的一天。

今天是上元節，大夥提前計劃好要在家裡做吃食、吃團圓飯，所以程行彧早早就帶著阿圓出去買菜。

雲府內靜悄悄的，連陸清鳴都不知道去了哪裡，於是雲岫收拾好就去了喬府。

院子裡瀰漫著一股橘皮清香，唐夫人和羅嬸子正在一只小爐子邊竊竊私語。

羅嬸子問：「這是橘皮醒酒湯？」

唐夫人回答：「是，灶房裡有不少橘皮和桂花，先熬一鍋備著。」

羅嬸子又問：「那位還沒醒呢？」

唐夫人搖頭。「沒有。」

羅嬸子疑惑。「小唐大夫也沒醒？」

唐夫人嘆氣一聲。「別提了。我進去看過了，我那閨女睡得像頭死豬，根本叫不醒。」

「伯母，羅嬸，天已經亮了，誰還沒有醒？」雲岫踏進院中，便聽見她們倆的對話，但聽尾不聽頭的，一點都不明白。

唐夫人見她來了，招呼一聲。「雲岫，灶房裡有溫著的肉包，妳去吃幾個墊墊肚子，是阿圓爹剛剛買的，讓人送回來。」

雲岫應下，去灶房用碗裝了兩個包子，端到院中，一邊吃、一邊問：「其他人呢？」

羅嬸子手上剝著栗子回她。「只知道典閣主他們跟阿圓爹去逛早市買菜了。」

「阿圓他大伯也去了？」雲岫心想，難不成當皇帝的對逛菜市場也感興趣？

提起那兩位貴人，唐夫人面色頗為糾結，先是回答雲岫的提問。「早上我倒是沒看見阿圓他大伯，不知道他去哪裡了。但是，昨晚阿圓他姨婆是和唐晴鳶一起睡的，這……貴人會不會怪罪啊？」

曲灩看著挺好相處，也滿好說話的，但是讓她屈尊和自家閨女躺一張床，醒來後不知道會不會對眾人治罪？從一大清早到現在，她整顆心忐忑不安，誰能明白，她早上去叫唐晴鳶起床時，看到一起躺在床上的曲灩，有多麼震驚。

雲岫嚥下包子，十分不解。「什麼意思？昨晚阿圓的姨婆沒有回隔壁嗎？她是和唐小鳥睡的？」

唐夫人哎呀一聲，放下手中木勺，手在圍裙上蹭了兩下，站起身，要不是雲岫還在吃包子，真想帶她去看看自家閨女那不入眼的睡姿。

她倒了一杯溫水給雲岫後，才繼續說：「阿圓他姨婆沒有回去啊。

「昨晚我們回來後，沒多久便收拾漱洗好，各自回屋，最後是許姑姑和海叔一起等其他人回來。今早我才聽許姑姑說，昨晚唐晴鳶那小妮子帶著阿圓他姨婆喝酒了，雖然沒有醉得不省人事，但阿圓他姨婆回來時……」

唐夫人不知道該怎麼形容，想了想措詞，又道：「兩人回來時，搭著肩，唱著曲，難捨難分，非要同睡一張床，同蓋一條被。昨晚我要是聽見動靜，出來把唐晴鳶拖走，就不會發生這件事了。雲岫，妳說，阿圓他姨婆會不會生氣？會不會責備我們怠慢了她？」

昨日後半夜，雲岫的確聽見了些許吵鬧聲，很短暫，記得程行彧還出去查看過。但他回來後，好像沒和她說事情始末，難不成是她又睡過去了？

不過，唐晴鳶和曲灩竟能玩在一起，雲岫著實沒料到。一個是山裡天真爛漫且爽朗豁達的小大夫，一個是宮裡遵規守禮又赤忱嬌憨的太后娘娘，八竿子打不到的兩人，居然能成為忘年交。

難道，這就是唐晴鴛自來熟的魅力所在？

「伯母，應當無礙，昨晚阿圓的爹起來過，他是知曉這事的。既然他沒說什麼，你們也不必擔憂。」即便沒有醉死，她估摸著兩人也沒少喝，又道：「讓她們睡一下，等會兒起來喝口醒酒湯，洗個澡就好了。」

唐夫人聽到程行彧知道且默許此事後，心終於放回肚子裡。

羅嬸子笑笑。「這回得了雲岫的話，安心了吧？有阿圓的爹和雲岫在，就算有些不合禮制，也無傷大雅。」

主要還是他們在盤州樂平與程行彧相處過一些時日，熟知其為人品行。為情所困，為了探悉雲岫母子過往，能在鏢局隱姓埋名當小文書，這樣的男子絕不會是器量狹小之人。

「那是那是。」唐夫人鬆快回應著。

然後，三人便坐在院中一起剝栗子，一邊商量今日膳食的安排了。

第五十五章

程行或他們買菜回來時，唐晴鳶和曲灩還在睡。

顧秋顏姊弟和紀魯魯他們一群小學子上門拜訪時，唐晴鳶和曲灩依舊沒醒。

哪怕眾人在堂屋談話，也絲毫沒有打擾到她們。

「先生，這是家中製的酸菜，您拿來做酸菜炒肉，酸香可口又解膩。」

「先生，學生家鄉是養蠶的，這是做好的兩床蠶絲被，冬暖夏涼。」

「先生，學生炒了杏仁，烤了核桃，給小師弟解饞……」

除了顧家姊弟和紀魯魯外，還來了八位學子，都是這一、兩日才回到蘭溪的。城中客棧爆滿，他們借住在顧家的城外小院，本來打算過完上元節，再一起回書院，得知雲岫家在沐春巷後，便提著不少家鄉特產，隨顧秋年他們登門拜訪。

「你們的心意，我都知道了。吃的我留下，其他的你們帶回去。」蠶絲被、油紙傘、綢緞布疋等等，她可以花錢採買，但對於很多學子來說，要花費家中不少財物。

一名女學生說道：「先生，這蠶絲被是我娘交代一定要給您的，若是沒有您指導學生設立養蠶溫室，搭設蠶架子，使用方格簇，我家哪能養冬蠶？您不知道，家中親戚看見冬日不僅能養蠶，還能結繭，有多麼驚豔，村裡人活了大半輩子，從來不知冬日能養蠶呢。還請先生務必收下。」

見雲岫再三推託，那名學生放下東西，立刻告辭離去，叫都叫不住。

「回來，留下吃湯圓！」

有其一就有其二，學子們紛紛留下東西，告辭後拔腿就跑，雲岫只來得及讓程行彧在門外拉住跑得最慢的紀魯魯。

程行彧笑問：「紀學子，可還記得我？」

紀魯魯迷惑。「大哥？」

雲岫拿著錢袋子，走到他面前。「什麼大哥？他是你小師弟的爹，叫聲師丈就成。」

紀魯魯小眼睛睜得老大，頗為激動。「師、師丈?!」

心裡樂開花的程行彧笑道：「是師丈，不是師師師丈。記得下次不要再叫成大哥了。」

「記得了，記得了。先生，師丈，學生告辭。」那些不厚道的兄弟們，昨晚還一起喝酒吃肉，今日就棄他不顧。

「紀魯魯，等等，我有事和你說。」雲岫把錢袋子遞給他。「拿著，帶已經回來的學子去食肆吃頓好的。你別忙著拒絕，此乃先生請客，不得推託。」

本想留他們一起吃湯圓的，但是有唐山長在，雲岫怕他們吃得不自在，倒不如隨了他們的意，讓這些小學子們自己尋個地方聚餐過節。

紀魯魯猶豫。「先生，這怕是不好吧？」

雲岫斬釘截鐵地說：「讓你拿著就拿著，幾頓飯，先生還請得起。記得吃點好的，不必替我省錢，明白了嗎？」

紀魯魯應下。「明白，謝謝先生。先生可有其他吩咐？若無，學生便去找他們了。」

雲岫繼續道：「還有一件事。你可會雕木雕人像？或者，家中有沒有親戚擅長這個？」

「會的，先生要什麼樣的木雕人像？學生可效勞。」紀魯魯信心十足，他三歲拿刻刀，六歲雕動物，九歲雕人物，只要不是大型雕像，他都能勝任。

在雲岫說出木雕人像時，程行彧眸底神色微變，是他想的那個意思嗎？一愣神，就聽雲岫出了聲。

「魯魯，我需要你為我們雕一組木雕人像，手掌大小左右。」雲岫說著，展開手心比劃。「大概這麼大，不需要雕刻得如真人般，只要雕出人物特色，傳神便行。人物有我，有阿圓，還有你師丈，你都見過了，是否可以雕？至於另外兩人，可能藉由畫像雕刻？」

手掌大小的木雕小人是可以雕的，只是看畫像雕刻恐難以傳神，紀魯魯便問：「畫像雖能雕刻，但就怕捕捉不到人物的精神，最好還是見上一面，不知先生可方便？」

現在陸清鳴不在，曲灩酒醉未醒，但之後大家會去縉沅書院，到時候紀魯魯也在山上，她應該能找到機會讓紀魯魯見見他們。

雲岫還未回覆，程行彧就說道：「方便。回到書院後，我會讓你們見上一面，讓你就近細看。但此事需保密，不能讓這兩人察覺。」從懷中取出錢袋，拿出一張銀票遞給紀魯魯。

「這是訂金，你儘管用最好的木頭。」

紀魯魯本不想收錢的，但聽見要用最好的木頭，還是伸手接下。好的木頭確實不便宜，他一定用這筆錢為先生挑選最合適的。

程行彧果然知她意，雲岫莞爾一笑，接上話。「此事或許也是你的大機緣，好好雕刻，若遇難處，儘管找你師丈幫忙。」

機緣？紀魯魯朗聲應下。「是，學生一定盡力而為。」

雲岫這才讓他離開，一轉身就對上程行彧含笑的眼眸，也跟著輕笑。「懂了？」

程行彧唇角上揚，眼中都是溫暖的笑意。「懂了，謝謝岫岫。」

他這一生最大的幸運就是遇到雲岫，這一生做過最正確的決定，就是和她留在縉寧山。何幸得遇，良人如斯，他再無其他所求，此生足矣。

中午要吃湯圓，外皮用的糯米麵是羅嬸和好的，雲岫正在調餡料。

今早早市有人賣製好的餡料，程行彧買了三種，有黑芝麻、豆沙跟棗泥，省得雲岫還要花工夫研磨。

「阿彧，灶上蒸著紫薯和南瓜，你看看，如果筷子能插透，就是蒸熟了，拿下來剝皮，然後幫我用石臼磨成細泥。」雲岫正在把處理好的香菇和雞肉餡拌在一起。秦總管家鄉那邊不吃甜口味的湯圓，她特地用雞肉做一個鹹味的。

「好。」程行彧從雲岫身後掠過，趁著羅嬸子剛好背過身取東西，飛快地在雲岫臉頰上親了一口。

雲岫沒出聲，朝他齜牙咧嘴。大庭廣眾之下，討打是吧？

程行彧眉目傳情，嘴唇微動，無聲說道：「向獨臂遊俠學習。」

看過話本了不起啊，她知道的可比他多，走著瞧！

程行彧笑呵呵地取走已蒸熟的紫薯和南瓜，拿個簸箕裝著，去院子裡搗成泥。

唐大夫和羅大夫他們正洗菜擇菜，見他來了，招呼他過去，一邊處理食材、一邊閒聊。

磨好刀的喬長青，提著刀走進來，問道：「岫岫，排骨還是剁成塊，肉切成片嗎？」

原本上元節是晚上才吃湯圓的，由於曲灩沒吃過唐晴鳶極力推薦的雲岫牌燒烤，再加上吃燒烤的時間長，即便去園遊會逛一圈，回來還能接著吃，所以大夥決定早上吃湯圓，晚飯少弄幾個菜且早點吃，等天黑了再烤燒烤。

過完上元節，羅大夫和羅嬸子就要返回盤州樂平，陸清鳴和曲灩也不會久待，因此大夥決定今夜要玩個通宵達旦。

程行彧買的肉不少，雞鴨魚羊全齊了，還意外買到牛肉。聽說是兩家村民的耕牛打架，其中一頭死了，便拿出來賣，他就買了一條牛後腿。如今倒是趕巧，牛肉與燒烤更配。

雲岫道：「肉切兩種，一種切片，一種大肉粒。」

喬長青點頭。「沒問題。」

以前她們也經常鼓搗吃食，喬長青能立刻弄懂雲岫想要什麼。

喬長青切肉，雲岫在處理湯圓餡料。從外面買回來的餡料糖少味淡，因此她重新加了豬油、蜂蜜和細砂糖調整口味。三種餡料調好後，用瓷碗分裝，便去洗手，然後就見程行彧把搗成細泥的紫薯和南瓜端進來。

見雲岫已經淨手，此刻正在擦手，程行彧主動道：「岫岫，妳說，我來放糖和蜂蜜。」

「可不只調餡料，你還要幫我揉麵做南瓜餅和紫薯餅，行不行？」阿圓小時候常吃南瓜餅，但安安只能淺嚐，趁著今天要蒸食材，她就一起做些。

「行，我沒有不行的。」程行彧手上還沾著不少南瓜泥，端著簸箕來到雲岫身旁。「妳說我做，難道還做不成？揉麵而已，力氣大的是。」

雲岫讓個位置給他，開始提點。

一人說，一人做，眉眼含笑，情意綿綿，看得喬長青心生羨慕。

忽然間，有人站在窗口看向灶房，揶揄聲起。「晏之，我怎不知你還有下廚的天賦。」

「兄長！」

「陛下！」

陸清鳴心情不錯，對眾人淡笑道：「不必拘謹，在蘭溪只管稱呼阿圓大伯便是。」他更喜歡他們背地裡對他的稱呼。

羅嬸子惶恐低頭，果然沒有任何事情能瞞過當今皇帝。

「兄長，灶房煙火重，您不如去院中稍坐片刻，餡料調好後，我們就可以包湯圓了。」程行彧說道，他也不知陸清鳴早上去哪裡了，現在才回來。

以為他聽不出話中之意？他又不會吃了眾人。陸清鳴道：「催什麼，阿圓去哪裡了？」

雲岫回答。「兄長，許姑姑帶著阿圓去後院拔薑，應該一會兒就回來。」

「嗯。」陸清鳴輕輕應了一聲，對阿圓的去向似乎只是隨口一問，然後目光停留在喬長青身上，一語雙關道：「喬松月？」

那是喬長青放棄的本名，關乎五年多前的京都鏢局命案，關乎她們冒用亡者戶籍戶帖，皆是欺君之罪。

雲岫低呼。「兄長！」

喬長青直接隔窗跪下，額頭貼地。「陛下恕罪。」

連程行彧都聽到那一聲撞擊，忙道：「兄長，晏之有事要稟報。」

灶房內的人沒想到會突發這一齣，要撲跪之時，就聽見陸清鳴冷冽的聲音。

「做什麼，都給我起來。」他垂眼看著跪在窗前的喬長青，亦道：「喬長青，妳也起來，手上事情處理完就去雲府，我有話問妳。」

雲岫心驚，究竟發生了什麼事，陸清鳴竟然要召見喬長青？那戶帖她也用過，如果不是她，陸清鳴根本不會知道喬長青這號人物。說到底，還是她拖累了喬長青。

於是，雲岫說道：「兄長，雲岫願一同前往，為兄長解惑。」

「兄長，晏之也願意一同過去。」

陸清鳴朝程行彧丟去一顆花生，正中他腦門，似笑非笑地說：「你去幹什麼？繼續做你的南瓜餅。今日這餅，我要吃你親手做的。」

臭小子，真是出息了，懼內！還不信他！以為他要如何？他是真的欠了這夫妻倆，所以此生特來給兩人解紛排難的。

親衛傳回消息，陸清鳴已經確認，喬長青身邊的陸銜，就是他前世親判腰斬之刑的陸水口家主。

上一世，陸銜以陸家庶長子的身分執掌陸水口，不僅控制南灘江以南水道，擾亂南方水運秩序，更暗中與水匪勾結，搶劫官船，虐殺官民無數。最後，官府耗費不少人力，才將他捉拿歸案。

陸清鳴對陸銜稍有印象，畢竟抓捕他實在費了不少功夫，他就像個老王八似的，長年蟄居陸水口，鮮少外出。如今陸銜出現在錦州，還與喬長青搭上關係，所圖必是快馬鏢局了。

幸虧他重活一世，在逢春舍見面時認出了陸銜，不然真會讓這隻毒蠍得以藏匿在程行彧和雲岫身邊。

陸銜是喬長青的意中人？呵，那就把陸衍的所圖所謀告訴喬長青，讓她自己做決定。

陸清鳴大搖大擺地走了，但喬長青還敢繼續剁肉嗎？當即取下身上圍裙，洗淨手就去了雲府。

雲岫讓程行彧跟過去看看，但不到半盞茶工夫，他就回來了。

「秦總管守在門口，說是兄長要和喬長青單獨談話，我進不去。」他看見雲岫臉上沒了笑容，忙寬慰道：「秦總管臉色如常，應當無礙。岫岫，兄長看在妳我的面子上，斷然不會為難她的。雖然不知道他們要談什麼，但我一定保她平安無事。」

雲岫微微蹙眉，究竟發生了什麼事？是要問當年的案子，還是與鏢局相關？她不喜歡事情在掌控之外，正好看見阿圓念念叨叨地跨進灶房，靈光一閃，衝著小孩招手。

「阿圓，過來過來。」

然後，程行彧看著母子倆你來我往仔細溝通交流，嘴角微抽。不到半盞茶的工夫，他抱起阿圓去隔壁，但雲岫才轉身喝個水，就見父子倆又回來了。

程行彧抱著阿圓，站在窗外搖頭。「阿圓也進不去，但秦總管讓妳放心。」

如此，她還能怎麼辦？只能等喬長青回來再問了。

「岫岫，可以吃湯圓了嗎？今天有辣辣的肉嗎？我還想吃炸雞。」

她家可不養閒散小公子，雲岫看著白乎乎的兩人，隔窗在阿圓鼻頭點了一點麵粉，說道：「想吃啊，那自己搓，進來拿餡料。」

湯圓是大家一起包的，大小不一。有安安和阿圓在，更出現了條狀、扁狀、超級迷你小圓子等各種形狀的湯圓。

這幾日天氣好，他們便把爐子搬到院中，熱水燒好時，下了第一批甜味的湯圓。

很輕微的腳步聲傳來，程行彧看過去時，唐晴鳶已經悄聲呼喊了。

「雲小岫～～許姑姑～～」

她的聲音很輕很淡，眾人聊著晚上的燒烤，說得正火熱，興致高昂，雲岫便沒聽見。

程行彧拉了拉雲岫的衣袖，側頭輕聲提醒她。「岫岫，唐晴鳶在叫妳和許姑姑，大概是姨母醒了。妳們去看看要做些什麼，我去打熱水，等會兒送到後院。」

「知道了，記得把新的盥洗之物和醒酒湯一併送來。」雲岫應下，然後叫上許姑姑，去了後院。

昨夜曲灩是真的高興，所以喝多了，醒來時還有些暈乎乎，又是漱洗、又是換衣，等灌下一盅橘皮醒酒湯後，才舒坦些。

昨晚曲灩和唐晴鳶喝了酒，又醒得遲，如今是空腹，雲岫就沒讓她們吃湯圓，請許姑姑幫她們炒了炒飯。

除了她倆，人人手裡捧著一碗湯圓，五種口味混在一起，吃起來有驚有喜。

「第一個就是芝麻的，味道又濃又甜。雲岫，妳是不是還加了別的東西？感覺有一股特別的香味，但又說不出是什麼。」

雲岫回答。「羅嬸，我加了豬油，餡料會更香滑、更順口。」

「芝麻和花生的，老夫都吃過，倒是第一回吃紫薯味的。白色的皮和紫色的餡，顏色真是鮮亮好看。」

雲岫笑道：「典閣主，還有黃色的南瓜餡呢，不過得看您老那碗有沒有盛到。」

喬長青不在，陸銜坐在安安身邊默默吃著湯圓，安安也是個話少靦覥的，雲岫便讓程行彧幫他們加湯圓，搖頭點頭的，也勉強能溝通。

曲灩本羨慕別人品嚐各種口味的湯圓，但吃下一口炒飯後，嘴裡登時迸發出奇妙口感，尤為驚豔。

「許姑姑，這炒飯很特別，妳是怎麼做的？」她從沒吃過那麼特別的炒飯，有雞蛋、有肉丁、有蔥花，然後再看不出其他食材。她本以為是普通的炒飯，但竟比宮廷御廚炒出來的還要好吃。

許姑姑笑道：「娘娘，確實只有雞蛋、肉丁與蔥花，但肉丁是顧家肉鋪的原味臘肉，另加了小半勺醬汁。醬汁是夫人的學生送來的，香醇味厚，所以炒飯的味道有些特別。」

「就是門匾上掛了隻木豬的顧家肉鋪？」

「是的，娘娘。」

不是很喜歡甜食的阿圓聽見她們的話，望了過去。「許婆婆，阿圓也想吃炒飯。」

雲岫輕斥他一聲。「阿圓，你的湯圓還沒吃完，不可浪費。」

小孩眼睛一轉，看向程行彧。「爹爹？」

果然有事爹爹，無事燕燕，程行彧眼角輕挑。「想讓爹爹幫你吃，一聲叫喚可不夠。」

「爹爹，爹爹，爹爹，爹爹……」

聲音又脆又響，嬉笑親暱間惹得程行彧心滿意足，心甘情願接過阿圓的碗。

雲岫哼唧道：「你就使勁慣著他吧。」

「岫岫，阿圓還小，只此一次。」

端著一碗炒飯的阿圓也信誓旦旦。「岫岫，只此一次。」

雲岫失笑，真是人小鬼大。

還剩下不少沒動過的湯圓，雲岫只留下一些，打算晚上讓曲灩和唐晴圓嚐嚐，其餘的便讓汪大海送去沐春巷二十號。那邊有不少侍衛，燒火煮個湯圓沒問題的，也讓他們應應景。

大夥收拾乾淨後，有的在院中繼續處理食材，有的相邀外出遊逛。

唐晴鳶把雲岫拉到堂屋角落，問道：「喬爺去哪裡了，我怎麼一直沒看見她？她不在家吃湯圓？」

隔壁的湯圓是汪大海送過去的，聊到現在，也不知道聊出個什麼結果，雲岫不想讓唐晴鳶跟著瞎想，回道：「在隔壁雲府陪阿圓他大伯用膳。」

唐晴鳶目瞪口呆。「這是共商大事？喬爺要飛黃騰達了？難不成她要成為皇家鏢局的頭子？」

「唐小鳥，皇家之事妳別亂猜，等會兒喬爺回來，問問她就知道了。」雲岫話說出口，卻見唐晴鳶面色彆扭，想到她和曲灩昨夜一同醉酒，便寬慰她。「無事無事，這不是還有妳嘛，妳和姨母相處一晚就當成姊妹了，還同睡一張床，我和喬爺當年可沒這樣。」
這話怎麼聽起來酸溜溜的，唐晴鳶有些不自在，訕笑道：「哈哈，我也沒想到姨母的性子如此爽快。昨晚是喝多了，忘了規矩，以後不會了。」
話音剛落，就聽見曲灩站在堂屋門口叫她。「晴鳶，妳好了嗎？可以出發去姜記製衣鋪了嗎？」
雲岫驚詫地望向唐晴鳶，那雙含笑的眼睛彷彿在說：可以啊，唐小鳥！
曲灩看見雲岫，也笑咪咪地邀請她。「岫岫，走，去買衣裳。」
雲岫笑著婉拒。「謝謝姨母，妳們先去，等會兒我還有事找阿彧呢。」
唐晴鳶想起早上漱洗時答應曲灩的話，口中忙應道：「姨母，這就來。」然後又對雲岫低聲急道：「哎呀，姨母一人孤零零的，沒人陪她玩，我這是替妳盡地主之誼。雲小岫，妳不必言謝，心裡若是過意不去，非要感謝我，那今日的燒烤食材就多準備些吧。」
她嘿嘿笑著，一聲我走了，便和曲灩攜手而去。
雲岫啞然失笑，她確實該謝，食材也確實該多準備些。

第五十六章

喬長青和唐晴鳶不在，下午是程行彧幫雲岫打下手。只是，所有食材都醃製好了，喬長青仍是沒有回來。

院子裡安安靜靜的，連阿圓和安安也跟著典閣主他們外出玩耍，程行彧在堂屋內幫雲岫出算科算題，而她自己則在簷下淺眠。

直到程行彧輕聲叫醒她。「岫岫，喬長青回來了。」

雲岫一個激靈起身，差點撞到程行彧的下巴。

程行彧安撫她。「沒事沒事，妳去看看喬長青，我瞧著有點不對勁。」

雲岫問他。「喬爺去哪裡了？」

程行彧道：「往後院去了，應該是回房間。」

雲岫起身，把蓋在身上的毯子遞給程行彧。「我去看看。你也去探探兄長口風，晚上一同商量。」

程行彧應下，目送雲岫離開後，把毯子收好，然後翻牆去了隔壁。

後院空無一人，喬長青的房門緊閉。雲岫站在她的門前，附耳傾聽，卻什麼聲音都沒有，於是舉手咚咚咚的敲門。

「喬爺，妳在嗎？是我，岫岫。」

喬長青趴在房內圓桌上，抱手埋頭，聽見聲響，起身為雲岫開門。

「喬……」雲岫話語未出，一張微白的臉映入眼簾。她抬手觸摸喬長青的額頭，一陣濕涼，驚問道：「怎麼回事？妳身體不舒服？還是阿圓他大伯對妳說了什麼？」

「岫岫，進來說。」喬長青拉過雲岫的手，關了門。

雲岫沒有使力掙開她，跟隨她的步伐，問道：「妳餓嗎？想吃什麼，我幫妳做。」

喬長青搖頭。「不用。岫岫，妳進來，我有事同妳說。」

兩人一同坐下，雲岫倒了茶，看喬長青飲下小半杯後，神色稍好，微微放心，也沒有催促她，而是耐心地等她開口。

「岫岫，我不隨妳去縉寧山了，我在家收拾行李，過幾日便走。」

「走？剛過完正月十五，妳就要出去走鏢？妳打算去哪兒？喬爺，我們的錢夠用，妳不用這麼辛苦拚命，不如趁著年節多陪陪安安。」

雲岫想不通，喬今安身上的寒涸水已解，如今可以玩之前不能玩的，吃以前不能吃的，正是陪伴他健康成長的好時候，喬長青怎麼會這麼快想再出遠門？

「是阿圓大伯和妳說了什麼？妳告訴我，我去同他商量解決。」

喬長青回道：「不是的，岫岫，和陛下無關，而且陛下並沒有因為五年前的事降罪於我，是我自己的原因。」

喬長青怎麼一副霜打茄子的模樣，她自己的原因又是什麼原因？

雲岫眉頭輕擰，不願被幾句話糊弄過去，繼續追問。「喬爺，我們一路互相扶持，不是親人，卻勝似一家人。如果遇到什麼難事，希望妳能告訴我，我可以為妳分憂。即便我不行，還有阿圓爹，還有唐小鳥，還有縉寧山的人。妳願意告訴我，妳究竟怎麼了嗎？」

喬長青內心糾結萬分，既覺得羞恥，又覺得自己犯傻。但是眼前人不是別人，是雲岫，思忖一下，便全盤托出。

雲岫越聽眉頭越皺，果然，陸銜跟在喬長青身邊的目的不單純。

「之前夜談時，我還抱有僥倖，以為自己遇到合適的人，迷了眼似的，還把對方帶回蘭溪。卻沒想到，我自以為的合適，是對方的蓄謀已久。

「岫岫，雖然他沒有娶妻，但是他騙了我，他去過花街柳巷，他家中更已有三房小妾。岫岫，他好髒啊！

「他送出一封信去陸水口，不僅要遣散家中姬妾，還洩漏了阿圓爹的身分。岫岫，對不起！真的對不起！」

苦肉計是為了引起她的注意，遣散妾室是打算引她入甕，放權予她是想吞併快馬鏢局。

喬長青從頹靡到哽咽，再到失聲痛哭，雲岫既憤怒又心疼，起身快步過去，讓喬長青靠在她身前，出聲安撫。

「沒事的，妳別自責，阿圓爹可厲害了，一個水上幫派奈何不了他。但是，我想知道妳和陸銜到哪一步了？你們有沒有親密過？妳的身體有沒有哪裡不適？」

雲岫的言外之意，喬長青聽得懂，抱著雲岫的腰，搖頭低泣。

「沒有，岫岫，我只和他牽過手。我只是好氣我自己，又傻又笨！平日走鏢時也小心警覺的，為什麼這次偏偏信了他？岫岫，我好後悔，為什麼要帶他回蘭溪？我好後悔打亂了大家的日子，嗚嗚……」

「喬爺，妳聽我說，妳還完好無損地坐在這裡，我們就心滿意足了。不僅是我，即便是唐小鳥他們一家，都不會因此怪罪妳。我們是一家人，一家人就是相互幫扶、相互理解的。」她輕輕拍著喬長青。「這是陸銜的錯，不是妳的錯，妳沒有必要為了這種事、這種人傷害自己。等會兒我就讓阿圓爹把他轟出去，妳想如何發洩儘管說。打斷一條腿，還是折斷一隻手？抑或是廢了他？」

「岫岫，妳讓我多抱一會兒。」喬長青又委屈、又感動，她何德何能，可以與雲岫相識相伴。她暗中發誓，這是她最後一次哭，以後要做回頂天立地的喬總鏢頭，再也不要為感情憂煩。

雲岫哄著她，心裡卻思索著該怎麼解決陸銜。

不想，平靜下來的喬長青語出驚人。「岫岫，後日我會跟陸銜啟程去陸水口，可能有一段日子無法回縉寧山，安安就麻煩妳和阿圓爹了。」

「喬爺，妳想做什麼?!」雲岫腦海裡的一根神經斷了，喬長青既已知道陸銜的真實面目，應該不會再留戀，何況是跟他去陸水口，去對方的地盤上蹦躂，無異於羊入虎口。

雲岫不希望喬長青去，天高皇帝遠的，即便程行彧手再長、關係再廣，遇到突發情況時，也有他幫不到的地方。

「岫岫，我要去學習經營河運，了解水上幫派的運行之道。至於陸銜，不必髒了你們的手去處置這種人，打他一頓太輕，殺他也太便宜，我要學盡陸家本事，讓陸銜後悔招惹我，後悔今日的所作所為！」

陸清鳴讓她自己選，要麼毒殺陸銜，要麼和陸銜自行離開，往後生死自負。但她都沒選，找了一條自己想走的路，自願入陸水口，謀其水道。

你覬覦我陸運鏢局，那我謀算你水運河道，看誰先吃下對方。

喬長青，心志已定。

這番說詞是說得通，但在雲岫看來，肯定還隱藏著其他秘密。

安安身子初癒，此時對喬長青來說，和安安相處，比學習經營水運更重要，而且她就在喬長青眼前，喬長青卻不問她的意思，便決定要去陸水口，太急切了，一點都不像她認識的喬長青。

早上一切如常，所有的變化都是去見了陸清鳴後才有的，所以，肯定不僅僅是陸銜這個人有問題，陸清鳴應該還對喬長青說了什麼。

「喬爺，妳告訴我，陸銜有問題，是誰告訴妳的？是阿圓他大伯，對嗎？」雲岫看著喬長青的眼睛，嚴肅問道。程行彧雖然找人去探查陸銜，但還沒有回信。今日如果不是喬長青自己說出來，恐怕雲岫都沒看出這個人有問題。

「嗯，是陛下說的。他很感謝這些年我對阿圓的照顧，不希望我越陷越深，便說出陸銜的真面目。」雲岫很敏銳，所以喬長青並不打算隱瞞這件事。

雲岫蹙眉，臉色不曾鬆緩，還是覺得不對勁。如果只是陸銜的事，陸清鳴大可告訴程行彧或她，何必單獨召見喬長青，肯定是喬長青身上還有陸清鳴看中的利益。

利益，是指快馬鏢局嗎？還是喬長青的走鏢本事？是了，喬長青如此心急火燎地去陸水口了解水運幫派，恐怕和鏢局有關。

雲岫拖過圓凳，坐到喬長青身邊，肅然道：「妳還在瞞我。妳和我實話實說，妳答應了阿圓他大伯什麼事？或者，他命令妳去做什麼？」

「沒有，我就是氣不過，想摸清水運門路，到時候讓快馬鏢局水陸並行，狠狠打擊陸銜！」喬長青快語說完，面對雲岫質疑的目光，偏頭舉起茶杯，將茶水一飲而下，然後倒第二杯、第三杯，直至飲完小茶壺裡的茶水。

雲岫從「水陸並行」這個詞猜到一些訊息，再看喬長青閉口不言，擰眉說道：「雖然我沒有在外走鏢，但快馬鏢局的經營方法是我想出來的。喬爺，妳連問都不問，當真以為我不通水運嗎？妳若不說，那我去找阿圓他大伯細問。我的姊妹不容他這麼隨意使喚，大不了把快馬鏢局拱手讓他，愛怎麼折騰，自己折騰去。」

她們開設鏢局時，並未考慮過水運，因為水運投入成本比陸運大，做水上物流需貨運船隻、需舵手船工、需占據碼頭、需與水上各幫派打交道等等。而陸運耗時雖長一些，但鏢局只需一處院子作為站點，置辦馬車，招攬鏢師，行鏢途中還能兜售各地物資，一路買、一路賣，賺取中間差價。偶爾借水道而行，對快馬鏢局來說足矣，才沒有經營水運。

所以，是陸清鳴想要掌控南越水運，才會揭穿陸銜的真實面目，讓喬長青去陸水口？

不行，水上幫派複雜，她不希望喬長青去冒險！

雲岫起身要走，卻被喬長青猛然拉住，非常認真地說：「岫岫，是我自己的決定，和陛下無關。妳別急，先坐下，我告訴妳就是。

「是我自己想學水運，也想借陛下之勢，行便宜之事。陛下給了我兩個選擇，一是繼續經營快馬鏢局，但全靠我們自己努力，盈虧盛衰，他都不會插手過問；第二個選擇，快馬鏢局背靠皇室，我繼續走鏢，但陛下會給予一切便利，助我開南灘江水運，十五年內收服整治水上幫派，讓南越水陸並行，實現真正的便利暢通。岫岫，我選擇了第二個。」

陸清鳴可以啊！明明知道她不會棄喬長青不顧，便迂迴地從喬長青這邊下手，不僅暗中拖她下水，更是把喬長青當槍使。水上那些幫派傳承數百年，盤踞地方，哪裡是那麼容易降服的？

「這根本是賠本的買賣，錢少事多，那些人還不好惹。走，我們重新選擇第一種，錢少點，但好歹安全自由。我不求妳富甲天下，只望妳平平安安。」

雲岫拉起喬長青，就要去找陸清鳴，卻被她用力拽住。

「岫岫，誰說這是賠本買賣？」從雲岫進門到現在，喬長青臉上終於浮現了一抹淺淺的笑意。

她是誰？她是喬總鏢頭，從不跑賠本的鏢。一開始她也有猶豫，但是不得不說，這是她建功立業、千古留名的機會，何況陸清鳴給的好處並不差。

雲岫一愣。「他還許了妳什麼條件？」

「三十年內，鏢局所得盈利皆歸我們自有。三十年後，快馬鏢局移交皇室。」

雲岫腳下踉蹌，腦子有些發暈。三十年，人心易變，陸清鳴的錢有那麼好賺？沒聽說過卸磨殺驢嗎?!她覺得嗓子乾巴巴的，後腦嗡嗡作痛，陷入矛盾，又開始懷疑陸清鳴究竟能不能信。

她一人上了陸清鳴的賊船也就罷了，畢竟天高皇帝遠，她只是順便教授學生罷了。如今連喬長青也被牽扯在內，要替陸清鳴掌控南越水陸交通並不簡單，她迫切地想知道程行彧的看法。

喬長青明白雲岫的擔憂，然而她答應下來，也有自己的私心。

「岫岫，此事艱險困難，但對我而言，是一個千載難逢的機會。」

小時候，她家日子艱苦，從來不知道越州孟林縣之外還有遠大寬闊的世界，原來南越也有肥沃寬廣的土地，至東有碧海，至西有草原，至南有丘陵，至北有密林。

長大了，她跟著哥哥去了京都城才知道，原來房子能建到三層，吃的東西有那麼多種，布疋有各種顏色，平時沒事可以看戲聽書，不必等集市就能每天買到想要的東西……而孟林縣裡，很多人一輩子都沒見識過這些。

認識雲岫後，她又學到很多知識，小到生詞古語，大至經商理念。日聞所不聞，日見所不見，曾經的小農女，終於成長為快馬鏢局的喬總鏢頭。

她雖沒有將相之才，但是她會走鏢，有豐富的經驗。若是沒有遇到陸衎，她本來也想以此為志，鏢行四方。如今這一遭，不過是讓她回歸本位，而陸清鳴更是在她原本的計劃之內給了她一個建功立業的機會，予她便利，立不世之功。

若是水陸互通，不僅於國有大利，於民亦有方便，她也想讓身處閉塞之地的百姓知南越疆土之遼闊，識南越物產之豐富。

雲岫聽著喬長青訴說抱負遠志，從沒想到她還藏有這份心思，沈吟半晌，坦言道：「喬爺，妳有為民為國之心，更胸懷豪情壯志，我為妳驕傲。但要讓南越實行水陸並行，交通便利，並不是一件簡單的事。前路迴且長，絕非幾年內就能成事，妳當真想好了嗎？」

喬長青抱著雲岫，親暱蹭著。「岫岫，難事也有要人做，不能因為困難就忽略它。陛下與我小時候遇到的官吏士紳不一樣，他寬以待民，登基後更是任賢革新，勵精圖治，不過數年，就讓南越百姓過上富足安定的日子。

「遠的不說，今年的上元節與五年前的上元節相比，差別懸殊。以前，我們哪能連看十幾日的煙花，哪敢一人提燈夜行，哪能逛繁華夜市？

「岫岫，我是南越子民，既然陛下願意給我這個機會，我也想為國奉獻，為天下女子做表率。」

雲岫躊躇間，明白自己無法動搖喬長青的決心，這就是情場失意，職場得意？曾經在藥鋪門口為幾兩銀子發愁的小姑娘要去為國效力了，也許喬長青真能為南越立下不朽之功。她很好奇，喬長青的上輩子是什麼樣的？她成功了嗎？她實現理想了嗎？

夜晚，喬長青拉著陸銜出門，美其名曰想再逛逛蘭溪夜市，但雲岫知道她是不想讓此人繼續待在家中，不想讓在場之人看出端倪。

於是，雲岫邀請陸清鳴賞月，想與他聊一聊喬長青，再談一談條件。無奈程行彧非要跟過來，三人便坐在雲府後院屋頂上，邊吃邊聊。

屋頂空曠安靜，還能把兩府動靜盡收眼底。如此一來，既不會打擾其他人的燒烤興致，也能說些悄悄話，而不為外人所知。

「晏之，你居然在屋頂修了竹椅卡槽。怎麼，你們夫妻倆經常上來賞月？」竹椅牢穩，陸清鳴手中拿著幾串烤肉，靠坐在竹椅上，吃肉賞月。

這兩人確實會享受，嘴中有肉，眼中有月，身邊有人，優哉游哉。

坐在他左右兩邊的程行彧和雲岫都沒說話，一人是因為驚喜沒有獻給最想獻的人，有些憋屈；一人是因為壓根兒沒想到屋頂上還能放椅子，稍感驚訝。

「不是有話要說嗎？有秦城守著，想說什麼就說吧。」陸清鳴趁熱咬下一口滋滋冒油的烤肉，外焦裡嫩，上面的醬汁佐料確實很特別，看來回京前，秦總管得找許姑姑學一學了。

雲岫看他吃得津津有味，抱著手中的竹筒吸了一大口蜂蜜水。等說完正事，她就去吃現烤的！

等陸清鳴吃完一串烤肉，雲岫才開口。「雲岫唐突，有事請教兄長。」

又吃起另一串烤肉的陸清鳴道：「無妨，一家人有話直說。」

「兄長，喬長青最後能成功收服水上幫派，開南灘江水運嗎？她需要奔波幾年？」

陸清鳴聽出雲岫的言外之意，挑了挑眉，脫口道：「不知。」

在雲岫皺眉之際，他泰然自若地繼續說：「有很多事改變了，樂平沒有快馬鏢局，蘭溪沒有掛木豬的顧家肉鋪，縉沅書院也沒有女夫子。無論是喬長青，還是喬松月，抑或是唐晴鳶，皆一無所聞。」

他說得很明白，又很隱晦，但程行彧和雲岫聽得懂。

可雲岫有些想不通，她若沒有遇到喬長青，那她怎麼會用楊喬這個名字？

「兄長知道……與我相關的多少事？」

陸清鳴仰面望月，輕笑著感慨。上輩子，程行彧與她陰陽兩隔，他對兩人虧欠良多；如今，終有幸成一家人。

「前半生未能與妳相識，後半生互通書信結成筆友。雲岫，我從來沒見過妳，可妳卻幫了我許多。但是，妳的問題，我無法回答，因為我確實不知。」

他不知道她是楊喬也是雲岫，不知道她定居何處遊走何方，不知道她結交哪些友人同伴，也不知道她和阿圓那些年在外是否平安順利……他很遺憾，他不曾見過她。

「不過，如果妳想知道和晏之的另一種結局，我可以告訴妳。」

雲岫搖頭拒絕。「我不感興趣，也不想知道。兄長，我對現在的生活很滿意，不想徒增煩惱。」

陸清鳴輕笑兩聲，側頭問程行彧。「晏之，你呢，你想知道嗎？」

程行彧同樣拒絕。「不想。」

「所以啊，珍惜當下才是最重要的。雲岫，晏之就交給妳了，莫要辜負他。」

在陸清鳴的喟嘆中，雲岫瞄了程行彧一眼，對上他深情款款的眼神，揚唇微笑。和陸銜相比，程行彧真的好太多了。

雲岫又問：「兄長，既然如此，那您是看中喬長青的行鏢本事，才重用她的嗎？」

陸清鳴說：「雲岫，快馬鏢局雖然和妳有關，但喬長青能走鏢，將分局開設於各州首府，實力不容小覷。我不知她籍籍無名的原因，可這樣的她不應被埋沒。她有才，而南越需要這樣的人才。」

「儘管喬長青有本事，但陸水口並非以她一人之力就能拿下，兄長讓她接觸水運，亦是讓她深陷險境。雲岫斗膽，想求兄長派人暗中保護她。」

喬長青拳腳功夫一般，收拾幾個地痞流氓尚可，若對上水上幫派那些人，豈不是小雞送入老鷹口，有死無生？軍中的師爺好歹還有幾個小兵保護，那喬長青怎可獨自去陸水口，何況還有陸銜那顆毒瘤在。

陸清鳴問她。「妳想要多少人？」

雲岫反問。「兄長願給多少人？」

程行彧悶不吭聲。

陸清鳴淡定吃烤肉，道：「兩人。」

雲岫難以苟同，據理力爭。「兄長，兩人怎麼夠？若是遇上幫派群毆，兩人哪能打得過，您這不是糊弄我和喬長青嗎？她既然決定為您效力，您好歹要保護臣下的安全吧，至少也要安排五、六十人。」

程行彧嘴角囁嚅兩下，沒能把話說出口。

陸清鳴剛好吃完手上的肉串，對著空曠的後院說道：「來人，去喬府取些烤肉來。」

月光之下，雲岫坐在屋頂，不曾看見侍衛走動，便道：「兄長，不如讓秦總管另起爐子，取些食材現烤現吃，來回折騰繞一圈，肉都……」涼了。

雲岫話語突頓，驟然驚住。

剛剛她好像看見了一道人影，唰一下掠過。再定睛一看，確實有人在騰躍，踩著飛簷，一名侍衛隨即端著一個盤子，站到陸清鳴身邊。

「主子，烤肉。」

陸清鳴接過肉串，漫不經心地說：「把盤子送回去吧。」

雲岫一愣，從取肉到送肉，不過一句話的工夫，陸清鳴這是要委婉地告訴她什麼？

第五十七章

「雲岫，我已把陸水口的秘密告知喬長青，她自然知道什麼人可信，什麼人不可信。同時，亦有兩名皇家親衛暗中保護她的安全。如此一來，妳是否放心了？」

皇家親衛？和程行或身邊的黑衣侍衛一樣嗎？

雲岫討價還價。「兄長，不如再增加些人手吧？沒有五、六十人，那您給個二、三十人也可呀。」

陸清鳴瞅她一眼。「二、三十人？我南下才帶了二十五人，哪來的三十人？皇家親衛不同一般，一人可戰百人，若妳只要二、三十人，那我便只派出一人吧。」

一個人的武力值有那麼高嗎？雲岫偷瞄程行或一眼，看懂他的眼神暗示後，連聲應下。

「兄長，兩人！兩人就兩人！」

陸清鳴裝作看不見兩人的小動作似的，繼續吃烤肉串，等雲岫坐定後，才道：「還有什麼疑問？」

保鏢有了，還差個免死金牌。

「兄長，您是否曾聽過尚方寶劍？金書鐵券？或者免死金牌？」雲岫咧嘴笑問，就差沒直言請陸清鳴賞賜了，連程行或都沒見過她這副討好樣子。

什麼東西？聞所未聞，是類似於免死金牌嗎？陸清鳴拿肉串的手頓在半空中，面上似笑非笑的，有些意外。

「雲岫啊雲岫，妳倒是用心良苦。」他看似鬆口，話音卻一轉。「什麼都沒有，只有玉珮一塊，要嗎？」

「要！只要是兄長賞賜，喬長青一定會好好收著。」雲岫高興應下，玉珮也是象徵，不要白不要。

「還有何疑問，一併說來。」

「暫時沒有了，多謝兄長解惑。」

陸清鳴把手中剩下的肉串遞給程行彧，起身站在屋脊上伸了個懶腰，輕笑道：「走了，晚上看月亮，也就你們倆有這個閒情逸致。」

他要去五人豬雜攤吃滷豬雜，還是不知他身分的年輕小學子有意思。

「恭送兄長。」

「兄長慢走。」

陸清鳴要躍下屋頂時，突然轉身，看著兩人，戲謔道：「哦，對了，沒有金書鐵券，倒是有我親手刻寫的婚書一份。雲岫，妳看看，算不算得上妳所謂的金書鐵券？」

他說完，朗聲笑著躍下青瓦，同秦總管出府了。

陸清鳴走遠了，雲岫還沒回神，什麼婚書？

程行彧呆住。糟糕，他忘了這婚書的存在，因為那是他擅自作主求來的，並未問過雲岫的想法，所以他忽略它，也不想讓雲岫知道它的存在，孰料今夜竟被兄長說破。

「岫岫，此事容我同妳細說。」寂靜的夜裡，程行彧急急解釋。他就是妻管嚴，他就是懼內，他不是有意隱瞞婚書之事，而是壓根兒忘了。如果不是兄長提起，那東西就是用來壓箱底的！

雲岫也回神了，程行彧手裡竟有他們倆的婚書，不過他這是什麼反應？輕輕地戳了戳他的胸膛，昂著頭笑問：「婚書就婚書，你著急什麼？金的？多重？多大？長什麼樣啊？」

程行彧看著她粲然的笑臉，心頭跟著一鬆。「妳不生氣？」

雲岫坐回原位，睞他一眼。「已經發生的事，我還有什麼好氣的？生氣憤怒，能改變結果嗎？」

「岫岫，婚書是純金的，至於多重多大，我沒有量過。若妳想看，過幾日收拾箱籠時，我再重新找一找。」程行彧跟著坐下，遲疑道：「岫岫，我們的婚期不會有變故吧？」

婚書是他私自向兄長求得的，不是雲岫給的。但對他來說，雲岫的認可比那份婚書更重要，他還想在今年藍花楹盛開時，與她拜天地行禮，定下名分的。

「我答應的事，不會變。」雲岫望著他手上的肉串，有點饞。「阿彧，你去拿點燒烤，我們在屋頂上說說話。」

程行彧有點擔心她獨自待在屋頂上不安全。「不如一起下去吃，吃完再聊？」

在屋頂可以倚靠在竹椅中，不必仰頭便能憑眺煙花伴月之景。雲岫靠在竹椅上，輕輕晃著腳，不願下去，語氣嬌糯。

「不要，再過一會兒就要放煙花了，這裡是欣賞煙花的絕佳位置。」

她在外從不曾嬌軟如此，是因為屋頂別無他人嗎？程行彧喉嚨滑動，心思漸起，躍躍欲試，附耳誘惑她。

「岫岫，妳親我一下，我就去幫妳拿燒烤。」

雲岫挑眉。「可是，你昨晚才親過的。」

昨夜被弄破的舌尖還隱隱作痛，程行彧卻滿不在乎，看著雲岫嬌笑的臉龐，笑道：「難道昨日吃過飯，今日就不吃了嗎？」說話間，還故意把身子靠近雲岫，偏頭引誘她。「岫岫，不求與妳深吻，妳親個側臉，我便幫妳取燒烤，如何？」

就喜歡問她如何如何是吧？難道他不知，有些事男子可以主動嗎？等家中客人離開後，她定要尋個時機，矇住他的雙眼，好好教訓他，省得整日費盡心機地想讓她主動。

雲岫一手抱住竹筒、一手挽住他的頸項，在他的嘴角輕啄數下，眼見他眸色變化，要追逐而來時，立刻分開，還裝模作樣，故作遺憾地說：「阿彧，可惜你受傷了，要不然……」

兩人息息相通，程行彧意動間，心癢難耐。要不然什麼？可不能這般吊他心思啊！

他略微頷首。「岫岫，我可以的。」

雲岫哼笑兩聲。「你可以，但我不可以。」鬆開他的脖子，把手中竹筒遞給他。「幫我加點熱水。快去拿吃食來，再過一會兒，就要開始放煙花了。」

程行彧舔了舔嘴角，身旁無人，他不介意讓雲岫知道他的心思。「那今晚我要做昨夜贏得的非正經事。」

雲岫意料之中，本以為他能多堅持幾天，沒想到這麼猴急，輕飄飄道：「哎呀？真的？可是家中還有這麼多客人，我們怕是不方便鬧出什麼大動靜呢。哦，對了，兄長和我們住同一個院子，不僅不能出聲，如遇急事，可能會被打斷。阿彧，你當真想好了嗎？」

她眨巴眨巴眼睛，似是真為程行彧著想。

程行彧被她撩得抓心撓肝，偏偏她說的情況皆有可能發生，難得贏來的機會真要這麼隨意用掉嗎？不不不，他一定會尋個無人打擾的好時機！看雲岫得意洋洋的模樣，今夜就先遂了她的意。

他移到雲岫耳畔，呢喃道：「岫岫，那便留著吧，到時候妳莫後悔求饒才是。」

「坐好了，等我回來。」趁雲岫不注意，他在她嘴角印下一吻，隨後快步離去。

雲岫看他順著兩院間的院牆走動，輕躍幾下，便跳下院牆沒了身影，心中竊喜。

哎呀，這沒羞沒臊的日子過起來怎麼那麼令她沈迷呢，美色真是害人不淺，惑她心智。

一場煙花再次綻放後，夜空漸漸沈寂下來。

雲岫靠在程行彧懷裡，越聊越有精神。

「原來跟在你身邊的黑衣侍衛真的可以留下呀？那以後是算你的人，還是兄長的人？他們和皇家親衛一樣厲害嗎？」她原本不想與宮裡人有過多牽扯，誰知道那些侍衛會是誰的眼睛。但見識過皇家親衛的本事後，她又心動了，武力值爆表的保鏢，她也想要，她願意雇用他們。

在蘭溪，不必守森嚴宮規，沒有三跪九叩，上班輪值不打卡，逢年過節還給大紅包……這些侍衛裡，應該會有心甘情願跟隨他們的人吧。

兩人坐在屋頂，程行彧攬著她，手在她的鬢邊輕撫著。「岫岫，我身邊的侍衛，除了阿九，都不是皇家親衛，但兄長想讓他們留下，護我們周全。至於其他的，妳大可放心，往後他們和京都再無關係，只會是雲府的護衛。」

雖不是皇家親衛，雲岫也想要。「要的要的。他們功夫是不是也很厲害？」

程行彧輕笑。「比不得皇家親衛，不能一人戰百，但打敗十幾二十人，不在話下。」

今日下午，他問了兄長一些事，也想知會雲岫一聲，遂繼續道：「岫岫，明日我暫時不能和妳回書院了，兄長要走訪蘭溪，我需陪他再逛逛。」

「考察蘭溪治績？知縣大人要升遷了？」是她想的那個意思嗎？

程行彧輕吐一口氣。「岫岫，怪不得兄長想哄騙妳入京。」

雲岫得意笑道：「可惜賠了表弟還誆不到我，哈哈。」

是，表弟妹不進京，表弟和小表姪也不進京。程行彧忍俊不禁，手指輕輕刮了刮雲岫的臉頰。

「知縣要升，但不會那麼快。此行我想帶著阿圓，兄長很喜歡阿圓，我想讓阿圓和他們多相處幾日。」

雲岫問道：「那你們要留宿別處，還是每日回家？」她不是不願把阿圓留下，而是怕小胖子添亂。

程行彧說：「下午商議時，兄長是想每日回來的，但若去得遠，大概會在其他村鎮留宿。岫岫，妳在擔心阿圓嗎？」

雲岫搖頭。「有你在，我才不擔心呢，如果你們不嫌麻煩，想帶就帶著他吧，我正好落得清閒。對了，你和兄長要外出，那姨母怎麼辦？是和你們一起，還是同我去山裡逛逛？」

程行彧回道：「姨母也要去山上的，但不是明日。兄長的意思是，讓海叔和許姑姑陪姨母在蘭溪遊玩，等我們這邊的事情結束，再一同上山，兄長也想看看縉沅書院。」

雲岫聽了他的話，心裡盤算一下，道：「你們把安安帶上吧。以前安安身體不好，很少出門，這次你帶他一起出去走走，也能和阿圓作伴。如果路上不方便，找個侍衛抱一下、揹一下都可，我付雙倍工錢。

「然後，姨母那邊，我去和唐小鳥說一下，看看她願不願意作陪。她們倆頗為投緣，若唐小鳥願意陪姨母遊覽蘭溪，會比許姑姑和海叔更方便。」許姑姑恪守宮規，待曲灩過於拘謹，不像唐晴鳶，雖心懷恭敬，卻把曲灩當作朋友相處，不然也不會帶曲灩與縉沅學子喝酒，還同床休息。

程行彧聽雲岫提到唐晴鳶，眸光熠熠。「可行。」

「那明日午飯後，我和唐山長他們一同回書院。至於典閣主和羅叔、羅嬸他們，我不確定他們要不要上山，如果要去，那就一起；如果不去，那便繼續住在喬府，看他們後面作何打算。反正，家裡的事，你自己看著辦吧。」

確實是他的家事，也是他的客人，程行彧喜不自禁，欣然應下。

雲岫想起家中堆放的箱籠，本想和程行彧說，先把裝書籍的木箱找出來，然而想法從腦海中閃過，又被她按下。算了，白日裡要帶孩子外出，總不能晚上還不讓他好好休息吧？過些時日，她陪他一起整理，總歸有人看著，那些寶貝又丟不掉。

兩人在屋頂坐了好一會兒，又聊了許多事，直到雲岫竹筒內的蜂蜜水再次飲盡，才起身和程行彧下去，再回喬府遛一圈。

「竹椅要收嗎？」

「暫時放著。這幾日天氣晴朗，不會下雨，過幾日我再來收。」

雲岫拉著程行彧的手，小心地行走在屋脊的青瓦之上。

程行彧見狀，反手把雲岫拉入懷中，在她的一聲驚呼間，手穿過她的腰，一個打橫，穩穩將她抱入懷中，看著她腳尖輕晃，臉上漾出溫柔的笑意。

「程行彧，你這樣抱著我，不怕瓦塌了呀！」雲岫眼前是他放大的俊顏，鼻息間是他熾熱的呼吸。

「岫岫，塌不了。以後賞月，我都會抱妳上來，再抱妳下去。」程行彧眼底深處彷彿有星光在閃耀。

雲岫臉上笑容可掬，又在他嘴角親了一下。「獎賞！」

程行彧悅然，等兩人下了屋頂，攜手而行時，還在回味今夜的兩個吻。

他喜歡上賞月了，以後，每逢初一、十五，他都要邀岫岫賞月！

過完上元節，縉沅學子和夫子們將陸陸續續返回書院。

雲岫詢問眾人意見後，得知典閣主和羅大夫他們準備也在縣城裡待幾日，採買土產寄回樂平；唐晴鳶願意陪曲灩遊覽蘭溪，暫時不上山；喬長青與陸銜則是準備出發前往陸水口；兩個孩子交給程行彧和陸清鳴，許姑姑和汪大海也會留下。

因此，最後只有雲岫和唐山長等人要先一步返回縉寧山。

去小牛記吃完午飯後，程行彧送雲岫上山，把已批註好的職業規劃書和各種吃食、物品從馬車上卸下，又陪雲岫一起把夫子小院收拾乾淨。直到雲岫催促時，他依然不想離去，賴在院前的林間討價還價。

「岫岫，晚上我還想上來看妳。」

「岫岫，要不，早上我送妳來書院，晚上下課後再接妳回家？我覺得此主意甚好，妳看如何？」

雲岫雙手環抱著他的腰，任他軟磨硬泡，就是不鬆口，整個人埋在他懷中蹭了好幾下，輕言淺笑。

「不可以，專心辦你的事，照顧好兩個孩子，我就謝天謝地謝謝你了。」

程行彧跟她商量。「妳還要往返藥廬吃飯，不如我幫妳送晚飯？」

雲岫拒絕。「我在飯堂吃三餐，無須你操心。」

程行彧又道：「夜裡夫子小院只有妳一人，不如我來陪妳？」

雲岫再次拒絕。「我不怕。在書院有事要辦，休息時才回小院，不需你來回折騰。」

程行彧還要說什麼，雲岫鬆手推開他叫停。「阿彧，你回家去吧，別在這兒磨磨蹭蹭的，該和兄長外出視察，那就去；該整理商號的帳本，那就查。實在閒得慌，你去快馬鏢局看看，從京都城寄來的那些物件到齊了沒？若到了，你先整理一下，列個明細，然後再把家中的經史子集等經籍文典找出來。」

「嗯？整理書籍做什麼？」人沒抱在懷裡，程行彧不自在，更有些空落落的，只能拉著雲岫的手，把玩她的手指。

「捐贈。」一手被他翻來覆去地玩著，雲岫也懶得計較。本想以後再慢慢整理書籍，但若程行彧很閒，她不介意找點事給他做。

他收集的經籍文典，她多半已經看過記下，那些書放在家中，既占地方又鮮少有人翻閱。與其讓它們就此埋沒，不如捐給縉沅書院，陳列於藏書樓，令縉沅學子觀書熟讀，繼以靜思，閱天地古今而參悟己身，於國於民亦能有所作為。

「好，我記下了。」程行彧應下，仍未死心，口風忽然一轉。「岫岫，再過一會兒就要吃晚飯，不如我們下山吃飯，然後我再送妳上來？妳知道，我腳程很快的。」

「走走走，別在這兒礙事，我自己去書院飯堂吃飯。而且，等會兒我要去尋人，有事要辦呢，你別耽擱我。」小碎碎唸不在，結果大碎碎唸沒完沒了的，這般纏纏綿綿下去，簡直永無止盡，雲岫趕緊轟人。

看著程行彧的身影消失在密林間，雲岫才從箱匣裡取出一份職業規劃書，去書院找那位想開旅行社的學子仲甫。

仲甫是錦州永寧人，永寧縣距離蘭溪縣不遠，他應該會按時回書院。如果他已經到了最好，越早商量出結果，對他越有利。

趁著陸清鳴還在蘭溪，她想試試，能不能讓仲甫蹭個大機遇。如果此事辦得不錯，他可能會是南越開創旅行社的第一人。

第五十八章

雲岫去了書院的藏書樓、靜室、遊廊、庭院、前後花園都沒找到人，等從五穀先生那裡出來後，書院中已有不少學子，他們身上揹著行李包袱，正要回齋舍，路上看見雲岫，紛紛拱手行禮。

雲岫叫住幾個相熟的學子，請他們幫忙，如果看見仲甫，就讓他去明心樓找她，學子們欣然應下。

說來也巧，雲岫走到明心樓時，看見仲甫圍著紀魯魯等人曾經舉起的石缸繞行環顧。

「仲甫？」雲岫喊了他一聲。

仲甫聞聲轉身，看見雲岫時，眼中亦有欣喜，拱手道：「先生好。」

因規劃指導課的緣故，雲岫在書院待學子的態度並不像別的夫子那般嚴肅莊重，更願意以亦師亦友的方式和他們交流相處，瞧他站在石缸前轉悠，好奇問道：「仲甫，你站在這裡做什麼？」

「先生，過年期間，學生同爹娘說起書院師兄弟們舉起數百斤石缸的奇事，他們不願相信，非要眼見為實。所以，學生在想，明心樓前的石缸是否可以供人觀賞？既可滿足他們對書院的好奇，也能開闢一條車馬路線，方便學子與遊人上下縉寧山。」

雲岫心想，不僅能如他所說，這條路線還能提供就業機會。不愧是愛玩的人，一個石釭都能讓他聯想眾多，靦然一笑，舉著手中的規劃書說道：「仲甫，聽說過書院開放日嗎？見識過文創伴手禮嗎？玩過景點蓋章打卡集嗎？」

仲甫一開始只注意到雲岫手上那幾張覆滿筆墨的宣紙，心中猜想那是他的規劃書嗎？正糾結時，就聽到後面的三連問，頓時怔住，不確定地問：「景點？文創？開放日？先生所言，和『旅行社』有關？」

「走，到明心樓裡細聊。」雲岫叫上他，去了明心樓一樓雅室。

仲甫突然有種預感，先生知他懂他，旅行社似乎有望設立，咧嘴一笑，快步跟隨而去。

明心樓雅室內，雲岫並沒有立即把仲甫的規劃書交還給他，而是先同他解釋一些概念，並以縉沅書院為例子，倘若她是導遊，會帶領遊人如何遊玩。

因沒有立即看到規劃書的批註內容，本來還有些心不在焉的仲甫，在聽見雲岫妙趣橫生的旅遊路線後，也忍不住聚精會神，仔細傾聽。

安排車馬接送、特色食宿、景點介紹這些，他也能考慮到，但後面說的是什麼？雖沒見識過，可他光聽先生空口描述，就已經很感興趣了。

書院石牌坊處，可擴修馬廄作為車馬停靠站。自石牌坊到書院正門，設立告示欄，展書院風采，寫山上趣事，畫縉寧美景。

院前尋一空室為文創社，販賣書籤、油紙傘、扇子等各種手工藝品，只要能結合縉沅書院和縉寧山的特色即可，比如藍花楹、蘑菇、清潭、瀑布等等。

藏書樓前設置飲子鋪，遊人不僅可以參觀藏書樓，還能喝學子飲，集藏書樓蓋印。明心樓前能賞景、看石缸，亦能擺放滑輪組，讓遊人自行體驗。

畫技不俗的學子身兼畫師，為遊人描畫縉寧遊玩圖，既能讓遊人帶走當紀念，也可讓工讀的學子得一筆小收入。

飯堂不僅要供餐，更應該烹飪出有縉寧山特色的膳食，比如春吃筍，夏吃豆，秋吃蕈，冬吃瓜。且做法多樣，最好能做出只此一家，還讓人念念不忘的口味。

以上種種，但為避免影響學子求學，故一個月中僅挑選一日或兩日為縉沅書院開放日，不可每日開放。

後世的旅遊業很成熟，但是南越不一樣，百姓們對旅遊的概念，大多還停留在走親訪友，最多再買些當地土貨，如此就算得上出門遠遊了。在雲岫看來，遠遊還能玩得更舒心自在，更全面有趣。

仲甫能帶遊人按照既定的景點遊玩、講解，在南越已經算得上是一種進步，卻不夠超前。如果這位遊人比較挑剔呢？如果這位遊人想玩點不一樣的呢？再或者，如果這位遊人是官吏、是商賈、是學子，或是遲暮老人呢？

所以，仲甫想要當導遊，帶人遊玩，不僅要能為不同的客人制定合適的遊玩路線，還應該為景點的商戶指點迷津，讓這些人也能跟上他的腳步，提供有價值的服務。

轉瞬之間，雲岫對仲甫灌輸了很多見聞，小學子越聽越驚，也越聽越懵，腦海中產生的聯想纏繞成團，一會兒想到該如何聘請畫師，在哪些地方可以作畫；一會兒想著集蓋印的印章要刻什麼圖樣；一會兒又想蘭溪及其附近的景點，哪些可以串聯為一條遊玩路線……

「先生，學生記不住了，可否容學生取來筆墨記錄？」仲甫很感興趣，彷彿進入到另一個世界，努力背記了，但又怕記漏。

這時候，雲岫才把已經批註好的規劃書遞還給他，笑言道：「方才所說，都已書記於紙上；你的規劃書，我也批註完畢。仲甫，你回去詳研批註，若有疑問且無法參悟的地方，盡快尋我解惑。

「若你能藉由我為你舉的書院例子，自行理解明悟，那更好。如此，你試著為男女老少、士農工商分別設計蘭溪旅遊路線，一日遊如何走？三日遊如何玩？十日遊又該如何？總之，要確定周圍可遊玩景點，並標注出有潛力做文創的商戶。

「這是我為你佈置的作業，若十日內你能將路線規劃好，那麼這將是你的機遇。」雲岫脣角輕揚，眼中有笑，看著這個不愛讀書卻志在玩樂的學子，特地著重於「機遇」二字。

陸清鳴就在蘭溪，能不能抓住這個機會為皇帝當一回導遊，就看仲甫有沒有本事了。

仲甫雖然靜不下心讀書，但是他不傻，聽懂了雲岫的意思。屬於他的機遇，怎能放過？

「有勞先生掛念，仲甫一定盡力而為，不辜負先生的期盼。」

雲岫笑著點頭。「嗯，這幾日除了上課，其餘時間我都會在明心樓。若有疑惑不解，盡可來尋。」

她說完，朝外走去，抬頭望天。這個時辰，飯堂大概不會剩多少飯菜了，正好可以去會會程行或在書院安插的大廚子。

她很少在書院吃飯，不知道這位大廚手藝如何？

飯堂裡的學生寥寥無幾，一是因為已過吃飯的時辰，二是有些學子還沒有回來。

雲岫尋去後廚，在門外就聞到一股十分濃郁的香味，還傳來鍋鏟碰撞發出的聲音。

她走進去，果然看到一位高大威武的廚子，背對著她，正拿著大鐵鍋翻炒。

「張師傅，炒什麼呢？」

突然傳來的說話聲嚇得張師傅原地跳起，手裡的鍋鏟差點沒拿住，罵罵咧咧地轉身，正要教訓這些亂闖後廚的小學子時，發現來人是雲岫，到嘴邊的話不得不嚥回肚子裡。

「哎呀呀，原來是夫人，您走路悄無聲息的，差點沒把人嚇死。後廚油煙大，您來這裡做什麼，可用了膳食？還是想吃點別的？在飯堂吃，或者要帶走？」

雲岫挑眉輕笑，這人倒是和她想像的不太一樣呢，有些自來熟，對他作為程行或眼線的身分毫無介懷，彷彿就只是一個普普通通的書院廚子。

她微微偏頭，看見鍋裡醬汁正咕嚕咕嚕翻滾著，道：「張師傅，在書院裡還是喚我夫子或先生吧。方才有事，沒能趕上吃飯的時辰，我來找點東西吃。你在熬製什麼好東西呢？還挺香的。」

張師傅又將鍋中肉醬翻拌幾下，笑呵呵地回答。「炒肉醬呢。去年清明發酵的大醬剩了很多，趁著這幾日多用些，給今年的新醬騰地方。」

得知雲岫還沒吃飯，他說道：「這兩日回書院的學生時多時少，每日餐食分量不好把控，今日也沒餘下什麼好菜。要不我給您下碗麵條，舀上一勺剛熬好的肉醬作澆頭，然後再炒兩個菜？」

「行啊，正好嚐嚐你的手藝，不過菜就不用炒了，我吃碗麵已足夠。」柴火旺，鍋中肉醬需要不時翻拌，以免黏鍋糊底，雲岫看見另一口鍋中還燒著熱水，便問：「這水可以用來下麵條嗎？」

張師傅回道：「可以用，本是燒來燙陶罐的，等煮完麵條再重新燒就是。」話還沒說完，就看見雲岫從櫥櫃中拿出一把乾麵條，急忙呼喊。「先生，我來。」

「張師傅，沒事的，下個麵條而已，你繼續炒肉醬就好。」雲岫動作快，抽出一小把麵條丟進鍋中，手拿筷子和弄兩下，然後捧著一只大陶碗，放鹽、醬油、蔥花，靜候麵熟，又和張師傅聊了起來。

「張師傅，你以後有何打算？是繼續在書院當廚子，還是做回侍衛？」

張師傅道：「哎呀，先生可別和公子說要讓我做回侍衛啊，我這做飯的手藝日漸精熟，覺得樂趣頗多。做出可口的飯食，看著學子把飯菜吃完，再給一句讚賞，心裡別提多高興，遠比當侍衛的時候還有意思。」

不對！他本來就是侍衛，還是個會做菜的侍衛，當年就是因為廚藝尚可，才被派至縉寧山的，不能因為當了五年的廚子，就忘記自己侍衛的身分。

「先生，小的不是那個意思。小的意思是，如果公子無事吩咐，小的想繼續留在書院當廚子。」

「別慌，你想當廚子就當廚子，在縉寧山不需要你外出辦差，儘管安心。還有，不用自稱小的、屬下之類的，像以前一樣自稱我便是，那樣你我都自在些。」

不過，程行彧身邊真是人才濟濟，還有擅長廚藝的侍衛。

「多謝先生。」

雲岫又問：「張師傅的廚藝是從哪裡學來的？」

張師傅回答。「小時候家中開過路邊茶鋪，爹娘都懂一點，我從小就幫他們，或多或少學了些。只是那時候世道亂，他們去得早，我的手藝學得一般。這幾年手藝漸長，都靠書院飯堂大師傅傳授了不少。」

雲岫好奇。「那原來的大師傅呢？」

張師傅笑笑。「前年跟著女兒女婿下山去過好日子了。」

兩人閒談，張師傅用罐子盛裝炒好的肉醬，雲岫則在鍋中添了一小碗冷水，丟了兩根青菜，等再次水滾時，撈起麵條。

張師傅發現她沒有添湯，探頭問道：「先生吃拌麵？」

「嗯。」

張師傅聞言，眉眼彎彎，一張憨厚的臉龐落入雲岫眼中，其寧靜祥和的氣質與程行彧身邊的黑衣侍衛截然不同。要不是她知曉他的底細，完全看不出此人曾是個侍衛。

他拿起大圓勺，從還剩下大半肉醬的鐵鍋中，盛出一大勺醬。

「先生，那多來點醬肉，讓每根麵條都裹滿醬汁，配著裡面的肉絲，絕對比京都城酒樓的滷麵好吃！」

雲岫看著滿滿一大勺色澤亮麗的誘人肉醬，捧著碗的手趕緊縮回來。「太多了，少一些吧。」

張師傅手一晃，勺子裡的肉醬少了些，但雲岫搖頭。

他的手再一晃，雲岫還是搖頭。

最後，勺中只剩下小半勺肉醬，雲岫終於抬碗接下。

她趁熱把麵拌勻，吸了一口，無比滿足。這醬汁吃起來有些特別，應該是用麻辣醬，又放了一點糖、醋調味，鹹甜口味帶著微微的辣。

「張師傅，你這醬和我曾經吃過的京醬肉絲好像，要是再加點糖、撒點芝麻，就更完美了。」雲岫又吸了一口麵條，然後聯想到烤鴨的吃法，用鮮豆皮包著京醬肉絲，再配上黃瓜絲、蔥絲等食材一起入口，她好久沒吃了。

張師傅略有疑惑。「京醬肉絲？這肉醬除了配麵食，還有什麼吃法？」

雲岫興致大發地說：「用鮮豆皮或者薄餅捲著吃啊，也可以配其他能直接食用的素菜。」或者焯水燙過的食材也可以，總之只要醬料炒好了，拌什麼都好吃。

張師傅愣了一下，又問：「捲著吃？那菜葉子可以捲嗎？」

雲岫沒吃過，不太確定。「應該可以吧？要不，你試試看？」

她忽然想，要不要再背些食譜給張師傅，畢竟很多菜她都沒時間研究，但張師傅可以啊。要是他有心鑽研，說不定能做出縉沅書院的特色菜。如果成功，不僅在院師生有口福，還能讓書院開放日的遊人另有一番體驗。

這想法在心中破土而出，雲岫打算日後抽空背食譜，讓程行彧幫她書記。

雲岫從灶房脫身回小院時，天色已黑透，還吃撐了。

幸好，等她收拾完躺在床上休息時，胃已經沒那麼撐。

睡著後，她抱著被子想翻身，便察覺到床上有人，是熟悉的氣味以及呼吸聲，唇角忍不住勾起，迷迷糊糊的，懶得睜眼。

「你怎麼來了？」

「岫岫，沒有妳，我睡不著。」

「安安和阿圓呢？」

「有許姑姑和海叔照看。」

由儉入奢易，由奢入儉難。儘管被褥和床笫之間都有雲岫的香味，但得到過又怎麼願意獨守空房，所以他還是上山來了。

雲岫鬆開懷中抱成一團的被褥，轉身靠進他懷裡，手穿過他的腰間，攬住他的肩胛，待身體貼近後，又把一隻腿搭在他身上，像個無尾熊似的抱著程行彧。

她閉眼哼唧道：「唔，我也習慣抱著你。」

她睡覺喜歡抱被子，喜歡滾成一團，喜歡手腳亂搭亂放。她還記得，剛和程行彧在一起時，看見他像個假人似的平躺在床上，特別不習慣。睡覺就是讓人放鬆身心的啊，怎麼還要一板一眼挺得筆直，手不亂放，腿不亂動。

於是，她仗著程行彧眼瞎看不見，總在床上戲弄他，破壞他身上的矜冷清貴，看他喉結滾動生慾，看他瓷白的手抓住床褥，看他克制忍耐的表情……只是狗男人確實可惡，恐怕那個時候不是她玩他，是他逗她。

想起以前的趣事，雲岫忍不住唇角上揚。

她的臉貼在程行彧胸前，他未察覺雲岫的情緒，只是單純地抱著她。

程行彧身上精瘦，但該有的肌肉一塊都不少，比被褥好抱多了，更別說還可以搭腿。雲岫胡思亂想了一下，便再次沈入夢鄉。

兩人擁在一起，早已習慣這樣的睡覺方式。

第二天一早，等雲岫醒來時，懷裡僅有一只沾染過程行彧氣味的枕頭。人呢？恐怕是下山陪陸清鳴巡視去了。

雲岫起身收拾好，又開始了書院有規律的授課日子。

第五十九章

正月十九，仲甫拿著蘭溪旅遊計劃第一稿來找雲岫，兩人在明心樓聊到深夜，還吃到了程行彧送來的消夜。

正月二十三，仲甫改好第二稿計劃書，雲岫提了些許建議後，他便去找紀魯魯訂製一批特別花樣的印章，接著又下山幾日。

正月二十八，仲甫拿著第三稿計劃書去見雲岫，然後當夜下山，扣響雲府大門。

汪大海稟告程行彧，把人帶到堂屋。

程行彧沒想到仲甫來得這麼快，問道：「遊人似官非官，似商非商，遊玩路線與方式都有些古怪，你想好了？」

「師丈，學生可為您做蘭溪導遊。」

程行彧輕笑兩聲，安排他住下。

看著汪大海帶領仲甫離去的背影，程行彧再次感慨雲岫的雷厲風行。但怎麼辨，他對仲甫為兄長設計的旅遊路線，也很感興趣。

自正月十八開始，陸清鳴和程行彧巡視蘭溪，路遠需耽擱兩、三日的村鎮，就把兩個孩子交給許姑姑，讓他們和曲灩在蘭溪縣城內玩樂；就近一日能返回的地方，他們會帶著阿圓和安安一起去。

即便當日就能回家，出巡還是把兩個小孩累壞了，連精力充沛的阿圓每日回來也無精打采，程行彧幫他洗澡時，洗著洗著，他都能趴在浴桶邊睡著。

幸好，過完上元節後，有一家名為蘭溪戲社的戲樓開業，劇本情節扣人心弦，有舞蹈、有打戲、有配樂……一下子就吸引了很多客人，不少遊人的歸家計劃也因此延後。

連曲灩也不去逛街了，常約著唐晴鳶去蘭溪戲社看戲。

有一日晚上，她倆討論情節時，被阿圓聽了一耳朵，得知有石猴竟能成精，便不願再跟著程行彧出去，反而和安安乖乖地待在蘭溪，與曲灩到戲樓看猴子打妖怪。

因此，沒有兩個孩子，陸清鳴和程行彧能去更偏遠的地方。他們騎馬很快，加上腳程，月底時，蘭溪方圓百里內的村鎮差不多已走過一遍，反而是近處的蘭溪城外未曾仔細巡遊。

之前陸清鳴曾聽程行彧提起過旅行社，得知雲岫為他們找了一位導遊，準備帶他們遊玩蘭溪城外時，暗想什麼叫讓他體驗不一樣的玩賞出遊，恐怕別有所圖才是真，但很快便體會到所謂導遊的方便之處。

這位名叫仲甫的小學子為他們設計了出遊計劃，有必去之地，也能根據個人喜好選擇某些玩法，比如品道地土產，賞山水風光，覽村落民俗，察農事農作，或感民生國計。

陸清鳴最明顯的感觸是，他們不必像前幾日那般，需要先與當地百姓交流，才能了解當地的大致情況。至於問路、補水、投宿等等，因有了「導遊」相伴，好像也不再是問題。

而且，導遊和嚮導有很大的不同，嚮導只需熟悉地形，能夠帶路即可。但仲甫不僅僅帶路，還會幫他們介紹沿途村舍的風土人情、歷史古跡，並安排吃住、玩樂等事宜。有導遊在，非常省事便捷，可惜曲灩等人並未一同而來。

仲甫為第一位客人陸公子，設計了一條蘭溪城外休閒兩日遊路線。第一站就是林櫻道，是蘭溪城外鮮有人去的秘境。

早上有馬車到沐春巷接人，上車後，直奔城西三十里外的林櫻道。

仲甫笑意明朗，介紹道：「櫻枝夾空，繁華遍野，這裡名喚林櫻道。因錦州蘭溪氣候溫和，這裡的野櫻花會在每年十二月下旬逐漸綻放，二月盛開。除了蘭溪人，很少有人會到此遊玩，也不知南越最好的櫻花樹皮就是來自這裡，治療咳嗽、發熱的效果極佳。

「林櫻道不僅有可入藥的樹皮，也有能泡茶、做點心、製面脂的櫻花。玉齋坊最有名氣的一道春日點心『燕麥櫻花酥』，所用櫻花就是來自這裡。這些櫻花樹是林櫻道百姓的收入來源之一，每年除了農耕，便是春日最為忙碌。幾位遊人可有意去村長家品嚐櫻花茶飲？」

陸清鳴挑眉看程行彧，是有點意思。

一個時辰後，賞了櫻花林、吃了櫻花宴、喝了櫻花茶的陸清鳴，手提乾櫻花和花瓣櫻花皂，再次坐上馬車，前往下一個景點。

見遊人滿意，仲甫也很高興，在馬車上開始介紹第二個景點。「豐頌夜村有距離蘭溪縣城最近的熱湯泉。但師丈既已去過逢春舍，來此不必再泡熱湯，而是做面部泥膜，並體驗豐頌夜村的泉水紮染。

「使用豐頌夜村泉水染出來的布疋，顏色比其他地方的更有層次感，每一種紋路花樣都別具一格，做出來的衣飾獨一無二。每逢大集市，郭家人會收集村裡人做好的衣飾和帕子，幫他們拿去集市上售賣。」

陸清鳴跟著仲甫邊走邊聽，許多人家的院子裡晾曬著紮染好的布疋，還有人坐在院牆下縫製衣鞋。最後在一處寬闊院子前站定，聽見仲甫喚對方為郭婆婆，便知負責賣紮染藝品的郭家到了。

一個半時辰後，親手紮染一塊帕子，又買下五疋布的陸清鳴笑著告別郭婆婆，他們將要去十里外的另一處宅院用膳、留宿。

馬車上，仲甫繼續介紹。「魚莊在蘭溪小有名氣，以釣魚、吃魚而出名。閒暇之餘，許多蘭溪人也會到此放鬆遊憩。」

陸清鳴聽著，突然問他。「仲甫，你很熟悉這些地方？都曾遊覽過？」

仲甫笑盈盈地朗聲回道：「陸公子，在下都玩過。整個蘭溪，哪裡有好吃的、好玩的，只要問在下，那就問對人了。」

陸清鳴面色如常。「聽說你是縉沅書院的學子，為何不在書院讀書，反而下山當所謂的導遊？」

仲甫坐在馬車最外側，撓著後腦，面上稍有羞臊，如實回道：「在下亦不想荒廢學業，只是以在下的資質，難以科舉入仕。因醉心玩樂，便想試試能不能創立一家旅行社，以自身的遊玩經歷，為遊人設計有意思、有價值的旅遊計劃，並提供周到的導遊服務。如此一來，也算是成就一番事業，不算白來這世上走一遭。」

陸清鳴兩輩子都在和雲岫打交道，自然明白她的意思，不是每個人都適合入仕為官，但普通百姓都應有一份可以養家餬口的生計，於是又問：「以前不曾聽說過旅行社，仲甫，可否仔細聊一聊你要如何創立它，經營它？」

仲甫自然願意，他謹記雲岫吩咐，要好生招待這位陸公子，對其提出的問題也要認真詳細回答，他會努力抓住這份機遇的。

晚上，陸清鳴和程行彧在魚莊的湖心竹筏上夜釣。

晚膳是仲甫安排的，沒有吃魚莊最出名的全魚宴，反而吃了最特別的涼拌魚絲、砂鍋煎魚煲、番茄魚糜、魚燜飯。因口味少見特別，陸清鳴吃得有點多，這才有了夜釣消食。

他下餌，拋竿，一氣呵成。草樹私語不入耳，流水淌過心猶靜。他靜，但耐不住他身邊的人心亂。

陸清鳴好笑道：「怎麼，想連夜回縉寧山？」

別以為他不知道，在雲府時，程行彧夜夜都丟下自家兒子跑到山上歇息，和雲岫就那麼親暱，一刻也不願分開？若是分開，程行彧就像現在這樣坐立不安，一條魚都釣不起來。
程行彧自知每晚行蹤瞞不過守在暗處的皇家親衛，兄長自然曉得他上縉寧山的事，但他臉皮厚啊，被陸清鳴如此直接了當地戳穿，也不害臊，看著平靜的湖面想念雲岫。
「想。」
「哦，那還是別回去了，今夜陪我說說話。」
過幾日參觀完縉沅書院，陸清鳴和曲灃便打算啟程回京，他們兄弟倆能相處的時日確實不多了，若無意外，下次見面要等三年後。
程行彧應下。「好。」
一對燈籠，暖光映照湖面，陸清鳴淡淡淺笑，手中握著一根竹竿，與程行彧夜釣閒談，通宵至天明。

一鍋鮮香美味、嫩滑無比的魚片粥下肚，又是充滿活力的一天。
仲甫依舊是活潑而對玩樂充滿激情的小學子，或許再過幾個月，可稱他為仲甫導遊。
今日的行程，他領著陸清鳴去桑吉村嚐了新鮮出爐的豆腐腦，中午去洛陽村吃羊肉湯鍋，看村民鞣製羊皮，又買了羊皮靴子。因為要在天黑前把人送回沐春巷，所以仲甫並沒有安排下午的景點，而是選擇從洛陽村回蘭溪縣城。
回程路上沒有什麼特別值得遊賞的地方，但道路兩邊開滿亮黃色的迎春花，茂密而充滿生機。
馬車的簾子已被掀開，陸清鳴也在欣賞著這條回家之路。花的香味極淺，若隱若現的，若不仔細嗅聞，大概會忽略它。
「這條路上的花叫做迎春花，早春就會開花，代表著春日來臨，是初春的使者。因其生長旺盛頑強，亦有堅強、英勇的寓意。」
儘管沿途沒有需要下車遊玩的景點，但仲甫一直以風趣詼諧的語氣為陸清鳴介紹各村各地的特色，比陸清鳴前些日子巡視時得知的還要詳細。
偶爾逗趣之處，還引得陸清鳴跟著輕笑，不愧是雲岫選中的人。
黃昏時，馬車停在沐春巷雲府門前，目送陸清鳴進了府內後，仲甫才叫上車夫離開。
馬車內，仲甫欣喜難抑，他以導遊的身分成功招待了第一位遊人！捧著手中的賞銀，他讓車夫先送他去小牛記，買了一隻烤雞和兩道小菜，迫不及待地趕回縉寧山。
「大叔，今日再辛苦你送我回書院了。」
駕著馬車的車夫笑道：「大叔還要謝謝你呢，這兩日包吃包住，又給了不少工錢。下回有這好事，記得再來找大叔。」
「欸，多謝大叔。」仲甫興奮之餘，還在想，車夫大叔應該算是他找到的第一位車馬合作夥伴了吧。
總之，這兩日當導遊，他感觸良多，想趕緊上山，同先生分享他的所知所感。

仲甫的主意打得妙，而且不只他一個人這麼想、這麼做。

雲岫的職業規劃與就業指導課是為學子指點方向，不是手把手從頭教怎麼做的。

至於顧秋顏，確實是有點特殊，畢竟是她的第一顆大桃子。嚐果子、買果子的人，不都得看第一口甜不甜嘛。

於是，當仲甫來分享心得時，雲岫告訴他。「量力而行，善敗由己。仲甫，我對旅行社的所知所解，都已批註於你的規劃書上。至於你想開設的旅行社，最終會成什麼樣子，全在於你自己。遊客盈門，或生意寥落，你都需要一步一步自我嘗試，在每一位遊人中汲取經驗和不足，最終才能創建一家適合在南越發展、經營的旅行社。」

當賣豬雜湯的五人前來請教時，雲岫告訴他們。「文不按古，匠心獨妙，食亦是如此。豬雜和血旺還能做成什麼口味，能與哪些食物搭配，有哪些特別吃法，你們應該觀察、徵詢客人的偏好，而不是來問我。千人千嘴，食客的喜好並非由我一人說了算，明白嗎？對了，你們既然還要考科舉，那麼學不可廢，攤子的生意量力而為，相時而動，切莫因小失大。」

除了他倆，還有終於被親爹理解的姜蓉蓉。

她在蘭溪夜市上為小孩描畫動物妝，為女子修飾花容妝，為客人搭配服飾……不僅名聲漸起，也帶動了姜記製衣鋪的生意。今年年節一個月的盈利，是以前近一年的收入，真金白銀騙不了人。姜掌櫃想通了，閨女有這門手藝是能養活自己的，不再逼她嫁人，以後招個贅婿也不是不可。

新的學年，顧秋顏告假兩月，要去蘭溪城外另尋適合養豬的地方，大概要四月中旬才會回來。因顧秋年還在書院讀書，所以雲岫也能知道她和顧家肉鋪的大致情況。

紀魯魯因顧家肉鋪門匾上的木豬名噪一時，隔壁的玉齋坊問了顧家人，特地請他設計並雕刻一批能托舉、盛放點心的木托盤。他根據點心樣式，又結合各色糕點的特色寓意，設計了萌寵動物舉盤、花葉果子狀托盤等等。

盤子刻得妙趣橫生，玉齋坊掌櫃樂得喜不自禁，直接給了一個大紅包。

當然，紀魯魯的木雕豬也為石門子村的木雕手藝人開闢了另一種思路，他們不曾丟棄傳統的雕刻手藝，卻也會雕些稀奇古怪的小玩意兒吸引顧客，有萌寵擺飾、果盤、糖盤、筆筒、皂盒、儲物罐等等。

創新與傳統手藝並存，石門子村的木雕變化萬端，逐漸有人慕名而來，後來更在仲甫的旅行社推廣下，成為遊玩蘭溪必打卡前往的木雕村。

縉沅學子漸漸明悟，原來除了科舉入仕，普通人也能另謀生路。

新政，利國利民更利人。

蘭溪夜市的繁榮，顧家肉鋪、姜記製衣鋪、石門子村的成就，讓他們看到希望，這個世道確實變了，不再是十年前、二十年前的昏暗。天空終於露出微光，越來越亮，照亮了人心深處的虛無迷惘。

人，有了盼頭。

二月上旬，陸清鳴以遊學學子的身分來到緖沅書院。

在書院，他每日最感興趣的事情有三件，其一是去飯堂吃飯；其二向宋南興等人學習、切磋算術；其三則是去上雲岫的職業規劃課。所謂職業、就業，便是指營生，而這門課所提及的行當多且廣。

與上輩子的互通書信不同，在講堂裡，他更能直接感受到雲岫的博學多才，授業、解惑、釋疑，受益匪淺，她確實更適合當夫子。

程行或有緣遇上她，是此生之幸；南越有此奇才，亦是他之大幸。

「瑾哥，走，趕緊去飯堂打飯。」紀魯魯與顧秋年邀請陸清鳴去飯堂。最近這幾日飯堂大廚子的廚藝越發奇巧，每日換著花樣上菜，去晚就沒了。

「來了。」化名陸瑾的陸清鳴對雲岫使個眼色，跟著小他十餘歲的小學子們去食堂。紀魯魯瞇著小眼睛道：「先生可要同學生們一起用飯？今日晚飯有春筍紅燒肉和三杯雞。」

雲岫笑言婉拒。「我不去了，你們慢慢享用。」

幾個小學子拱手告辭，雲岫微笑著目送他們離去。陸清鳴待在山上時，還真是平易近人，本來只是讓紀魯魯帶他熟悉書院，順便捕捉其神情，以雕刻木雕人像，沒想到他會藉由紀魯魯和一眾學子玩在一塊兒，與他們在書院同吃同住。

她輕笑著收拾好東西，拿上布包走出講堂。到書院外，果然瞧見程行彧在等她。阿圓和安安一人趴在他後背，一人掛在他胸前，三人正玩得不亦樂乎，還沒走近就聽見兩個孩子的笑聲。

安安眼尖，看見雲岫的身影，呼喊道：「爹，娘下課了！」

阿圓也喳喳呼呼的。「燕燕，岫岫終於出來了，快回家吃飯，駕～～」

雲岫聽著他口中叫喚，還真是把他爹當馬騎了。

程行彧發現只有她出來，便知道兄長今日又要在書院用飯，把身上的阿圓和安安放下，順手接過雲岫的布包。

「走吧，今日姨母和唐伯母去山裡拔了不少春筍，晚上吃油燜春筍臘肉。」

阿圓和安安手牽著手走在中間，阿圓偶爾搗亂，一蹦一跳的，惹來雲岫眼神注視，隨即拉緊程行彧，嗯哼兩聲，安靜一會兒，又開始鬧了。

程行彧看著阿圓的模樣，不由好笑。他家雲岫最大，不僅他懼內，兒子也懼母。

「兩個孩子每日跟我學功夫，阿圓都以為自己能飛了。岫岫，妳就讓他樂呵樂呵吧。」

「你就慣著他。小心以後是個淘氣包，性子靜不下時，我看你後悔不後悔。」

「不會的，阿圓還小，我會慢慢教他的。」

「是是是，你是慈父，我是嚴母。」

聽見雲岫嫌棄自己，阿圓立刻說起甜言蜜語。「岫岫最漂亮，阿圓最愛妳了！」

安安抿嘴輕笑，附和著阿圓。「娘，安安也愛妳。」

得了，阿圓不僅和他爹一樣油嘴滑舌，還把安安帶偏了。

雲岫也被他倆逗笑，牽著安安，程行彧牽著阿圓，一家四口一起回唐家藥廬。

縉沅書院飯堂內，張師傅既欣喜，又煩躁。身為侍衛，他自然認得出當今皇帝是何人，是何模樣。

他的廚藝受夫人指點，突飛猛進，烹飪出不少創新菜式，每一道都備受學子喜愛。這種成就感與喜悅，不是花錢能買到的。

可是，陸清鳴混跡於一群學子中，每日都到飯堂用飯，令他很忐忑，戰戰兢兢的，生怕哪道菜做得不合其口味。但是，見陸清鳴每回都把飯食吃完，又在猜想，難道他的手藝已能與御廚媲美？各種情緒雜糅在一起，心中能不煩嘛。

陸清鳴已經習慣使用縉沅書院的分隔餐盤，跟著紀魯魯他們排隊打飯，有一句、沒一句地閒聊著。

輪到他時，見張師傅手中大勺滿滿，又要幫他盛幾大勺飯菜，不得不出聲道明。「雜糧飯少些，多點紅燒肉的湯汁。」

「這……餐盤較淺，我拿碗裝一碗給您。」張師傅緊張啊，胸口怦怦直跳，他不僅面聖了，還直接從皇帝手中接過東西。

他取來一只大陶碗，連肉帶湯汁裝了滿滿一碗，又放上一把木勺，然後抖著手、低著頭，雙手遞給陸清鳴。

等陸清鳴接過走遠了，輪到下一位學子時，張師傅才慢慢放鬆下來，繼續盛飯舀菜。

「大師傅，我也想多要些紅燒肉的湯汁。」紀魯魯眼饞，這湯汁的顏色太誘人了，拿來拌飯肯定又香又好吃。

「等著。」張師傅轉身取了一只小碗，舀了一碗春筍紅燒肉遞給他。

紀魯魯哎呀一聲，猶猶豫豫地說：「大師傅，這碗怎麼這麼小？瑾哥的不是大碗嗎？」嘀嘀咕咕也就罷了，居然敢稱呼當今皇帝為「瑾哥」！

張師傅眼角、嘴角直抽搐，好半晌才尋了個藉口道：「外府遊學學子，可優待之。下一位！」

等排隊學子打完飯菜後，張師傅才悄悄向陸清鳴所在的方向瞄了一眼，看著陸清鳴和同桌學子有說有笑，心想陸清鳴對今日飯食應該是滿意的吧？

幸好又是安然無恙的一天，等這些小學子吃完飯，他還是趕緊收拾東西，回後廚繼續研發新菜去。

明日，應該呈上什麼飯食呢？

另一邊，紀魯魯吃著小碗春筍紅燒肉，顧秋年嚐了一口紅燒肉湯汁拌飯，甚感驚豔，但他的湯汁沒剩多少了，便對陸清鳴說：「瑾哥，你的湯汁可以分我一點嗎？」

陸清鳴也為這道春筍紅燒肉著迷，聽見顧秋年的話，想也沒想就說：「自便。如果不夠，再去找大廚子，說是遊學學子要的，他肯定給。」

於是，張師傅正神遊之際，不經意間瞥見小學子從陸清鳴的陶碗中舀湯汁。

嗚呼，真是不知者不畏！

第六十章

雲岫一直以為陸清鳴會在二月中旬啟程回京，沒想到陸清鳴聽說程行彧與她想在五月舉行成婚儀式後，突然改變主意，決定繼續混跡於縉沅書院，等待五月的到來。

五月，是藍花楹盛放的時節，也是雲岫兌現承諾的時候。

隔了幾日，連已經收拾好行李準備返家的典閣主與羅大夫等人也決定留下來，想幫雲岫把婚禮辦完再走，離婚禮沒幾個月了，他們也不急著回去。

況且，陸清鳴多半待在縉沅書院，很少到藥廬與典閣主等人碰面，所以大家相安無事，各尋樂子，多待些日子也無妨。

「兄長這般，豈不延誤國事？」

雲岫曾問過程行彧，但程行彧是這麼回答的。「岫岫，兄長廣納賢才，自有得他信任重用之人監國，妳可放心。若有急事需他處理，兄長也有法子能及時給予回覆。」

雲岫感慨，這就是重生的超級金手指。什麼人能用，什麼人能信，陸清鳴一清二楚。

程行彧想重新蓋房子，畢竟野橘林那邊距離書院太過偏遠，雲岫上下課不方便。但兩人一商量，還是決定不重新劃地了，在夫子小院原有的基礎上修繕加蓋即可。

趁著陸清鳴住在書院，曲灩待在唐家藥廬，程行彧再次請紀魯魯一家到山上修建房屋。

因所用材料不全是木材，他又煩勞紀家人順便找一批合適的泥瓦工，人手儘量多，工期要盡快，工錢不是問題。

於是，帶孩子的程行或不僅要買菜，還要留在山上幫忙，因為這處小院將是他和雲岫在山上的家，勢必要上心。

曲瀲在縉寧山上閒不住，雖然山中有山中的樂趣，但大部分時候，她還是會約唐晴鳶一起下山看戲，有時帶著阿圓和安安。晚了便留宿雲府，隔幾日再回山上。

因此，很多時候山上只有雲岫和程行或在。在唐家藥廬時，他尚能收斂七分，若是去了野橘林，立即變身為沒臉沒皮的狗男人。

這日春光好，職業規劃課結束後，紀魯魯前來請教雲岫，想結合滑輪，在山上架溜索，解決上山下山耗時久的問題。

雲岫聽得有些懵，不由脫口而出。「纜車？」

紀魯魯大喜。「先生知曉？可纜車又是何物？」

雲岫心想，紀魯魯一個木雕師，難不成還要朝機械發展？但她於這方面涉足不深，確實無力教他，只能為他畫圖，講解簡易的纜車原理。至於如何讓它們動起來，需要紀魯魯自己慢慢探索。

「先生好厲害，這圖紙畫得真清晰細緻。」

「魯魯，纜車沒有那麼容易製作，不過使用溜索下山是可行的。你若感興趣，可以嘗試做個簡單的，先運送一些貨物試試，但切記要注意安全，先不要讓人或動物乘坐。」

後世科技發達，纜車都會突發意外，何況是科技落後的南越。可是，雲岫又十分佩服紀魯魯，他有智慧，也有追求，居然會想用溜索解決上山下山路程耗時長的問題。

雖然前途險阻，但萬一哪日成功了呢？

紀魯魯把那套圖紙珍藏於胸口，真誠道謝。「多謝先生賜教，魯魯還是想試著做一套小的溜索或纜車，即使不能成功，也算磨練了雕刻手藝，更得到一套特殊的木雕擺飾。而且，有此原理，學生不成，自有他人能成；他人不能成，遲早有後世人可成。」

雲岫聽得心潮澎湃，因他所言震動不已，實在沒想到十幾歲的紀魯魯會有此想法，既是性情中人，又抱負不凡，紀家的木雕遲早會再次走向巔峰。

「魯魯，願你壯志無自沈。」

「多謝先生，學生告辭，明日見。」

雲岫輕笑。「明日見。」

因耽擱不少時辰，雲岫出講堂時，晚霞已染紅半邊天。霞光碎如浮雲，連縉沅書院的簷瓦都被染上一層金色的光輝。

晚風習習，她漫步至書院後門，與程行彧會合。

安安和阿圓跟著曲灩與唐晴鳶下山聽戲，許姑姑和汪大海陪同在側。而唐大夫及唐夫人邀請典閣主和羅大夫他們去百里外的柳泉村義診，順便過當地特有的萬花節。所以，除了待在書院裡的陸清鳴跟唐山長外，只有程行彧和雲岫在。

得知這幾日後山只有他倆後，雲岫便有感覺，程行彧肯定在算計著某件事。

果然，她在書院外的石階小道上看到手捧扶桑花的程行彧，他穿著天青色長袍，玉樹臨風，光潔白皙的臉龐在霞光之下，有著別樣的感覺。

雲岫頓時有了臆想，手指輕抖。程行彧有些過分了，真的不必這般引誘她。

「岫岫，野橘林的扶桑花盛開了。」

此刻，不僅有她最喜歡的扶桑花，也有她最偏愛的天青色衣裳，更有她最中意的皮囊。程行彧的墨色眸子裡流轉著無盡的柔和與深情，直勾勾凝望著雲岫，沒有一絲掩飾，看得她心發顫，腿發軟。

雲岫故作鎮定地接下他手中的花束，輕輕一嗅，唇角微微上揚，看著他回道：「嗯，很新鮮，花香也很清淡，我很喜歡。」

目光交纏間，笑意在程行彧眼中再次漾開，取走雲岫身上的布包，牽著她的手，聲音含糊而低啞。

「岫岫，那我呢？」

雲岫一手握著扶桑花花束、一手被他十指交纏握在手中。與往日不同的是，這次不僅僅是單純的雙手相握，他在以一種很隱晦的方式表示他的意圖。

程行彧的手心又燙又熱，他在摩挲，在揉捏，在把玩。

雲岫被他弄得有些口乾舌燥，情不自禁卻又努力克制，儘量保持神思清明，將手從他手中抽出，婉拒他。

「明早我還有課，要不改日吧？」

程行彧也不生氣，低沈醇厚的笑聲響起，伸手環住雲岫的腰，低頭極快地輕啄她一口。「岫岫，妳明日只有早上的算術課，下午可以補眠。再者，過幾日他們就要回來，到時候妳又要說改日。野橘林的扶桑花開了，黃色和紅色的開得最美、最旺，妳就不想看看？」

他們是誰，兩人心知肚明。大夥住在山上，她與程行彧確實很少親暱。所以，雲岫哪會不知道他的真實意圖，打趣道：「只賞花，真的不做什麼？」

程行彧厚著臉皮回答。「岫岫，不僅想賞花，也想做非正經事。妳可別耍賴，那是妳輸給我的，也是妳欠我的。」他想兌現他的勝利果實。

雲岫婉言道：「雖然只有一堂課，卻是在清早。你那樣，我會起不來的。」

程行彧不死心。「我幫妳做全身推拿按摩，保證妳精神舒爽。」

又是推拿按摩，該死的是雲岫有點心動。「暗處有人，等下次。」

程行彧執著，凝視著她。「野橘林沒有人，早被我撤下了。」

那也不是不可。雲岫知道，她要是不答應，找再多的藉口，程行彧都會說服她，他早就準備好一切，只等她鬆口。

今日有套，還是不容她逃脫的套。

雲岫讓步了，輕輕點頭。

嬌豔的晚霞映照在兩人臉上，程行彧輕笑數聲，飽含恣意與滿足，望著雲岫的眼神越發灼烈，腳步驟然停住。

雲岫不解。「嗯？怎麼了？」

程行彧垂眸。「走路太慢了，我們早點回去吧。」

再次對視的那瞬間，雲岫發現他眸底情愫翻滾，腦海中的弦登時斷掉。

程行彧挽過雲岫的雙膝，打橫把人抱在懷中，聽見她驚叫一聲，開懷暢笑。

「回家了，夫人！」

一夜纏纏綿綿，雲岫終究是失策了。

翌日的算術課，是程行彧代課。

孟崢驚訝道：「師丈，今日是您為學生們上課嗎？」

眾人雖好奇，但也欣喜，師丈曾給他們講過幾套算科試題，對於雲岫不擅長的部分，師丈總能為他們查缺補漏。雖然稱程行彧為師丈，可他們也是把他當先生、當夫子看待的。

程行彧輕咳兩聲，看著臺下的六位學子，解釋道：「你們先生扭了腳，需靜養兩日。今明兩天的課程，由我代授。」

野橘林與縉沅書院相隔一段距離，昨夜木樓內又只有他和雲岫，情到深處，確實過於放縱，哪怕一整套推拿也沒辦法讓雲岫恢復精神，所以他自請為她代課，讓她好好休息。

「煩勞師丈授課。」六名學子欣然應下。

晌午，程行彧去飯堂請張師傅做了兩菜一湯，提著膳食趕回野橘林木樓。

雲岫還睡在被窩裡，一點都不想動彈。

他坐在雕花大木床邊，暖聲道：「岫岫，起來吃飯了。」

雲岫聽見聲音後，迷迷糊糊地醒來，看見程行彧，霎時回想起昨夜之事，順手把掛在床頭的珠子扯下，向程行彧砸去。

程行彧眼疾手快，接住那顆有雞蛋大小，還透著瑩光的珠子，連聲道歉。「岫岫，是我的錯，都怪我昨晚沒克制住。妳先起來吃飯，之後要打要罵，皆隨妳便。」

睡著時沒什麼感覺，醒來後才明顯感到腹中空空，飢餓的腹鳴聲傳來。

雲岫撐著身子坐起身，臉上與脖子瑩白一片，手背和腳背也是乾乾淨淨的。可因她挪動身子的緣故，杏色褻衣的衣領微微鬆開，露出的肌膚上點點紅斑，紅痣處更是宛如一朵嬌豔的扶桑花。

「程行彧，你這狗男人！」

「我的錯，岫岫莫氣。」

「程行彧，我要先沐浴洗澡。」

「岫岫，已經幫妳清洗過了，妳刷牙淨面即可。」
「程行彧，我要先喝湯，你盛給我。」
「來，岫岫，春筍三鮮湯，小心燙。」
「程行彧，你吃了沒有？」
「還未，岫岫妳先用。」
「算了，一起吃吧。」
「嗯，為夫多謝夫人。」
雲岫睨他一眼，懶得再計較，畢竟昨夜叫喚過那麼多次夫君，面子裡子早被他扒得乾乾淨淨。
不管雲岫如何，程行彧嘴角一直凝著滿足的笑意，為她布菜添湯。
沒羞沒臊的日子才剛剛開始呢。
四月中旬，當縉寧山的藍花楹結出淡紫色的花苞，所有人都開始忙碌起來。
雲岫原來的夫子小院被改造為帶院子的三層木樓，雖是三層樓，但樓頂只有一個閣樓，東西兩側被修成露臺，足以擺放躺椅、軟榻，宛若逢春舍瀾月閣的三樓那般，清晨可看日出，傍晚可看日落。
野橘林木樓的花被程行彧移栽部分到夫子小院，高處是綻放紫色花瓣的藍花楹，低處圍著屋子的是各色扶桑花。幾根長竹竿架子上，有矮矮的葡萄樹在爬；小菜園裡撒下的辣椒、小蔥和茄子，剛剛長出幾片嫩葉。浪漫情與鄉土氣的結合，真是愛情與生活的極致體現。

從京都城寄來的東西也由許姑姑和汪大海帶領雲府護衛整理清點完畢。經史子集等書籍，全捐贈給縉沅書院，收於藏書樓。這些年程行彧走訪南越，收集的圖書孤本著實不少，典籍浩如煙海，內容豐富，縉沅師生皆為之震撼。唐山長有令，所有經籍文典不得私自帶出藏書樓，卻可攜紙筆抄錄，眾人大喜。

扶桑花紋的紫檀床櫃桌椅、雕花細木貴妃榻、沉香木雕四季如意屏風、烏木鐫花椅與邊花條案、白玉蓮紋碗具、嵌貝流光細珠簾、玉勾雲紋明角燈、金絲織錦毯子……各種家什與珍奇寶貝被陳設於新房。

唐晴鳶看得羨慕至極，來幫忙時，驚嘆聲不絕於耳。

「雲小岫，妳櫃子上的扶桑花雕得好逼真！」

「雲小岫，妳家的鍋具碗筷好精緻，以後我來妳家，都要用這只白玉蓮紋碗吃飯！」

「雲小岫，我沒看錯吧，這麼多漂亮珠子，妳就用木箱子裝?!」

「雲小岫，妳居然有這個故事的全套話本？借我！借我！」

一聲又一聲的驚呼，雲岫暗嘆數聲，她還是暫時不要告訴唐晴鳶，送上縉寧山的東西只是蘭溪宅院裡的十之一二。程行彧的家底著實不菲，陸清鳴待他們倆的確寬厚。

五月初七，是個好日子，雲岫和程行彧將在縉寧山舉辦成婚儀式。

程行彧想要大辦，最好宴請書院眾學子，昭告所有人，他終於與雲岫立誓成婚了。可雲岫想一切從簡，阿圓都五歲了，她才與程行彧辦婚禮，她可沒有狗男人那麼厚臉皮。

但雲岫還是算漏了，程行彧偶爾會替她在明算科代課，通過六學子的口舌，把雲岫心中的那點小糾結直接磨平。

孟崢道：「魯魯，先生初七大婚，你知道了嗎？」

紀魯魯道：「聽宋南興說了，幾年前師丈家中窮困，如今發家，想為先生補辦婚儀。」

顧秋年道：「我也聽說了，我姊去附近收購活禽，後日就能送上山來。」

顧秋顏道：「姜師妹，先生初七成婚，妳要去幫忙嗎？」

姜蓉蓉道：「要去的，前些日子我研製出另一款口脂，先生邀請我為她梳妝。」

一傳十，十傳百，何況明算科有六張嘴。沒多久，縉沅書院的師生們都知道程行彧早年落魄窮困，為了讓雲岫和小阿圓過上富足安樂的日子，經年在外做買賣，直到去年小賺一筆，才回到蘭溪。他想把曾經欠下的婚禮補上，因此訂於五月初七舉辦儀式。

「阿彧，六年前你那叫窮困潦倒嗎？」雲岫氣哼哼地說道，明明那時候的她才是沒錢、沒戶籍的小可憐。本想讓陸清鳴為他們主持婚禮，定下名分便可，結果現在被程行彧搞得人盡皆知。即便她心中有些欣喜，可孩子都那麼大了，她羞臊啊。

晚飯後，兩人躺在三樓露臺處看日落消食，程行彧擁著雲岫，聞言側頭在她額間印下一吻，眼中一直浮著笑意。

「嗯，是我失言，是以後的我窮困潦倒，還望夫人平日裡多給點買菜錢。」

雲岫蜜笑。「油嘴滑舌。」

程行彧笑盈盈，繼續道：「我們早已立下誓言，相伴終生，不離不棄。婚禮是我六年前應下的，更是我欠妳的。雖然遲了幾年，但我依舊想補給妳，想給妳最好的。以前，讓妳受委屈了，餘生我一定讓妳幸福安樂，當最愜意快活的雲岫先生。」

火焰般的雲彩交相輝映，氛圍烘托得正是時候，曖昧縈繞兩人。

雲岫意動，情不自禁地想要吻上去。

程行彧亦是氣息熱燙，他喜歡雲岫對他的情不自禁，更期待雲岫主動吻他。

忽然，樓下傳來幾道清脆的聲音。

「爹，娘，小白把喜餅啃破了！」

「岫岫，燕燕，你們在哪裡啊？」

雲岫迷離的眼神瞬間恢復清明，撐著程行彧的胸膛起身，道：「我下去看看。」

程行彧卻束住她的腰，反轉之間，手撐軟榻把雲岫控於身下，不給她嘟囔的機會，直接親了上去。

一吻畢，看著雲岫水光瀲灩的朱唇，他壞笑道：「岫岫，應該是那隻白刺蝟又在啃喜餅了，我下去就成。」凝白指腹忍不住擦過雲岫的下頜，輕輕摩挲間，又說：「初七那夜，我們去野橘林木樓吧。」

雲岫的臉立時通紅，程行彧輕笑兩聲。「妳沒立刻拒絕，我便當妳答應了。」隨後起身，直接躍下。

聽見他和阿圓、安安的說話聲，明白程行彧心思的雲岫忍不住把頭埋入軟榻。

嗚，真是狗男人！

五月，整座縉寧山被一層層紫色覆蓋，處處都是迷幻與絢爛。山風拂過，輕柔的紫色花瓣慢舞飄落，鋪滿地面。

五月初七，縉沅書院所有人放假兩日，吃席！

不似山下的婚嫁之事，雲岫沒有從哪處宅院出嫁，程行彧也沒有騎馬來娶，就在自家的小院子裡舉辦婚禮，普通卻又不平凡。

院中掛起紅燈籠，樹上結綵，地上是掉落堆疊的藍花楹，彷彿一塊無盡的紫色地毯。

小院外圍滿前來祝賀的師生，精通音律的學子奏樂，唐夫人和羅孀子發喜糖和喜餅。

雲岫穿著那套珍珠金線繡扶桑花的紅色婚服，陽光照進屋內，令每顆珍珠、每絲金線都散發光芒，熠熠生輝。

不僅新娘美豔，在大紅喜服的襯托下，新郎也是玉樹臨風。

程行彧與雲岫攜手，準備向坐於高堂之上的陸清鳴和曲灃行拜禮。安安和阿圓穿著紅色小長衫，笑嘻嘻地立於兩人身旁。

許姑姑站在一側，喜不自禁地為兩位主子唱詞。

「一拜天地，天地為鑑，喜結良緣。」

「二拜高堂，兩姓永好，連理永結。」

「夫妻對拜，願攜知己長相守，但許藍花鑑白頭。」

禮畢後，程行彧與雲岫為堂上之人敬茶。

「好！好！好！」曲灩高興啊，程行彧的這口茶，她終於喝上了。接下雲岫的茶盞，呷了一口，又從汪大海手中取過一本禮物清冊，遞給雲岫。

陸清鳴面上笑容顯著，有生之年終於能看見他們成婚行禮，程行彧往後的日子都是甜的了吧，命秦總管把一只木匣交給雲岫。

入手一沈，雲岫險些沒接住，裡面怕不是裝了塊鐵？

程行彧察覺後，當即伸手接過，兩人異口同聲道：「多謝兄長。」

院子外的小學子們看到陸清鳴坐在高堂上，紛紛猜測。

「瑾哥是師丈的長輩嗎？年紀多大？居然能受先生跪拜，師丈還喚他兄長？」

「我也不知道，不過聽見小師弟喚瑾哥為大伯。」

「可能是遠房兄弟，輩分高也說不定。在外不好意思，才以兄弟相稱。」

「管那麼多幹麼，反正雲岫先生還在書院授課就成，其他的不重要。」

「是也是也。婚儀快結束了，等會兒就要去書院吃席。今日的筵席不僅有張師傅掌勺，小牛記和悅士酒樓的大廚子也被請來，今晚有口福了！」

一個小學子正捧著喜餅吃，聽見今晚的筵席有好菜好飯，瞬間覺得口中的餅沒那麼甜了，下一刻，牙齒似乎被什麼東西磕到。

他哎呀一聲，引來旁人注目，身側好友詢問。「怎麼了？」

小學子從口中拿出異物，定睛一看，竟然是顆金瓜子！這餅可真甜！

另一個學子見狀，也把收到的喜餅拿出來，一掰開，果然有顆金花生。

「師丈豪綽！」

眾人嚷嚷起來，發現今天的喜餅中都包有大小不一的金錁子，有瓜子、花生、杏仁、豆子等等，欣喜萬分，無以為報，只好送上最真誠的賀詞。

「先生與師丈永結同心，笙簫和鳴。」

「良緣由夙締，佳偶自天成，祝願先生和師丈幸福美滿。」

一句接一句，唱到雲岫和程行彧心裡，兩人相視間，莞爾一笑。

第六十一章

大喜之日，是程行彧此生第一次喝那麼多酒。

他與雲岫分別數年，今天終於舉行婚禮，對他來說是苦盡甘來，更是終得圓滿。內心的喜悅與激動無法言表，與大夥一杯接一杯，免不得喝多了。

汪大海朝陸清鳴所在方向偷瞄一眼，發現他未有制止之意，心裡便明白陛下的意思，有夫人在，往後公子應當不必禁酒了。又向許姑姑悄悄使了個眼色，便去熬製解酒湯。

今夜是公子的新婚之夜，可不能醉得不省人事，讓人抬進喜房啊。

看程行彧與人碰杯，雲岫又好笑、又無奈。別人家的新郎官好歹會以茶代酒，再不濟，乘機裝醉也行，偏偏程行彧今日傻乎乎的，來者不拒，不少小學子見他如此平易近人，紛紛敬酒。到筵席後半場時，他更是非常亢奮，摟著陸清鳴訴說喜悅，拖著雲岫輕語情話。

一直鬧到後半夜，夜幕黑沈，眾人散去，秦總管和汪大海把喝得迷糊的程行彧扶回喜房，為其灌下一碗醒酒湯，幫著脫衣淨面，見雲岫沒有其他吩咐後，才退出去。

今夜的木樓只有他們倆，許姑姑等人避去他處，連安安和阿圓也由陸清鳴和曲灃帶著。

要是平日，程行彧肯定得樂得像枝花，可他現在喝得酩酊大醉，直挺挺地躺在床上。

雲岫想起他之前惦念著要來野橘林，似笑非笑地輕輕拍他的臉。「阿彧？阿彧？」

程行彧迷離的雙眸微微掀開一條細縫，呆看雲岫一眼，然後又閉眼睡去。

雲岫趴在他胸前，戳戳他的胸膛，揉揉他的臉頰，是真的醉了？他一個在外行商多年的京都公子哥兒，酒量那麼差？新婚之夜真有那麼老實？

木雕床的角落裡擺了不少明珠，若把輕紗蓋上，一陣昏暗；把輕紗扯開，柔光便會在帳內流轉。

雲岫反覆玩了幾次，覺得沒意思。趴了一會兒，耳邊只有程行彧淺淺的呼吸聲，以及他的心跳聲。

雲岫盯著珠子看了好一會兒，還是睡不著，於是起身橫跨在程行彧身上，雙手撐在枕頭兩邊，故意挨近他。先在他嘴角輕輕親了一下，沒反應？眉眼一揚，含著程行彧的下唇，又是一吻。

程行彧雙眸未睜，迷迷糊糊地回應雲岫。

雲岫退開時，低笑出聲，果然是醉了。不然程行彧不可能是這個反應，她還以為今晚他要如何如何呢，白期待了。

她蓋上輕紗，遮掩明珠的光芒，拉過程行彧的臂膀躺進去，一手抱著他的腰、一隻腿搭在他身上，心裡數著羊慢慢入眠。

沒睡多久，她睏意正濃時，感覺有一雙熱燙的手鬼鬼祟祟地在她身上遊走。

「岫岫，岫岫，醒醒……」

雲岫翻了個身，背對他，呢喃道：「睏……」

程行彧半撐著身子挨在雲岫身旁，注視著她的側臉，忍不住低頭在她耳畔落下一吻，輕聲蠱惑道：「岫岫，今夜是我們的洞房花燭夜，妳不想了嗎？我醒了，我真的醒了。」

雲岫好不容易答應今夜來野橘林木樓的，都怪他喝酒誤事。但喝下醒酒湯，睡醒一覺後，他清醒不少，甚至隱約記得剛才雲岫趴在他身上親吻他。

「我要睡覺。」

「我來即可。」

什麼我來即可？雲岫剛被他叫醒，迷迷糊糊間，就被他帶著墮入另一個綺麗的世界。

「明珠有點亮，阿彧，你把它們擋起來。」

「我想看妳，岫岫，讓我看著妳。」

見雲岫眉頭輕蹙，程行彧自床頭取出一塊乾淨帕子，繫在她眼眸處。

「程行彧，你別太得寸進尺。」眼前漆黑無物，感覺卻更敏銳。

「岫岫，噓，跟著我。」

喝醉的男人會釋放天性，喝醉的狗男人簡直不是人！

遮眼的帕子不知被弄到何處，雲岫丹唇玉齒緊緊咬著被角，不敢放縱叫出聲，眼角更是濕潤不已。

今夜的事，她記下了，日後她會好好同程行彧算這筆帳的。

五月初七後，雲岫請假十日。

五月初九，陸清鳴和曲灩就要返回京都城。他們已經在蘭溪待了很久，陸清鳴這位一國之君需回歸朝堂。

典閣主和唐山長把人送到蘭溪城外，而雲岫和程行彧則送他們到南灕江錦州渡口。

除了必須隨身攜帶之物，所有行李都由快馬鏢局運往京都城雲府。來時數不清的車馬，回程只剩下六輛。

兩艘三層樓船停靠在江面，曲灩抱著雲岫依依不捨，口中唸唸有詞。

「岫岫，妳和晏之要好好的，記得多給姨母來信。若阿圓想念姨母，你們就上京都來，不必等滿三年。宮裡夠大，住得下。」

雲岫目送秦總管攙扶曲灩登船，對上陸清鳴淺含微笑的眼神，只聽他道：「回去吧。」

她向程行彧使了個眼色，程行彧會意，轉身進馬車，抱著一只方形雙層木匣子跳下來。

「兄長，這是我和阿彧送您的一份薄禮，勞您遠赴錦州探望我們，又為我倆主持婚禮。我們心懷感激，願兄長和姨母身體康健，萬事皆順。」

程行彧也道：「兄長保重。」

陸清鳴接過匣子，沈甸甸的，雖然他對裡面的東西很感興趣，但還是沒有立即打開，跟兩人告別後，登船而去。

此次一別，再見便是三年後了。

陸清鳴與曲灩站在甲板上，隨著錦州碼頭消失在眼中，才轉身踱步回船艙。

「小白，要不，我還是留在蘭溪吧，三年後和岫岫、晏之一同回京便成。」她的戲還沒聽完呢，回京後怕是很難聽到那麼精采絕倫的戲曲了。

「娘，您該回京了。若是不想住宮裡，便去雲府住幾日。」

曲灩也知道自己不能久居蘭溪，不過是忍不住念叨幾句罷了。注意到陸清鳴手中還抱著厚重匣子，不解地問：「小白，岫岫和晏之給了你什麼東西？快打開看看。」

陸清鳴也很好奇，掀起扣鎖，打開匣子，在看清的瞬間，忍不住解頤而笑。

曲灩被他撩起好奇心，探頭一看，亦是喜笑顏開。

匣子裡是好幾個木雕人像，有程行彧一家四口，也有他們母子倆。

捧瓜大笑的阿圓、手拿小簸箕的安安、攜手相擁的程行彧夫妻，還有負手而立的陸清鳴與提著燈籠的曲灩。下一層，又是不同形態的木雕人像，揹著籮筐又帶阿圓坐高高的程行彧、牽著安安的雲岫、端著分隔餐盤的他……還有兩隻維妙維肖的刺蝟筆擱。

陸清鳴摸著木雕，嘴角漾出笑意。

此生平安喜樂，甚好！

霞光萬道，連南瀰江的江面上都布滿星星點點的金鱗。

程行彧攬著雲岫，兩人依偎在碼頭邊，目送兩艘樓船遠去，然後把幾輛馬車送還碼頭的車馬行，又買了兩匹馬。

「岫岫，何須兩匹馬，我們可以共乘一騎的。」

「程行彧，你也不怕把馬壓壞了！」

兩人一前一後牽著馬，從車馬行出來，程行彧拉著韁繩，望著雲岫肆意輕笑。

「岫岫，是喬長青教會妳騎馬的，對嗎？」

明知故問。雲岫哼了一聲，翻身上馬，抖動著韁繩，令身下馬兒噠噠小跑起來。

今晚他們要去離碼頭三十里外的木水鎮留宿，明日清早出發，騎馬一日，傍晚就能抵達縉寧山。

「岫岫，以後我教阿圓和安安騎馬。」

「岫岫，妳的騎馬姿勢還能稍稍調整些，那樣雙腿會更舒服。」

「岫岫，我們以後能一直在一起了。妳去書院上課，我便帶孩子……」

程行彧又開始碎碎唸個不停，雲岫忽然拉住韁繩，眉飛色舞地提議。「阿彧，不如比一比誰先到木水鎮吧？」

又是比勝負，是程行彧最喜歡玩的遊戲，因為勝利便可討好處。

他唇角勾起好看的弧度，黑眸中凝著勢在必得的自信，張揚道：「岫岫，若我贏了，妳便允諾我三次非正經事。」

聽見那幾個字，雲岫的腿開始發軟。他想要的非正經事與平日歡愛根本不一樣，不愧是看了那麼多話本和春宮圖的狗男人，水準技巧早已在她之上。

雲岫懶得理會他，翻了個白眼，雙腿一夾，清喝一聲。「駕！」身下的白馬往前飛馳。

程行彧聽見那道叫喝聲，瞬間想起去年在青州雲水縣重逢時，她也是這般策馬而去。不過，如今的他不必再迷茫悃然，他眼中看得到岫岫，他心中有家的方向。

程行彧滿臉春風，策馬揚鞭，朝雲岫奔去，看見前方的馬屁股，恣意呼喊道：「岫岫，妳未反駁，我便當妳認下賭注了！」

雲岫心中暗笑，鹿死誰手還不知道呢，走著瞧！

一人奔走在前，一人追逐在後，餘霞成綺，光輝燦爛，有情人終得攜手伴一生。

風和日麗，縉寧山一片蒼翠。

典閣主和曹白蒲已經回青州，羅大夫和羅嬸子也離開蘭溪小半個月，山裡又恢復了一片寧靜。

如今程行彧與雲岫終得圓滿，洛川和洛羽也得以在縉寧山安頓下來，不用繼續奔波尋人。兩人跟著阿九，同汪大海領著其他侍衛在唐家藥廬後面搭建了一座院子，有時待在山上，有時住在城裡。

因程行彧的身分，不能再以侍衛相稱，他們去書院學習經商知識，此後便是商號管事。

日月長，天地闊，鬧快活。

陽光透過大開的窗戶灑落在木地板上，書房內敞亮通風，一隻又胖又白的刺蝟趴在硯臺旁，綠豆大的小眼珠子比松煙墨還黑亮。

安安正在執筆練字，阿圓愁著一張苦瓜臉，看看自家哥哥，又瞅瞅程行彧。

「爹爹！」

即便他不改稱呼，程行彧也知道他的小心思。

「阿圓，哥哥的心願卡已經集齊六張，而你才有一張，若不好好練字背誦，爹爹也幫不了你。」程行彧站在阿圓身側，極有耐心地說道。

兩個孩子不到七歲，便已識得千餘字，於是程行彧親自寫了兩本楷書字帖，讓安安和阿圓臨摹練習。

安安性子沈著，又願意跟著程行彧讀經史、臨字帖，不用過多約束；阿圓聰明伶俐，卻靜不下心，每到要定神練字的時候，那椅子上彷彿插著針似的，怎麼都坐不住。

聽到自己的心願卡只有一張，阿圓的目光一滯，看著程行彧，好聲商量道：「爹爹，我可以從哥哥那裡借兩張心願卡。等岫岫獎賞我，我再還給哥哥。」

程行或緩緩搖頭。「不可以。前些日子你從你娘那裡得到兩張，還完你之前的欠債，如今還欠哥哥兩張。且岫岫改變了遊戲規則，以後你們不得再互相借用心願卡。」

這一條針對的是誰？當然是阿圓。

安安寫下最後一個字的最後一捺，放下毛筆後，笑道：「阿圓，你快練字，把今日的字帖練完，我就用我的心願卡找娘兌換好吃的。」

還是哥哥厚道，阿圓一喜，不想程行彧又提醒他。「阿圓，你別忘了，即便哥哥可以與你分享吃食，但我們十日後要去清潭野營，若你沒有集齊五張心願卡，就要被岫岫留下，一個人和山長爺爺待在書院。到時候，我們燒烤、野營、玩水、釣魚可都沒有你的分了。阿圓，你真的想好了嗎？」

他和雲岫計劃七月初七去清潭避暑，過七夕。

清潭的水碧綠清澈，足可見底，西南向的水潭與一處天然洞穴相連，很適合游泳。兩日前，他和雲岫去了一趟，確認位置，只等七夕時過去住兩夜。

阿圓猛然搖頭，癟下嘴角，伸手拉住程行彧的衣袖，可憐兮兮地說：「爹，阿圓要一起去玩。是這個毛筆軟軟的，不聽使喚，阿圓可不可以用火炭筆寫？」

程行彧揉揉他的腦袋，撫順頭上的那縷呆毛，輕聲拒絕。「不可以，岫岫不會認的。」

「唉！」看來這字帖是非寫不可了。為了去玩，阿圓不得不坐定，手握毛筆慢慢臨摹。

瞧著他專注的臉龐，程行彧抿唇一笑。爹治不了你，還有你娘呢！

為了去清潭野營，這幾日阿圓每天都在練習字帖，背誦詩詞。總算在七月初六那日，通過練字、背誦、整理自己房間、為菜園除蟲施肥，獲得六張心願卡，還了兩張給安安，剩下幾張到手溜了一圈，又回到雲岫那裡，但好歹得到了和家人一起野營的機會。

程行彧和汪大海正在紮營，不僅有帳篷，還有一整塊的大油布、吊床、餐墊、桌椅、鍋子、防蟲藥包……要把這些東西安放到位，很不容易。

雲岫站在湖邊，照看在水中撲騰游泳的阿圓。自從跟著程行彧早起練武後，圓潤白胖的肚子收下去不少，連四肢也結實很多，蹬水挺有力的。

她看看阿圓身上的工字背心和小短褲，再低頭瞄自己的杏色輕紗素衣一眼，她也好想穿短衣短褲，但是……算了，還是別讓汪大海和許姑姑尷尬了。

汪大海和許姑姑不會鳧水，兩人一把年紀了，也不想再學，就在湖邊淺寐釣魚。程行彧雖然會，卻是個半吊子，畢竟他的泳技還是和雲岫初識不久後，雲岫教他的。

等他帶著安安換好衣服出來時，阿圓已經游了好幾圈，正躺在湖裡的一塊大石頭上，肚皮朝天曬太陽。樹影斑駁，絲絲縷縷的陽光穿過樹葉的縫隙，把他的白肚子照成了花肚皮，而小白正撥動著湖水，漂蕩在石頭周圍。

「阿圓，小白在你左手邊，接一下。」

阿圓偏頭一看，伸手把小白撈起來，放在大石頭上，朝雲岫呼喚。「岫岫，燕燕，哥哥，你們快下來啊，這裡的水可涼快、可舒服了！」

雲岫瞅他一眼，把打磨光滑的兩塊木板丟在水中，向安安招手。「走，安安，我們下水試試。還記得娘之前教你的動作嗎？就像小青蛙一樣，伸展四肢。」

以前安安中毒，身體不好，無論天氣如何炎熱，雲岫都沒讓他下水。教阿圓游泳，是因為這臭小子喜歡水，在盤州樂平時就喜歡踩水坑，便想著教會他後，萬一哪天不幸落水，好歹能夠自保。

安安聽見雲岫的話，朗聲回應。「娘，記得的，那我現在先做熱身了。」

雖然他不曾下水，但雲岫早已教會他游泳的動作姿勢，也指導他趴在床上練習過。這次下水，只要動作跟呼吸不亂套，他遲早能學會游泳。

程行彧穿著一套黑色沐衣，雲岫一忍再忍，還是噗哧一笑，這套衣服真的好像後世的潛水服。明明是夏日戲水，卻搞得他要潛到湖底探險似的。

「岫岫……」

雲岫盡力收斂笑聲，道：「你也趕緊做熱身，沒看見兒子在石頭上等你嗎。」

「知道了。」

程行彧應下，先朝阿圓游過去。雲岫看著他游到阿圓身邊後，也拉著安安一起下水。

「安安，不要怕，娘在呢，你就當在岸上一般，該伸手划水就伸，該踢腳蹬水就蹬。」

不會水的人本能怕水，但雲岫就在安安身旁，只要他一伸手，便能觸碰到她。

阿圓為安安吶喊助威。「哥哥，加油！」

程行彧聽過很多次加油，趁此機會問他。「岫岫教你的？是鼓勵的意思嗎？」

阿圓笑呵呵點頭。「嗯，就是支持鼓舞的意思。」

程行彧若有所思，卻不願深究，也跟著阿圓呼喊。「安安，加油！」

一下午，四人戲水遊玩，雲岫還潛下去撿了不少好看的石頭。這湖水是活水，緩慢流動，但是太清澈了，她不確定有沒有魚、能不能釣到魚，好在他們也準備了不少食材。

阿圓躺在吊床裡熟睡，安安跟著程行彧學習生火。

食材是醃製好放在陶罐裡的，來時他們就把陶罐丟到湖邊泡著。天然的冰箱肯定要利用，不然在這樣的天氣裡，肉食容易變質。不過，大陶罐重，她只讓程行彧拿了一個，其餘的瓜果放在竹筐裡，用一根細繩拉住，任其漂在岸邊。

她取出一顆西瓜，切開後又紅又沙，吃下幾口，當真解暑。

安安輕輕喚睡著的阿圓。「阿圓，吃瓜了。」

「雞翅膀……」

見弟弟睡得熟，安安笑了笑，掰了一小塊，放在樹下的刺蝟窩旁，看著小白啃食西瓜，才回到程行彧身邊。

「阿圓還不願起來？」

「嗯，他正作夢吃雞翅膀呢。爹，不如我們等會兒先烤雞？」

「好，兩隻烤雞，一隻蜜汁味、一隻醬香味。」

「謝謝爹爹！」

夜幕降臨，當星空映襯在湖面時，連安安和阿圓都忍不住驚嘆，波光粼粼的湖面，宛若星河燦爛。

伴著星夜，一家子喝著清酒，吃著烤肉，說著故事。

等兩個孩子睡下，雲岫還精神抖擻。今夜她是來報仇的，怎麼可能輕易睡著。

三頂帳篷挨得不遠不近，聽不見呢喃聲，但若有明顯的動靜，大家還是能察覺到。

許姑姑和汪大海也睡下了，只留下掛在枝幹上的角燈散發光芒。

雲岫和程行彧躺在帳篷外的墊子上，傾訴心語，賞夜空星海。

「阿彧，那顆最亮的星星移動了，你看出來了嗎？」

「看到了。」

聽見最旁邊的帳篷傳出一陣陣淺淡的呼嚕聲後，雲岫就知道時機來了。

她從袖口處抽出一根三指寬的青色布條，起身跨坐在程行彧腹部，伏身低語。「阿彧，玩個遊戲。」

程行彧看見那根布條時，心中還有什麼不明白，身軀猛然繃直。「岫岫，莫鬧。」

兩人都用氣音說話，因此許姑姑帳篷內的那道鼾聲依然此起彼伏，未曾中斷。

「阿彧，我知道你拒絕不了我的。」雲岫在他脖頸處輕輕一舔，惹得程行彧身子一顫，瞳中墨色驚人。

「岫岫，我們換個地方。」

「阿彧，乖乖的，不要動，不要發出聲音哦～～」

天知道她新婚那夜是如何壓抑的，那滋味還得讓他自己嚐一嚐，省得他老是胡作非為！

雲岫把青布繫在他眼前，眼中凝著得意的笑，然後又在他耳畔道：「阿彧，不可以發出聲音哦。還有，我不會在明面上留下印記的，你儘管放心。」

尚未開始，程行彧就已經陷入水深火熱。他明白雲岫想幹什麼，也知道這是她對他的報復，此時還能如何？只能認下。

他的雙手想撫摸雲岫的腰，卻被她束在頭頂。

這一夜，明明什麼都沒做，但彷彿什麼都做了。

雲岫折騰完，看著彷彿被嚴重蹂躪過的男人，露出滿意的笑容，瀟灑走回帳篷內，蓋上毯子，沈入夢鄉。

程行彧在外平復躁動的身子，今夜是一點都不敢再隨她入睡，怕自己忍不住發瘋！

他的每一件衣服都完好無損地穿在身上，只有領口被大大扯開，白皙的胸膛上有一個個紅印。蒙著眼睛的青布條有些歪扭，月光之下，如玉臉龐已是緋紅一片，細汗連連。

好一會兒，程行彧瑩白的手指才輕輕掀開那根布條，眼角濕潤發紅，旖麗且邪魅，看著天空中最亮的星已經走得很遠很遠，撫著嘴唇，無聲輕笑，眸中一片暗色……

第六十二章

八月初，通過院試的緡沅學子在蘭溪縣參加州府三年一考的鄉試，明算科第一名解元花落緡沅書院宋南興，其他五位算科學子亦在前八名。

來年二月，會試將在京都城舉行，而從蘭溪到京都城，路上最快也要耗時數月。因此，鄉試結束後，算科六學子來不及回家過中秋，就要收拾行囊，啟程趕往京都。

雲岫和程行彧整理了一套算術公式及常規算題的做法技巧給他們，以便讓算科六學子在路上溫習。

等他們離開書院後，雲岫的明算科甲班算是停課了。

「阿彧，他們在路上應該不會遇到什麼事被耽誤吧？應該能順利抵達京都吧？」

程行彧正在菜園裡摘豆角，把手中的豆角放到雲岫提著的竹籃裡，低眸輕笑道：「一路上不是只有他們六人，還有進士科的付阮、林昭，共有緡沅學子三十餘人，還怕他們不會相互照應？況且，錦州的學子是隨快馬鏢局一起進京，沿路有鏢師護著，不會出問題的。」

「我也知道，但就是忍不住亂想，畢竟是我教了好幾個月的學生，我也希望他們能名列前茅，金榜題名。」雲岫提著籃子道。

她說著，程行彧聽著，偶爾應答兩句，讓她對那群小學子放心。

走著走著，雲岫看見菜園角落的無花果熟了，一個個又紫又大，摘了幾個，但高處的搆不到，對程行彧說：「阿彧，幫我把最上面的無花果摘下來，安安最喜歡吃這種熟果了。」

深紫色的無花果太熟了，輕輕一碰都能刮破皮，程行彧小心翼翼地摘下，放入雲岫提著的竹籃中，籃子登時滿了小半。

「岫岫，把籃子給我。」他拎過雲岫手中的竹籃，走了幾步，又順手摘下身邊成熟的番茄。「番茄也紅了，今晚再弄個糖漬番茄吧。」

「行啊，你還想吃什麼？」看著乾乾淨淨的菜園，雲岫終於覺得，小白也不是在家中白吃白喝的。因為有牠，菜園裡的蟲害甚少，果子跟青菜長得好。再加上阿圓為了掙心願卡，沒事就到這裡除草施肥，家中蔬菜尚能自給自足。

程行彧說：「海叔和許姑姑下山去了，這兩、三日只有我們四個人，做蘑菇釀肉、尖椒炒肉、馬鈴薯燉豆角，再加一道鯽魚豆腐湯，應該差不多了吧？」

雲岫點頭。「沒問題。但我做菜，你就要……」

「我洗碗，我收拾。」程行彧很自覺地應下。他們家不養閒人，無論阿圓還是安安，力所能及的事，都要學著幫忙。

初秋多雨水，天空飄來一片厚厚的烏雲，每日午後都要下幾陣秋雨。但見今日天色，怕是要下一整夜了。

雲岫感覺有雨絲飄落臉頰，說道：「快快快，再摘幾根辣椒就回家，要下大雨了。」

沾了泥土的鞋襪最難洗，還是趕緊回家做飯、看書、當鹹魚。

程行彧笑笑，一副遷就縱容的模樣，提著菜籃，牽起雲岫往旁邊的木樓趕。

不過四、五十步的距離，瓢潑大雨卻傾盆而下，阿圓抱著小白站在二樓窗子前，看見雲岫和程行彧後，大聲喊道：「岫岫，燕燕，下大雨了！」

豆大雨點打在身上，不用他提醒，雲岫自有感覺，朝他喚道：「阿圓，把二樓窗子關上，和安安一起下來擇菜！」

「哦！這就來！」

一桌飯菜做好，四人開始吃晚飯時，外邊的雨還未停歇，反而越下越大。

雲岫道：「夜裡雨，白天晴，山裡的蘑菇又要破土而出了。」

程行彧說：「若明日天氣好，我們去山裡走兩圈，雨後的山林很舒服。」

雲岫暗自附和，嗯，空氣很清新。

安安問道：「那我們可以多摘點蕈菇，曬乾後寄給大伯和姨婆嗎？」

阿圓點頭。「對對對，還有秦爺爺，反正縉寧山的蕈菇多得沒人要。」

雲岫喝了一口鯽魚湯，又鮮又甜。聽見阿圓的話，很是惋惜，後世要花高價才吃得上的蕈菇，在這裡竟然這麼不值錢。

突然間，她又一愣。

程行彧察覺，忙問道：「怎麼了，被魚刺卡到？快張嘴！」

雲岫趕緊搖頭，示意自己無事，放下碗才說道：「下個月不是就到書院開放日了嗎，我想到了新菜，打算讓張師傅試試。」

等程行彧帶著阿圓和安安洗碗收拾時，雲岫已經把蕈菇系列的食譜默寫下來，明日便交給大廚子張師傅。

她從書房出來，程行彧正陪阿圓與安安打水，要幫小白泡藥浴。

刺蝟背部有長刺，是寄生蟲藏匿生長的好地方。阿圓整日和小白形影不離，所以他們特地找唐晴鳶配了藥，半個月幫牠洗一次澡，清潔除臭。

雲岫抱手靠在門邊，看著程行彧溫和又有耐性地照看阿圓和安安，怎麼偏偏對她就比較不講理呢？平日事事以她為主，但某些時候卻極為桀驁霸道。

鍋裡還燒著熱水，雲岫笑道：「等小白洗完後，也趕緊把自己收拾乾淨。下雨天，微涼好睡覺。」

屋外閃過一陣白，而後轟隆隆一響，一道驚雷乍現。

雲岫雖然知道將要打雷，但沒想到會這麼響，差點被嚇一大跳。

程行彧聽她所言，又見她身子一顫，明顯是被驚雷嚇到的模樣，順勢就想歪了。

「阿圓，怕嗎？」

「不怕。」

「安安，怕嗎？」

「爹爹，安安才不怕。」

於是，他心思落定。

窗外秋雨瀝瀝，偶爾白光罩地，驚雷乍響。

雲岫漱洗好，套了件小馬褂護著前心後背，靠在貴妃椅上看話本，是程行彧為她收集的《小寡婦與她的二十四郎君》上中下全冊。裡面有她非常喜歡的、嬌軟易推倒的小寡婦，她為自由而奮起反抗，他們因愛慕而暗中保護她、幫助她，每一個小郎君性格鮮明，技能各異，樣貌身材別有風情。

程行彧進來時，雲岫眼睛都沒移開，正在看獨臂遊俠和小寡婦的雨夜驚情，聽見關門的聲音，便順口問道：「安安和阿圓都睡了？」

「嗯，都睡熟了。」

程行彧換下輕軟的褻衣，整理床褥紗帳，然後開始擺弄床上的珠子，見雲岫正在看下冊，遂又踱步到窗邊，把露著一絲縫隙的窗子關嚴。

「岫岫，夜裡看書傷眼，早些睡吧。」

「嗯，你先睡，我把他們倆的雨夜驚情看完。」

若說她一開始沒反應過來，那當程行彧站在貴妃椅旁邊玩著她的頭髮時，她還有什麼不明白的。

程行彧的手指纏繞著雲岫的頭髮，黑與白的交纏，是那麼明顯，又飽含著某種寓意，低沈沙啞的聲音響起——

「清冷的秋夜，二弟惡言，弟妹嫌棄，已經守寡七年的林小娘子憤而離家出走。忽遇夜雨，她已無家可歸，棲身破廟，暫且避雨棲身。

「一道白光閃過，一聲雷鳴嚇得林小娘子瑟瑟發抖。下一片白光閃現時，她看到門口只有一隻手臂的阿桑。」

程行彧大概說了兩句，雲岫就知道他描述的是小寡婦與獨臂遊俠的雨夜驚情。

那一章是小寡婦突破自我約束，與守護她兩年的阿桑真正在一起的第一夜。雷聲、雨聲、纏綿聲……明明沒有直接描寫，卻透過側面烘托，把小寡婦自守寡以來的第一夜刻劃得旖麗妖嬈，十分激動帶感。

思及他的動作與聲音，雲岫垂眸低語。「阿彧，我想再看一會兒書，你先睡吧。」

程行彧溫言哄道：「岫岫，燭光晃眼，不如我與妳床上細說。今夜亦有秋雨驚雷，倒是與書中那夜極為相似。」

雲岫最怕程行彧勾她，因為男色絕佳，極易把持不住，感覺嗓子有些乾啞，便說：「阿彧，我有點渴，你幫我倒杯水。」

程行彧眉眼輕挑，似笑非笑地看了雲岫幾眼，轉身為她倒了杯水，舉杯盞緩步而來。

他故意走得慢，每走一步，雲岫便嚥一下乾澀的嗓子。

待他來到貴妃椅前，雲岫伸手去接水，卻被程行彧避開。

「你……」雲岫手指不自然地拿緊書冊，正以為程行彧要以口渡水時，見他只是淺嚐一口，沾濕嘴唇。

「岫岫？」

「嗯。」

「為夫餵妳喝水。」

程行彧捧著杯子一飲而盡，指腹輕抬她圓潤的下頦，把清水餵給她，連順著脖頸淌下的水珠也被他吃盡。

又一道驚雷響起，書冊自手中掉落，雲岫濕著衣領，被程行彧抱入懷中，向大床而去。

不知道狗男人是不是在報復她七夕之夜的所作所為，反正小寡婦和小郎君的故事，雲岫再也不想看了。經此一夜，它們全被壓箱底了。

喬長青外出半年多，除了每兩個月固定寄回一封平安信，一直沒有回蘭溪。看這樣子，今年中秋應當也是不會回來了。

雲岫覺得做月餅挺麻煩的，便和張師傅聊了聊月餅口味及做法，打算從飯堂直接領書院夫子的分額。如此一來，她也能吃到心儀口味的月餅。

顧秋顏有時在書院上課，有時在城外養豬，有時又會在顧家肉鋪看顧生意。但因為中秋的緣故，臘腸禮盒再次熱賣，她從八月鄉試結束後，便一直待在山下，幫客人們將臘肉禮盒寄往各處。

八月十二，顧秋年提前領了月餅下山，本要讓親姊嚐嚐今年的新式月餅，卻碰上隔壁玉齋坊的掌櫃。

掌櫃瞧見他的四味月餅，心思敏捷，立刻攜僕從上山，又連夜讓人下山採購食材，招呼著月餅師傅一起回去。

八月十四，玉齋坊一大清早就開門營業，推出玉齋坊與縉沅書院聯名款月餅。除了傳統的油酥皮月餅、混糖皮月餅、漿皮月餅，還多了糯米粉做的冰皮月餅。包裝有油紙款、竹藤編製食盒款，也有紫檀三撞提盒款……反正自食或送禮，玉齋坊皆能滿足客人。

顧秋顏站在二樓倉房探頭看，玉齋坊的客人已經排到百尺之外，幸好她提前向掌櫃預訂了一份，準備晚上回家和爹娘一同分享。

她咬了一口手中的綠豆口味冰皮月餅，又軟又甜，味道清香，多得女子孩童喜愛，怪不得玉齋坊生意爆滿，人來人往的。

「姊，妳的茶我泡好了，還不下來呀？」

「來了，來了。」

今年的中秋，雲岫和程行彧邀請唐晴鳶一家到家裡過節。

食材是程行彧大清早帶安安與阿圓下山買的，魚蝦養在水缸裡，還是活的；螃蟹裝在蟹籠裡，放進加了一小層水的木桶中，個個張牙舞爪；雞正在院子裡咕咕叫；還有唐晴鳶大清早送來的新鮮菱角、栗子和蓮藕，以及兩大顆西瓜，雲岫都不知道她是怎麼抱過來的。

午飯隨便弄了幾道小菜，吃完後，兩大兩小便忙活起來。

安安和阿圓剝蒜刮薑擇青菜，雲岫和許姑姑在灶房裡炸雞蛋和酥肉，鍋裡燜著叉燒肉，程行彧和汪大海在殺雞。

雲岫最怕弄軟乎乎的東西，若是死了還好，就怕要讓她親手終結。幸好有程行彧在，以後這種事可以全交給他了。

唐晴鳶先過來幫忙，然後是唐夫人，正在做炒飯時，唐大夫和唐山長終於來了。

「太香了！雲小岫，以前我怎麼就沒想到用蕈菇炒飯呢？」

她家的做法要麼是清炒，要麼是煮湯，或做蕈菇火鍋，今日是她第一次吃蕈菇炒飯，可惜了如此美味，與她相遇甚晚。

雲岫聽了她的誇讚，也很開心。「好了，快幫忙端菜，準備開飯了。」

一桌菜非常豐盛，清蒸螃蟹、香辣河蝦、蜜汁叉燒、薑蔥蒸滑雞、豆腐釀肉、虎皮雞蛋、炸藕盒、清炒時蔬、蔥油淋魚片、絲瓜滑肉湯、橙汁酥肉、蕈菇炒飯，還有兩壺桂花酒。

唐晴鳶看著精緻可口的菜餚，又驚嘆連連。

「雲小岫，我怎麼生成女兒身了？要是我娶了妳該多好，真羨慕阿圓爹！」

「唔，這個雞蛋也好吃，皺皮還入味。」

「這個、這個，還有這個……雲小岫，怎麼辦，每一道菜都好好吃！」

雲岫手裡幫安安剝著螃蟹，催促道：「唐小鳥，我知道很好吃，我也不介意妳天天來蹭飯。但妳的螃蟹再不吃就冷了，今日阿圓爹買的螃蟹可是又大又肥呢。」

「來了來了，這就開始吃。」唐晴鳶嚥下口中菜餚，剝起螃蟹，再配上金鑲玉材質的蟹八件，今日的中秋宴真是她有生之年吃過最豪闊、最精緻、最美味的筵席。

八月十三到八月十五，蘭溪縣城有中秋廟會，但他們都沒下山，端著清酒果子和點心，直接去了三樓賞月過節。

「雲小岫，妳這日子過得當真舒服。三樓的風景太美，我都想重建藥廬了。來，乾一杯！」幾杯清酒下肚，唐晴鳶臉上泛起一片紅暈。

等山下放起煙花時，三樓也能欣賞到，程行彧抱著安安和唐山長閒聊，阿圓趴在他背上跟著聽，時不時脆笑兩聲。

雲岫和唐晴鳶站在欄杆處，小聲說著話。

唐晴鳶扭捏不自在，輕聲說道：「雲小岫，我有點事想問妳。」

雲岫沒作他想，順嘴應下。「妳問啊。」飲了一口香醇微甜的桂花酒。

酒壯慫人膽的唐晴鳶，說話又快又輕。「阿圓爹身邊，是不是有個叫阿九的人啊？」

噗！雲岫喝到口中的清酒噴了出來。

程行彧聽見動靜要過來，雲岫忙道：「阿彧，沒事，我和唐小鳥有些體己話要說，你不方便。」

她回完程行彧，果然看見唐晴鳶鬆了口氣，便挨過去，悄聲問：「妳看上阿九了？什麼時候的事？」

唐晴鳶有些彆扭。「也不是看上，就是……就是心裡有點特別的感覺，想問問妳，這人怎麼樣？」

雲岫認識阿九，畢竟他是陸清鳴留在程行彧身邊唯一一位皇家親衛。當然，以後他只會是商號大掌櫃，和京都城沒什麼關係，但身為皇家親衛的本事還是在的。

「人品好，武功高，應該還有不少私房錢。」程行彧對手下不薄，再加上了解快馬鏢局的經營方式後，除了固定月錢，逢年過節都給下屬紅包。而且，阿九在京都城待過，雲岫猜測他應當有些家底。

唐晴鳶哦了一聲，對方有沒有錢，她倒是不在意，又問：「妳覺得，他會留在縉寧山當贅婿嗎？」

這個問題，雲岫無法回答，因為不是所有男子都像程行彧那樣想的。新政下，雖然婚嫁自由，但有些人家還是比較保守固執。所以，阿九願不願意留下，要看阿九自己的意願。

「唐小鳥，這個問題我回答不了妳，也不能妄加猜測，妳應該自己去問阿九。我能告訴妳的，是這個人還不錯，若你們願意，可以試試看。」

唐晴鳶又哦了一聲。

雲岫見她沒有其他想了解的，好奇地問：「你們怎麼認識的？」

「一個多月前，我下山看診，回程下雨，他送我回家的。」

就一面嗎？雲岫才不信。「那後來呢？」

唐晴鳶有點臉紅，不知道是因為桂花酒的緣故，還是害羞，說道：「偶爾碰到，他幫了我一些忙，所以……想先了解看看。」

哦，一些忙呀。雲岫明顯感覺到，唐晴鳶還沒準備好對她全盤托出，也不逼她，鼓勵道：「那就試試吧。這個不成，還有下個。」

不過，能讓阿九主動幫忙，那應該是有戲的。雲岫心中暗自猜測著，突然想起喬長青，不知道她最近怎麼樣了？

雲岫望著月亮，遠在千里之外的喬長青亦站在甲板之上，仰頭沈思。

沒一會兒，一個絡腮鬍漢子大聲喊道：「小幫主，快進來啊，兄弟們等你切餅呢！」

「這就來！」喬長青應下，跟著他回到船艙內。

船上雖有歡聲笑語，但她心繫縉寧。

考完鄉試，過完中秋，縉沅書院又重新熱鬧起來，因為唐山長即將舉行第一次書院開放日。若是效果不錯，以後每逢初一、十五，縉沅書院都會開放。

除了學子，也有文人雅士感興趣。由於出外赴考的學生尚未完全返家，又看到蘭溪旅行社發出的開放日布告，便決定去縉寧山一遊，看看在鄉試明算科前十名中占了六位的縉沅書院有何獨到之處。

當然，闊綽的遊客可以自己包馬車上山，囊中略微羞澀的人，就報縉沅書院一日遊。只要兩百文錢，包兩餐和往返車費，也有特別註明餐食和車位，清晰明瞭，所以有不少讀書人選擇了一日遊。

九月初一，縉沅書院開放。

程行彧對書院裡的事不是很感興趣，除非雲岫主動提起，否則不會細問。聽見她今日不回來吃午飯，便跟著許姑姑做了些飯糰，拿上平日做的零嘴和果子，帶阿圓和安安去山裡摸螺螄。螺螄吐完沙後，加佐料爆炒，是一道雲岫非常想念的美食。

溪水大約有阿圓腿肚高，他們脫掉鞋襪，挽起袖子，捋起褲腳，父子三人在山間林溪裡彎腰摸索，大的小的，一個不放過，各有各的吃法。

摸到一個河蚌的阿圓問：「燕燕，這個要嗎？」

「要。阿圓，你下腳小心，不要被夾到。」

安安搬開一塊石頭，忽然縱身跳起。「爹！有蛇啊！」

阿圓看熱鬧不嫌事大，趕緊過來，吆喝著。「哪裡？哪裡？」

程行彧飛快撿了兩顆石子，把走到半道上的阿圓夾在腋下，躍至安安身邊，定睛一看，才鬆了一口氣。

「安安，是鱔魚，不是蛇，別怕別怕。」

阿圓問道：「可以吃嗎？」

安安不可置信。「阿圓……」

程行彧低眸看著膽大的兒子，道：「應該可以，問過岫岫，好吃的話再來抓，等會兒還是先撿螺螄和河蚌。不過，我們三個得靠近些，不要走得太遠，若看見不認得的東西及時叫我，知道嗎？」

兩個小孩應下，繼續摸螺螄了。

第六十三章

一下午收穫頗豐，提回去得走不遠的路，不如用輕功回去，省時省力。

程行彧把所有東西放在身後的背簍裡，一手抱起一個孩子，往家裡趕，卻在經過唐家藥廬時，聽見一道極沒有禮貌的聲音。

「那個男人，本小姐看上了！」

程行彧的步伐未停頓，打算帶著孩子，直接順著藥廬旁的小路回家。

接待遊客的五穀先生眸底寒意頓現，對著口出狂言的女子冷聲道：「時候不早了，袁姑娘還是早些下山吧。」

袁姑娘彷彿沒聽出五穀先生聲音裡的厭煩，嘴角微微咧開，眼神中充滿勢在必得，叫上身後的小廝，便要追過去，口中極端而瘋癲地嚷嚷。

「說你呢，前面身上掛著兩個小兒的農人，你給我站住！」

她想快步過去，五穀先生比她更快，從袖中滑落的戒尺被他握在手中，擋在她身前，毫不掩飾面上的憎惡，怒道：「縉沅書院不歡迎袁姑娘，請妳立即下山。」

從藥廬裡跑出來的唐晴鳶手拿一只瓷瓶，正好看見袁姑娘一臉癡相地盯著程行彧，冷著一張臉，把瓶子遞給其身後的小丫頭。

「藥酒給妳了，立刻離開這裡！」

阿圓被程行彧抱在懷裡，正好面對藥廬，看見五穀先生和唐晴鳶後，熱情打招呼。「五穀爺爺！小鳥姨姨！」

面對兩人阻攔，袁姑娘嗤之以鼻，塗著紅蔻丹的手指捏住那把黑木戒尺，舉起另一隻手，示意身後小廝上前，譏誚道：「本姑娘今日就要把那個男人帶下山。來人，把他綁走！」

不過是個農人而已，要不是那張臉和身子不錯，她才不會注意到他，給些錢玩玩，再送他回來就是。陪她一段時間，不僅有錢財可拿，還能享受極致春事，他有什麼好拒絕的。

破壞縉寧規矩，冒犯縉寧眾人，五穀先生忍無可忍，手拿戒尺襲去，重重地拍在袁姑娘的腦門上，留下一道三指寬的紅紫印記。

「若不速速離去，休怪老夫不客氣！」

袁姑娘不可置信，然後獰笑起來，笑得越來越癲狂，憤恨道：「好啊！你們縉寧山欺人太甚，不把那個男人交給我賠罪，袁家誓不甘休！」

此時，藥廬門口只有五穀先生和唐晴鳶，以及兩位書院夫子，而對方帶上小廝、丫頭，有十餘人。

程行彧聽見那聲誓不甘休，果斷地把阿圓和安安放下，背簍也卸下來放在路上。

「在這裡等爹！」

話畢，他轉身折斷石板路旁約有小手指粗細的黃荊條，氣勢洶洶地朝唐家藥廬而去。他討厭除了雲岫以外的女人覬覦他！

唐晴鳶正想著要不要撒把毒藥粉，把這個瘋女人迷倒，打包送下山去，就見程行彧手拿一根黃荊條，快步而來，一句話不多說，在袁姑娘還在犯花癡時，舉起黃荊條往她身上抽。

「啊！」一聲痛呼，袁姑娘淫慾的目光瞬間淬上惡毒，後退兩步，惡狠狠地盯著程行彧。「敬酒不吃吃罰酒，來人，把他綁起來！」

她身後的小廝一窩蜂撲過去，五穀先生手持戒尺，也加入混戰。

程行彧扯了扯嘴角，懶得和小廝糾纏，一腳將其狠狠踹飛五步外，手拿黃荊條，直往浪蕩女子身上抽。縉寧山的日子安寧喜樂，他確實很久沒動手了，非要撞上來，怪不得他。

安安扶著背簍，看得心驚膽戰，想把汪大海教的口哨聲吹出來，卻吹得斷斷續續。

阿圓倒是興致勃勃，燕燕不僅會飛飛，還會打架，那樹枝抽得又快又準。往後他一定不偷懶，每日都要早起和燕燕學功夫！

聽見安安時斷時續的口哨聲，他眨巴著眼睛，天真說道：「哥哥，燕燕打得很開心啊，幹麼要叫人？再讓燕燕打一下。」

阿圓膽子大，又愛看熱鬧，安安無奈指著避到一邊的唐晴鳶說：「小鳥姨姨也在旁邊，那些人打不過爹和五穀爺爺，已經向姨姨他們逼近，趕緊讓海爺爺過來幫忙。」

阿圓探頭一看，果然有人向唐晴鳶襲去，只是被五穀爺爺攔下，看見那人被一把戒尺打得甩手哼叫不停，決定先把汪大海招來，口中應道：「我來，我吹的口哨聲最響了！」

阿圓把白嫩的大拇指與食指相掐，放進嘴前，小腮幫子一鼓，一道婉轉悠揚的哨聲迅速傳開。

安安雙眸微睜，驚喜道：「阿圓，你怎麼做到的？」

阿圓嘻嘻笑著，比出手勢。「就是這樣，那樣，再這樣嘍。」

安安聽不懂，但還是比了個讚美的手勢，弟弟厲害！

程行彧聽見那道清脆悠長又不曾中斷的哨響，眸中亦是不可思議，阿圓天賦不錯，比他強多了。

伴著哨聲，他手上的黃荊條抽得越來越重，此時袁姑娘哪裡還有方才的趾高氣揚，拉著身邊的丫頭狼狽躲避。

丫頭被抽得跳腳，又不敢躲開，乾脆腳下一滑，故意摔倒在地，還不小心絆了下袁姑娘，讓她也踉蹌著往後倒去。

兩人分開，程行彧抽得更帶勁。哪裡來的瘋女人，竟敢壞縉寧山安寧。

汪大海攜人來到唐家藥廬時，就看見一個灰頭土臉的女人被抽得滿地打滾，附近躺著幾個小廝，一片哀嚎。

阿圓看到他來了，小跑過去，拉住他的手，指著藥廬道：「海爺爺，有壞人！」

汪大海了然，牽起兩個孩子來到五穀先生身邊，把孩子交給他，再行至程行彧身前，面無表情地問：「公子，是全殺了，還是送下山去？」
五穀先生一愣，沒想到這位會如此直白。
唐晴鳶也不敢出聲，突然想起雲岫以前提過的屍體肥料。
躺在地上的人神情恐懼，瑟瑟發抖，無奈有個不知天高地厚的小姐。
「殺我？你敢嗎？本姑娘要把你囚禁起來，玩膩了再送去當男妓！」
唰！黃荊條破風劃過，直接抽在袁姑娘嘴上，她的嘴角兩側留下兩道鮮血淋漓的傷口，皮肉翻捲，連說話都含糊不清，眼中恐懼與憤怒夾雜，惡狠狠看著眾人。
程行彧丟了黃荊條，不屑道：「稍後全部打斷腿送下山去，再敢上山，不必過問，直接誅殺！」袁家若管不好這些囂張跋扈的高門子女，就讓別人來代為管教。
汪大海肅然應下。「是。」
程行彧來到兩個孩子身前，蹲下身子問：「安安，阿圓，怕嗎？」
安安搖頭。「爹，不怕，他們是壞人。」
阿圓眼眸亮晶晶的。「燕燕，你好厲害，你可以教我嗎？」
小胖子，膽子怪大的。程行彧一手抱起一個孩子，對五穀先生說：「先生，若他們再尋來，不必顧忌，緡沅書院大可放手而為。天塌下來，自有我擔著。」
「明白了，多謝。」五穀先生笑著應下。有雲岫和程行彧在，書院確實有底氣。
程行彧抱著兩個孩子離開，汪大海才朝那些人走去，手勢虛晃，一聲聲慘厲呼喊響起。

唐晴鳶側頭閉眼，身子一個激靈，她有點後悔招惹阿九了！

書院裡，雲岫正在上職業規劃與就業指導課。

前方是書院學生，後面擺放一些椅凳，供人旁聽。坐不下的人就圍在門口和窗前，興味盎然，無論如何都要跟著聽一耳朵。

畢竟能夠科舉入仕的學子寥寥無幾，這門課提到了別的謀生之道，頗有意思。

忽然間，五穀先生進了講堂，手拿一本小冊子道：「錦州旭豐縣袁家人，於山裡尋釁滋事，其品性與縉沅院訓有違，特請袁家子弟儘早下山，另擇他處就讀。兩位公子可以離開書院了，袁家小姐及其十三位僕人，已經送至石牌坊處等候，兩位請。」

不僅在場的人不明緣由，雲岫也沒懂。第一次書院開放日就這麼請人下山，不好吧？

袁家兄弟聽見小妹下山了，對視一眼，頓時明白自家小妹怕是招惹了不該惹的人，反應極快，拱手道歉。「小妹性子衝動，若有冒犯之處，還望縉沅書院海涵。」

但兩人眼底桀驁之色未掩，嘴角下撇，似乎很不以為意，這番裝模作樣被五穀先生看穿，不由暗自感慨，年幼的沒教好，年長的也一樣庸劣。

五穀先生面容肅然，側身避開拜禮，正色道：「兩位公子不必如此，縉沅書院不看出身，只斷人品。袁家子弟跋扈放肆，並不適合入縉沅求學，望諸位就此下山。」

袁家兄弟神色一緊，察覺今日之事恐不易了結，鄭重應道：「今日是袁家失禮，他日定另擇良辰上山賠罪，這就告辭。」

兩人拿起東西，便要離開講堂，卻再次聽五穀先生道：「兩位公子不必再上縉寧山。」

趕人就趕人，何必趕三遍？袁家大哥腳步一頓，正要厲聲反駁，卻被自家二弟伸手拉住，虛與委蛇道：「是，遵從五穀先生之意，告辭。」兄弟倆便頭也不回地疾步而去。

縉沅書院以育才施教為己任，對於門下學子，不僅僅只考核其學問，更看重品德與心性。謙恭良善、正直毅勇，才是縉沅學子之本。

袁家人，不可入縉沅。

一齣趕人鬧劇收場，五穀先生看著講堂眾人，道：「驚擾各位，實乃縉沅之過。諸位下山前可到文創社選一款中意書籤，為縉沅賠禮，老夫便不打擾各位旁聽了。」對雲岫使了個眼色，退出講堂。

雲岫輕咳兩聲，重新為堂下之人講起職業劃分，在她風趣詼諧的故事援例下，眾人的心思又回到這門課上。

程行彧揹著背簍回到家中，暗暗觀察兩個孩子，發現他們並無異樣，才微微鬆了口氣。萬一嚇著兩個小孩，雲岫肯定饒不了他。

螺螄與河蚌被倒入兩個大木盆中，慢慢浸泡吐沙。

安安在問阿圓怎麼把哨聲吹響，兩人頭挨著頭，嘀嘀咕咕的。

程行彧去了書房，把擺在書架最上端的木盒拿下來，取出青玉髓鑲纏碧竹杖，輕輕旋了一圈，從中抽出一把刃如秋霜的玄鐵劍。劍身不到兩指寬，卻泛著銀白色光澤，銳利無比。這是他的武器，只是六年前為了尋找雲岫，怕驚動了她，才將它束之高閣。想到方才阿圓和安安激動的模樣，或許也是緣分。

他提著青玉竹杖來到院子中，見兩個孩子撅著屁股玩螺螄與河蚌，輕聲呼喚他們。

「安安，阿圓，過來爹這裡。」

三張竹凳，三人坐成一團。

阿圓看見青玉竹杖，眼睛都瞪直了，手更是控制不住地往上面摸，口中驚嘆不止。「哇，燕燕，這根棍子比剛才的枝條還要漂亮，打起架來應該不會斷了吧？」

程行彧語塞，猶豫著該不該告訴他這是一把劍，想想還是決定等孩子大點再說明，便回道：「很結實，不會斷。」

但此劍只有一把，該給誰？由他們自己選吧。

於是，他繼續說：「這棍子只有一根，只能給一人。安安，阿圓，你們猜拳，一把定輸贏。誰贏了，青玉就給誰。」

阿圓來了興致，轉頭對安安樂道：「哥哥，來來來。」

安安咧嘴一笑，握住阿圓的手，和程行彧說：「爹，我不想要青玉。弟弟喜歡它，您就留給弟弟。」

程行彧微愣，看著安安純摯的眼睛，沒再追問他不要的原因，而是問他想要什麼。

安安笑道：「爹，我以後想當大夫，等我長大了就去找《藥典圖鑑》中記錄的金蠶冰絲。我不想要青玉，青玉更適合弟弟。」

青玉不僅是一種武器，更是一種象徵。

雖然沒聽說過金蠶冰絲是什麼，但程行彧還是再次問安安。「青玉不僅是根棍子，也是一筆巨大財富的象徵。安安，你當真不願和阿圓爭一爭？」

安安歡笑搖頭。「爹，我知道自己想要什麼的。」

程行彧啞然失笑，雲岫教出來的孩子確實不一般，應下。「好，那青玉給弟弟。至於金蠶冰絲，爹會幫你一起尋找的。」

他不知，但兄長未必不知。即便兄長也不曾聽聞，但有商號和快馬鏢局，遲早能找到。只要這東西真的存在，他會想方設法為安安找來的。

進入冬日的縉寧山，天氣逐漸轉涼，雖不像北方州府，風一颳，便吹來刺骨的寒冷，但早晚出行還是需添件衣裳。

平日雲岫喝的冷泡茶也被程行彧換成了養生果茶，用一個小爐子咕嚕咕嚕烹煮，喝上兩口，渾身暖洋洋的。再備上一盤點心和零食，兩人可以在三樓的閣樓裡窩一天。

這日，書院休沐，他們懶得下山，就膩在三樓的閣樓裡。

雲岫躺在程行彧懷裡打盹，兩人獨處時，他就老忍不住動手動腳，遂按住他在她腰間摸索的賊手，閉眼繼續養神，道：「把你的爪子收回去。大白天的，克制點。」

程行彧未曾長居市井，但經常下山買菜，與那些小生意人打交道。於是，有些事情，就變得越來越潑皮無賴了。

被雲岫猜透意圖後，他狡辯道：「岫岫，為夫只想抱著妳，並未有意要做什麼，妳莫要多疑多想才是。」

他可以不主動，但他有的是法子讓雲岫主動。

雲岫輕笑一聲，別以為她不知道程行彧在打什麼鬼主意。睜開眼眸，緩緩推開他，起身坐在他腰側。

「哦？那你說說看，我多想什麼了？」

程行彧雙手枕於腦後，仰面朝天，一副光明磊落的模樣。不知情的人撞見這場景，還以為他真要臥榻小憩。

他的眼角餘光一直停駐在雲岫身上，從喉嚨深處溢出一聲低笑。「大白天？克制？岫岫，明明是妳在胡思亂想。」

「程行彧，你倒打一耙！」

程行彧更換姿勢，以手撐頭側臥，深情凝視著雲岫，故意使壞道：「岫岫，我怎麼倒打一耙了？」

狗男人也能美人臥，且風姿不減，雲岫踢了踢他的腳背，無奈道：「阿彧，別這樣。」

程行彧嘴角抑制不住地勾了勾。「岫岫，別這樣是別哪樣？」

雲岫氣急敗壞。「你不要大白天的勾引我！」

程行彧大笑不止，笑聲散漫不羈，目不轉睛地盯著雲岫。「岫岫，魚水之歡，閨房之樂，白天如何，晚上又如何？只要妳我獨處一室，想便想了，為何要克制。況且，我又何曾強迫過妳？」

只要給他機會，在這方面，他待雲岫從來都是願者上鉤。

雲岫氣得牙癢癢，仗著先天條件優秀了不起啊，就吃定她對他難以把持住是吧？

她哼笑幾聲，威脅他。「程行彧，你別逼我收回你的心願卡。」

程行彧眉頭一揚，並未慌張，嘴角依然噙著痞笑，趁她分神的剎那，伸手攬住她的腰，將她帶倒在榻上，欺身而上。

雲岫被他困在身下，程行彧握住她的手腕束於軟枕兩側，指腹摩挲著細腕，又伏低身子故意蹭了蹭雲岫。

「你想如何？」雲岫的目光停留在他身上。狗男人手段頻出，今日又打算耍什麼花招？

馨香撲鼻，惑他心神，程行彧微微拉開距離，嗓音撩心入骨。「收回？難道岫岫想讓我當一回霸道小郎君，實際反抗小娘子的不講道理、不守信用、待人不公？嗯？」

一個「嗯」字尾音被他拖得繾綣而長，雲岫也不懼他，挺腰仰頭，故意在他唇上親了一下，不給他反撲的機會，便重新落回榻上，出聲挑釁。
「哎喲喲，郎君雄壯威武，這容貌、這身體，可比我家那個藥罐子強多了。看看這細腰，再看看這長腿，能與郎君春風一夜，是小婦人的福分。」
她說著，還故意拍了拍他的屁股，驚得程行彧身子震顫數下。
葷言葷語也罷了，他根本沒料到雲岫會如此調戲他，微微愣住，卻飛快回過神來，雲岫這是要和他唱話本？
突然間，程行彧像是打通任督二脈似的，極為上道地跟上雲岫的步調，腦中莫名充斥著刺激與亢奮，不假思索地就接上話。
「是嗎？那小娘子想和本公子私奔去往何處呢？溫泉熱池、清潭洞穴、瀑布水簾後，抑或是家中浴桶中？本公子定當全力奉陪。」
程行彧笑盈盈地等待雲岫的回覆，忽覺那幾年看過的話本和春宮圖還是能派上用場的，服用絕子丸更是此生做的最正確選擇，一勞永逸！
溫泉熱池，戲玩過。
清潭洞穴，瘋叫過。
瀑布水簾，放肆過。
家中浴桶，隱忍過。
一樁樁、一件件，都是荒唐事、荒唐夢。雲岫一下子接不上話，嘴角囁嚅好幾下，沒把腹中調戲之詞吐出口。

程行彧見狀，眼波流轉，眸中笑意宛如一汪春水，一起一伏，蕩個不停，悠悠道：「岫岫，再陪我入幾場夢吧。」

沒有雲岫的那幾年，汪大海不讓他喝酒，他找不到雲岫，很難入眠，只能點上特製的安神香，每日強迫自己睡上兩個時辰，與她夢中相會。

他的夢絢麗冶豔，旖旎勾人。

自從知道吟語樓中的那些秘密後，雲岫哪能不明白他在說什麼。

曖昧的氣息縈繞閣樓，程行彧與雲岫纏吻間，忽聞樓下阿圓的興奮嚷叫聲，響徹林間。

「燕燕，你在哪裡？青玉好神奇！我把青玉打開了，裡面有東西！」

「燕燕，你來看看，這是不是一把劍啊？輕輕一劃，居然能把籬笆牆削斷！」

程行彧聽見阿圓的聲音，起初是煩小胖子又壞他好事，聽了幾句，心神大震。

臭小子，竟然將劍拔出來了！

程行彧一僵，雲岫立刻察覺，紅著臉驚訝道：「我沒聽錯吧？阿圓把藏在青玉竹杖裡的劍拔出來了？」

在第一次書院開放日那夜，雲岫就從程行彧口中得知了青玉的秘密，原以為只是商號信物，沒想到內裡是一把削鐵如泥的劍。

程行彧把青玉交給阿圓時，想著他一個小孩，短時間內恐難發現其中秘密，所以雲岫才沒多說什麼。

如今鬧這一齣，不知要如何收場。

程行彧暗嘆一聲，要怪只能怪阿圓好奇心重，整日拿著那根棍子搗弄。青玉給了他不到三個月，居然就把劍拔出來了。

既然如此，讓他們父子倆一起面對雲岫的斥責吧，他實在不該心存僥倖的。

「岫岫，莫急莫憂，我這就下去看看。」程行彧起身，邊走邊整理衣袍，又擔心阿圓用劍傷到自己，遂直接從露臺躍下。

雲岫也跟著追出去，憑欄探頭警告他。「程行彧，阿圓才幾歲，你要是讓他拿著那把劍整日亂晃，夜裡不用回房睡覺了！」抱著你的劍，守著你的乖兒子睡去！

再對孩子寵愛有加，也要張弛有度，怎能他要什麼，就給什麼。

片刻後，雲岫聽不見任何聲響，不知道程行彧怎麼和阿圓商量的，眉頭輕蹙，決定下去看看，省得父子倆糊弄她。

最後的最後，青玉被雲岫暫時沒收，並與他們立下約定，以後阿圓只能以樹枝練習劍法，什麼時候把程行彧教他的招式練熟了，什麼時候再把青玉還給他！

第六十四章

今年的臘月，有些淒清。

沒有陸清鳴和曲灩，沒有典閣主，沒有羅大夫和羅嬸子，連喬長青也來信告知，趕不及回來過年。

和雲岫相熟的那批小學子去京都城趕考了；顧秋年和顧秋顏去外府談臘貨代銷；仲甫開的旅行社生意紅火，接了一批又一批回鄉探親的遊人，忙得腳不沾地。

因為旅行社宣傳木雕村的緣故，紀魯魯手上的活兒幹都幹不完，甚至有不少人因為顧家肉鋪和玉齋坊的特色木雕，去石門子村請他到店參觀，熟悉各家店鋪風格，以設計、雕刻各式各樣的木雕物件。

姜蓉蓉偶爾上山，但因臨近年關，不少百姓想添置衣物，有些女客等著她幫忙搭配款式，所以她每次來，又在當日趕回去。往返幾次後，被雲岫發現端倪，便讓她忙完再回來，不必著急。

所以，常常陪在雲岫身邊的，唯有程行彧父子了。阿圓跳脫，有時喜歡跟著汪大海和許姑姑下山住些日子；安安喜歡醫術，在小院找不到人，那必定是在藥廬跟著唐大夫學習。

唯一不變，且怎麼甩都甩不掉的，只有程行彧了。

兩個孩子都不在家的時候，他甚至會跟著雲岫去上課，要麼在講堂最後面找個角落坐著，凝視堂上之人；要麼找個屋頂躺著，陪伴簷下之人。弄得全書院的學生都知道雲岫先生和師丈恩愛有加、形影不離、伉儷情深，是縉寧山最恩愛的一對。

身邊整日跟著個甩不掉的人也挺煩的，偏偏狗男人讀了不少話本，哄人的手段了得。上個月等她下課，兩人去山下逛街製衣；這個月下課，只要有空，他就帶她去聽戲、吃東西。前兩日，他們瞞著阿圓和安安回雲府縱情一夜，昨日又偷偷下山去放河燈、吃小牛記。

今天下課銅鈴搖響，待學子離開講堂後，程行彧果然又從簷角跳下。

他把手中的披風給雲岫披上後，才道：「岫岫，阿圓隨海叔和許姑姑去鄰縣遊玩，安安跟著唐大夫下山義診，今明兩日又是只有妳我二人，有何打算？」

每到這個時候，他都在算計她，雲岫也不是傻子。

她慢悠悠地說：「唉，明日起休沐兩日，有點想去逢春舍泡溫泉了。可惜有點遠，我又不想騎馬……」

言外之意，想要放肆，也得掂量掂量那六十里路！

這點難處可奈何不了程行彧，泡溫泉，他也想。之前那麼多人在，他收斂著、克制著，沒敢盡興。

他牽起雲岫的手，笑意飛揚。「岫岫，想去便去，我們這就回去收拾衣物行李，去玩個兩日，後日再歸。」

雲岫發現自己又掉進坑裡了，卻嘴硬道：「我不騎馬，不坐馬車，更不走路。」

程行彧就喜歡她嘴硬。「這有何難，我揹妳去。」

雲岫大驚。「六十里路，你開什麼玩笑?!」

程行彧恣意道：「試試？」

雲岫才不怕他。「試試就試試！」

六十里路，一定把他累得趴成狗，任她蹂躪。

兩人收拾東西後，當真連夜出發。

只是，狗男人沒虐到，最後還是虐到雲岫自己。

但是，看在他精湛嫻熟的按摩技法上，就給他點甜頭嘍。

另一邊，八月下旬時，阿九離開蘭溪，為程行彧取回各地的商號帳本。

今年與以往不同，他心裡裝了個姑娘，打算回來就向她表明心跡，所以沿途趕路。本來要花四個月才能跑遍的地方，他僅花了三個月，就走完一圈。

雖然小姑娘不像夫人那樣喜歡珠子和書籍，可阿九還是學著他家的爺，路上發現年分、品相不錯的藥材，便順手買一些，先寄回雲府。

終於，他在年前趕回縉寧山，卻察覺有些事改變了。

她，為什麼躲著他？

他只在第一日回來時，於夫人小院碰過她一次，她卻避開眼神，不敢與他直視，更是溜得比兔子還快，他都來不及把那些藥材和兩副金針送給她。

然後，連續三日，他沒等到她的身影，一打聽才知道，小姑娘居然在他回來那日，就連夜下山了！

自從在第一次書院開放日見過汪大海那俐落的斷腿手法後，唐晴鳶突然陷入了矛盾和自我懷疑中。

她知道阿九是程行彧的人，後來更從雲岫口中得知，他曾經是皇家親衛的過往。

宮裡出來的人，怎麼會是等閒人物？雖說往事隨風，如今阿九也是有戶籍、戶帖的蘭溪良民，但她就是忍不住胡思亂想，阿九曾經殺過多少人？使過哪些虐人手段？是不是像話本裡的那種秘密侍衛，會什麼腰斬、車裂、貼加官的？

她光想，都要起一身雞皮疙瘩，究竟該怎麼做呢？好不容易春心萌動，喜歡上一位小郎君，結果又是個煞氣重的，弄得她不敢招惹，卻又捨不得。

前些日子，阿九不在山上，唐晴鳶好歹還能使用拖字訣，每天混日子，儘量不去糾結他們之間的問題。

但是，他提前回來了，對上他那雙眼眸，她又忍不住萌生退意，乾脆藉口下山義診，找個地方整理思緒。

要，還是不要？
問，還是不問？
忍，還是不忍？
願，還是不願？
今日是義診的第四天，唐晴鳶在蘭溪城外四十里路的土地廟裡小憩。等傍晚結束後，她就會跟著旅行社經過的馬車，去下一個村落。
雖然只有她一人下山，但這幾年治安好，附近又是村戶，大多數村民都認識她，所以唐晴鳶也不害怕。
趁著中午休息，她一個人坐在土地廟前，手中拿著一根乾草，一節一節地折斷，然後重新撿起一根草，再一節一節地折斷……如此無數次，腳下已逐漸堆起一層薄薄的碎草。
至於阿九，他聽了雲岫的建議，穿了一套白色繡暗紋衣袍，下山找人。
在他看來，白色不耐髒，氣勢不夠強，辦事不俐落，這種淺色衣裳從來不在他的選擇內。但得知唐晴鳶尤為中意白衣俠客後，還是聽了雲岫的話，頭一回這麼打扮，更特地挑選一匹白馬，一路小心騎乘而來，不曾讓衣袍沾染到半點塵泥。
一身白衣，一匹白馬，讓他看起來有說不出的英俊瀟脫，惹得村裡姑娘頻頻回首。
阿九牽著白馬站在遠處，白得晃眼，只要唐晴鳶一抬頭就能發現他，偏偏小姑娘一副心事重重的樣子，沈浸在自己的世界裡，居然一點都沒注意到。

忽然間，阿九察覺有人朝這邊急奔，不到一盞茶工夫，果然見到一個大嬸氣喘吁吁地跑來，雙手撐膝，焦急喊道：「小唐大夫，不好了，有人從屋頂上摔下來，好像受傷了，您快過去看一看！」

她的聲音令唐晴鳶猛然驚醒，拎起藥箱起身，一邊問、一邊攙扶著那位大嬸。「大嬸，妳還走得動嗎？是哪家出事了？」

大嬸跑得急，即便這會兒停下來，依然喘得厲害，要她再跑回去，委實是為難她，只好手指來時方向，顫聲道：「前面三百步開外，正在修繕房頂的那家……此時應該去了不少人，妳直直走過去，應該能聽到喧譁聲。小唐大夫，妳先去，我看那人倒在地上，已經不省人事了，我喘口氣再過去。」

今年村裡人家都賺了點錢，家家戶戶便想在過年前重新修繕屋頂，補泥添瓦，省得來年下雨還要用盆子接水。前些日子，大家互相幫忙，也沒見誰家出過事，哪能想到人會從屋頂上摔下來，又是大過年的，怕要遭不少罪。

聽見人還躺在地上，唐晴鳶口中忙應下。「大嬸，我這就去。」

她揹起藥箱，向大嬸指的方向跑，卻因心急，沒注意到路上有一塊凸起的小石頭，腳剛踩上去，驀然一滑，直接扭了腳，一屁股坐倒在地。

大嬸也被嚇一跳。「小唐大夫！」

唐晴鳶忙安撫她。「沒事沒事……」想到從屋頂墜落的人還昏迷著，便忍著疼痛站起來，輕輕踮腳前行。

她正要下腳走第三步時，突然被人攔腰抱起，雙腳懸空，嚇得她的心都要跳出喉嚨了。

「把藥箱抱好，我帶妳過去！」

竟然是阿九，還是一身白衣的阿九！唐晴鳶被那身白衣晃得心神浮動，呆呆地順著他的話，哦了一聲。

做過皇家親衛，又跟過程行彧，阿九察言觀色的功夫自然不弱。唐晴鳶的失神以及她自己都未察覺的癡迷，被他看在眼裡。

但此時不是細談交心的好時候，所以，平日裡話最多的阿九一聲不吭地把唐晴鳶抱起，往大嬸指的方向奔去。

唐晴鳶除了小時候被親爹抱過，長大後從沒有男子親近過她，更不曾如阿九這般抱過她，雙手忍不住拽緊藥箱背帶。

幾百步的路轉瞬即到，從屋頂上摔下的漢子已經醒了，正躺在地上哀嚎，不少人圍在他身邊，不知所措。

看見唐晴鳶被一個陌生男子抱過來，大夥顧不上探問，忙招手呼喊。「小唐大夫，這邊這邊！」

阿九把唐晴鳶放下，她對傷者望聞問切，五臟六腑倒是無大礙，就是右腿摔斷了，怕是要好好休養一段時日。

唐晴鳶為他施針止痛，正骨復位，夾板固定，開具藥方。

阿九則為唐晴鳶打開藥箱，找來木板，遞上紙筆。

兩人郎才女貌，又默契十足，大家還有什麼看不明白的，這位白衣小郎君怕就是令小唐大夫神思不定的意中人。

固定好右腿的漢子自責萬分，房子沒補好，反倒把自己摔傷了。村裡人紛紛安慰他，等他被挪進屋裡後，幾個身手矯健的男人繼續幫忙補屋頂，好歹過年不能讓人斷了腿，還要吹冷風。

人群慢慢散開，但村民看熱鬧的眼神一直停留在唐晴鳶和阿九身上，只差湊上來問什麼時候辦喜事，什麼時候喝喜酒了。

唐晴鳶有些不自在，待阿九替她收拾好藥箱，踮著腳起身，卻見他把藥箱塞入她懷中。

阿九未多言語，只吐出兩個字。「抱著。」

這和往日同她談天說地、體貼入微的阿九不一樣，她都受傷了，他也不幫她揹一下藥箱……唐晴鳶心中莫名生出很多委屈與酸澀，氣鼓鼓地抱著藥箱，不知在和誰生氣。

阿九深深看她一眼，他猜不透小姑娘的心思，但他能表明自己的心意，便再次攔腰抱起唐晴鳶，走回土地廟。

來時又急又快，回時漫長且煎熬。

唐晴鳶能感覺到阿九結實而炙熱的胸懷，他的一隻手扶在她腰側，隔著衣裳能感覺到熱燙，另一隻手放在她腿窩處，像是嵌合在一起似的。

腿窩？等一下，如果……要是……他會不會像海叔那樣，往髕骨處一劃，她就再也不能行走了！

在某冊話本中，女的不愛男的，男的深愛女的，就把女的腿打斷，囚禁起來，主打一個得不到她的心，那麼得到她的人也無憾的極致虐戀。

忽然，一個小唐晴鳶從她左耳處蹦出來，道：「可是妳喜歡他，他應該也喜歡妳呀。」

唐晴鳶嘴角微勾，卻有另一個小唐晴鳶從她右耳處跳出來，提醒道：「此人乃皇家親衛出身，虐人手段百出。即便此時與妳卿卿我我，但往後的日子還長得很，若妳哪日說話做事不如他的意，小心他讓妳死無葬身之地，連妳爹娘都找不到人！」

左唐晴鳶說：「有雲小岫和阿圓爹在，阿九怎麼可能做那樣的事。」

右唐晴鳶道：「有些事悄悄做就成了。虐人虐到無影無形，妳一個女大夫不是對手。」

左唐晴鳶反駁。「妳胡說八道！」

右唐晴鳶回嘴。「話本裡都寫了，妳又不是沒看過。」

左唐晴鳶急了。「雲小岫說過阿九品性不錯！」

右唐晴鳶冷哼。「妳親眼見過海叔手段不錯。」

左唐晴鳶生氣了。「阿九是阿九，海叔是海叔！」

右唐晴鳶挑眉。「總歸都是從宮裡出來的。」

爭爭吵吵，沒完沒了。

唐晴鳶一聲怒喝。「閉嘴！」

話一出，她驚得回神，也把阿九震得莫名其妙。

阿九不明所以，他雖然有很多話想說，但剛剛確實未曾言語啊，難不成唐晴鳶已經和他心意相通，懂他所想了？

「阿鳶？」

唐晴鳶反應過來，剛剛那些是她在胡思亂想，甚至還當著阿九的面怒喊出聲，又是羞臊、又是尷尬，正想著如何圓場才好，便聽見阿九的那聲呼喚。

「阿……阿什麼？」唐晴鳶結結巴巴的。她沒聽錯吧，到底是叫阿圓，還是在叫她？

「阿鳶，晴鳶，還是妳喜歡我喚妳鳶鳶？」

阿九垂眸深深望了她一眼，然後把呆愣的她放在土地廟前的石凳上，準備查看小姑娘扭到的腳踝傷得嚴不嚴重。

他剛剛伸手摸到她的褲腳，耳邊就響起一聲驚呼，那雙粉色繡鞋立時縮了回去。

「等等，我自己來。」唐晴鳶剛從那幾個稱呼中回過神來，就發現阿九要捋她褲腳、脫她鞋襪，心裡又驚又喜，但更著急。本來想揮開阿九的手，卻又不小心碰到他，反倒嚇得她先退開。

「我不是故意的。」

「妳也可以故意的。」

這是什麼虎狼之詞？

第一次春心萌動的唐晴鳶不敢亂猜，避開阿九的眼神，微微側身捋起褲腿，自行查看傷勢，發現沒有骨折或骨裂後，從藥箱裡取出一只小瓷罐，抹了一些白色藥膏。

她的手無意識地推開藥膏，腦海裡卻思索著阿九為何會出現在這裡，是路過辦事？還是特地來找她的？但後面這種猜想有可能嗎？

阿九屈膝蹲在一旁，看著小姑娘再次魂不附體，她究竟怎麼了？

等唐晴鳶上好藥，收起瓷罐後，他索性開門見山地問了。

「阿鳶，這幾個月，妳可還好？是遇到什麼事嗎？是不是有人欺負妳了？」阿九沒有起身，依舊蹲在唐晴鳶身邊。

「沒有啊，一切正常。」唐晴鳶有些不自在。

阿九看著她的側臉。「那妳為什麼躲著我？」

大冬天的，唐晴鳶忽覺身上發熱，逞強回道：「沒有啊，我沒有躲著你。」

這……這要怎麼繼續聊？可難死阿九了。

他頭一回腹中有千萬語，卻不知該如何說出來，再看唐晴鳶坐在石凳上，也沒有絲毫要挪動的意思。

阿九突然站起來。

唐晴鳶被他的動作嚇到，身子微微一縮，又被他敏銳察覺到。

阿九薄唇輕抿，眸色深沈，並未言語，反而舉步離去。

他……這是生氣了？

唐晴鳶想開口挽留，可話到嘴邊，又怎麼都說不出來。

她弄不清自己的心意，如何留他？

最後，她低落地垂下頭，甚是沮喪。要是雲岫在就好了，她真的不應該急著下山的。

孰料，還沒等她偏頭再看第二眼，阿九又折返回來了。

他手中輕輕鬆鬆地抱著一個圓石頭，向她走來，然後把石頭放到她的石凳旁邊，光明正大地坐下。

「阿鳶，我有話想對妳說。」

唐晴鳶忙收回目光，依舊垂著頭，聲音低低的。「你說。」

「海底月是天上月，眼前人是心上人。唐晴鳶，我喜歡妳。」

那瞬間，唐晴鳶心底彷彿炸出絢麗煙花，手驀然抓住衣襬，不知所措。從沒有哪部話本的男主角是這樣訴明心意的，她……她要怎麼回答？

她愣怔間，又聽阿九說道：「我不清楚我不在的這幾個月，妳身上究竟發生了什麼事，但我能感覺到，妳在逃避我、害怕我，可以告訴我其中緣由嗎？」

和一群男人長大的阿九從沒有為哪位姑娘心動，而自家的爺除了夫人以外，更是不沾女色，所以他幾乎沒和女子相處過，更不知道如何哄意中人開心。

但唐晴鳶是唯一讓他心動神馳的人，所以他聽從夫人的建議，要向她道明心意，詢問緣由，相互理解，共同商量。唯有知道唐晴鳶的心結是什麼，他才知道下一步該如何走，要不要堅持？或者，要不要放棄？

不過，思及後面這種可能，他心裡異常牴觸，他確定自己不想放棄。

放棄她，很難很難！

第六十五章

其實，去年阿九剛到縉寧山，以農人身分隱匿野橘林不久後，他就注意到唐晴鳶了。她是唐家獨女，也是一位女大夫，時常上山採藥，下山義診。

那個時候，自家的爺和夫人還沒有和好，他也有任務在身，並未與她產生任何交集，對她的感覺也平淡似水，只是單純地把她當作夫人的小姊妹對待。

但是，當爺和夫人成婚後，當他可以用普通良民的身分留在縉寧山後，他的目光不知從何時起，開始無法控制地停留在她身上。從最初若有似無的輕瞥，到後來難以移開的凝睇，他很想找機會與她結識。

像是意外偶遇一般，阿九開始在山裡溜達，藉機幫她採藥、揹竹筐、送東西……總之，他們相互認識了，也相處融洽。

阿九能察覺到，起初唐晴鳶僅是把他當成普通男子對待。但有一次下大雨，他在回縉寧山的路上，碰見她舉著一片大葉子站在石牌坊處避雨，便順路把她送回藥廬。

當時，他也存了私心。

他想與她一路同行，所以並沒有把傘給她且避嫌離開，而是選擇為她撐傘、為她揹藥箱，把她送回唐家藥廬後才離去。

本來是無心之舉，只想與她靠近，沒想到，自那次大雨之後，唐晴鳶看他的眼神變了。不經意的對視，她會臉紅，會躲閃迴避。

她看他時，眼睛會濕漉漉、亮晶晶的。

只要兩人獨處時，他經常會捕捉到唐晴鳶偷看他的目光，他的心情也很容易因她而動，忍不住嘴角上揚，有時更莫名傻笑。

後來，她逐漸會到藥廬後面的院子找他，邀他一起進山採藥材、摘果子……他們沒有言宣，卻又意會。

他本打算此行回來後，就與她定下名分，道明年後提親的打算，想不到唐晴鳶竟開始躲他，所為何故呢？

唐晴鳶的思緒還沒收回來，腦海中全是阿九的那句表白，驚喜交集。原來，阿九也是喜歡她的。

她發愣，他靜等。

直到唐晴鳶出聲問道：「阿九，你有沒有殺過人？」

她不是頑固的大夫，更不是那種不分善惡，只管救人的老古板，她也喜善厭惡，遇到壞人，恨不得用銀針扎他痛穴。但是她的那些小手段和汪大海他們的不同，她迷惘，下不了決心，有點害怕。

阿九頓時心有所感，癥結在於他的過往，在於他曾經的身分。

他記得今日臨行時，夫人說過的話，若有心與唐晴鳶在一起，便坦誠相待，成與不成都隨緣，不得強求。

所以，他沒有打算欺瞞唐晴鳶，如實告訴她。「殺過。但是阿鳶，我所殺皆惡人歹徒，不曾傷過無辜。」

回話間，他仔細觀察唐晴鳶的神色，果然見她眼睫輕顫。

唐晴鳶的心落下一半，但還沒有完全落回去，又問：「那……那你殺那些惡人時，會虐待他們嗎？」

虐待？阿九不解。「比如？」

衣襬已經被唐晴鳶揪得皺巴巴的，她低聲道：「比如會用鞭子抽打逼問，會用受潮發軟的桑皮紙貼臉，會用燒紅的烙鐵燙犯人……」話語一頓，抬眸瞄阿九一眼後，又迅速收回目光，繼續說道：「比如，你會不會像海叔那般，手一揮，就能把對方的雙腿廢掉？」

阿九聽出關鍵了，起身蹲在唐晴鳶身前，由下往上看，對上她躲閃迴避的眼睛。

「阿鳶，我和海叔不一樣。我曾經是侍衛，只負責保護主子安全，妳說的那些，是慎刑司的手段，與我無關。妳看到海叔出手了，是嗎？妳是因為害怕，才躲避我的，是嗎？」

「嗯。」

唐晴鳶的回應只有輕輕一個字，但阿九還是聽清楚了。

海叔真是他的好大叔啊，究竟是什麼時候出手的，差點壞他姻緣！他該怎麼告訴唐晴鳶，他雖殺過刺客歹人，卻乾淨俐落，從不虐殺，那她會不會也害怕他殺人動作太快？

「阿鳶，妳與我相識數月，從沒見我傷害過任何生靈，對吧？」

唐晴鳶點頭。

「我從沒有隨身攜帶過武器，對吧？」

唐晴鳶又點頭。

「海叔與我職責不同，處事方法迥別，因此不該相提並論。妳若以海叔的處事方式來評判我，亦是不公，對吧？」

唐晴鳶再點頭。

只會點頭的唐晴鳶，他還是第一回見。阿九眼中生出笑意，但唐晴鳶在反省自己，並未察覺。

他繼續說道：「我雖然是侍衛出身，卻自認品性清正良善，行事光明磊落，這些年也攢下一小筆薄產，應當算得上是一位值得婚配的好男兒，對吧？」

唐晴鳶正要點頭，但「好男兒」一詞令她豁然省悟，心驀然一跳，他跟她說這個做什麼呢？心慌意亂之餘，目光游移，卻對上阿九凝著笑意的雙眸，含情脈脈，溫柔繾綣，令她再移不開眼。

「阿鳶，妳對我也有好感的，對嗎？」

這回，唐晴鳶是頭也不敢點，話也不敢應，不知所措時，阿九突然握住她的雙手。他感覺到她的手微顫，心亦跟著跳動，細聲道：「阿鳶，我喜歡妳，妳也喜歡我。我們明明是天作之合，是金玉良緣。

「妳從醫，當我不必出門時，可陪妳上山採藥，下山義診，一起去妳想去的地方，做妳想做的事；我行商，妳若願意，可陪我遊歷各地，體驗各處風土人情，四方行醫。

「我們試一試，到明年中秋，若妳願意嫁我為妻，結為連理，我便請夫人為我保媒，上藥廬提親。阿鳶，妳願意給我一個機會嗎？」

唐晴鳶長這麼大，從沒有如此興奮激動過，她有好感的男子穿著她喜歡的白衣，為她解開疑惑，對她表明心跡。

「所以，你是特地來找我的嗎？」

阿九回答。「嗯，我的意中人下山數日，看不見她，我食不安、臥不寧。所以問了人，特意尋她而來，解思念之苦。」

唐晴鳶笑了。「是誰告訴你，我在這裡的？」

阿九也笑。「夫人告知。」

唐晴鳶抿唇。「那，除了雲小岫，還有人知道你來找我了嗎？」

阿九咧嘴。「無。意中人不答應，阿九不敢壞她名聲。」

唐晴鳶噗哧笑出聲。「好吧，意中人答應了。」

阿九喜上眉梢。「阿九慶幸意中人答應了。」

阿鳶，我不會負妳的。

唐晴鳶扭了腳，不適合繼續義診，需要回山上休養。

得知她是隨蘭溪旅行社的車馬繞行蘭溪城外村鎮義診，阿九與她商量。「這次義診就此結束吧，我送妳回家。」

「可你只有一匹馬……」即便她能忽略兩人共乘一騎的不自在，但幾十里路，會把馬累垮的。

阿九靦然一笑。「阿鳶，妳騎馬，我牽馬。」

眼見唐晴鳶不願，他繼續道：「阿鳶，我腳上功夫不錯，這點路程奈何不了我的。」

「真的嗎？」

「真的。」

等真正跑起來時，唐晴鳶驚愕不止，阿九太過自謙了，這哪裡叫腳上功夫不錯，簡直是飛毛腿！她忽然很期待將來能與他一起商行天下，醫行四方。

「阿九，你慢點！」

「阿鳶，走快點，回去還能趕上晚膳呢！」

「阿九，你叫我阿鳶，聽著像是在叫阿圓。要不，你叫我小唐大夫吧。」

「那可不行，小唐大夫人人都能喊，意中人想要一個獨一無二的稱呼。」

「鳶鳶？」

「嗯？」

「鳶鳶！」

「欸！」

春至人間，百草回芽，第一批從京都城到縉沅書院遊學的學子已經入學。

職業規劃與就業指導課不變，但雲岫辭去算科夫子一職，新開一門名為「實務」的課程。每隔三、四日，她會和那些遊學學子研究或實驗土法煉鋼、水泥製作、羊毛線及毛衣織法、燒製玻璃、製蜂窩煤、打井技法、種子改良術、無土栽培、扦插法……甚至是關乎水利的陂塘工程等等。

很多技術和配方，前世她曾在圖書館掃過一眼，有印象。但看過和實際做出來是兩碼子事，比如扦插法，農人照做也不一定能將作物養活；知道如何燒玻璃，又不一定能燒出來……親手實作比吸收知識難多了。

雲岫終於明白，為什麼南越修路沒有用水泥，因為連如今的她都沒做出來，又怎麼會在那一世告訴陸清鳴呢？

幸好，這些遊學學子不僅僅是學生，更是具備天賦的手藝人，最起碼蜂窩煤做成功了，風車引水實現了，無土栽培的菜也長出來了……雲岫總算摸清陸清鳴的意圖，她雖不在京都城為他輔政，卻在縉寧山為他培養人才。

為了美色，這就是她付出的代價呀，但莫名的很有成就感！

事業有成，家有賢夫，膝下有兒，衣食不愁，偶爾與帥氣的狗男人來點風花雪月，這就是她曾經夢寐以求的神仙日子。

心情好，則狀態好，即便淺色素衣也難以掩飾雲岫的綽約多姿，常勾得某人心癢癢，得空就要黏上來。

每夜睡前，程行彧都會幫雲岫按摩推拿，那雙爪子早已摸清往哪裡按、揉、捏、捶，她就會跟著情動。

春日萌動，狗男人也不例外，尤其是連著作了幾夜夢之後，越發想和雲岫纏在一起了。

這天夢裡，程行彧又遇見了雲岫。

他少時中毒，曾在外求醫學武，後來裝瞎回京替兄長行商，便會藉著眼疾，暗中探查兄長所託之事。

他與雲岫初次相識，便是在賀州。當時，他要去查賀州私鹽，身邊只帶了洛羽和洛川，紮營野外，她卻悄無聲息地滾落到他的帳篷前。

明明上一刻還毫無動靜，下一刻帳篷前竟出現一名穿著奇裝異服的陌生女子。

程行彧不信鬼神，只覺得是刺客或殺手。

「這是哪裡？這是哪一年？」

雲岫睜著一雙迷茫的眼睛問他，似乎不知道自己為什麼會出現在此處。

裝瞎的程行彧瞬間失神，她的眼睛很美很柔，他從沒見過那樣的眼睛。

是美人計嗎？他順勢而為，以一副翩翩公子卻身患眼疾的可憐模樣，倒打一耙。「妳是何人？」

雲岫伸手在他眼前晃了晃，咬唇道：「打擾了，我也不知道發生了什麼事，你能告訴我這裡是哪裡嗎？」

程行彧道：「賀州。」

雲岫又問：「南邊省分的賀州？」

程行彧聽不懂，搖搖頭。「是南越京都以東一千六百里的賀州。」

雲岫大驚，又問：「那今年是誰執政？」

程行彧皺眉，執政？是在問年號嗎？她到底是誰，竟連南越的年號都不知道？他想看看她打什麼主意，便順著話回道：「如今是乾堎三十九年。」

雲岫扶額，腳下一個踉蹌，險些跌倒在地。

程行彧手執青玉竹杖，視若無睹，蓄勢待發。

他看著雲岫抱頭蹲在地上，好半晌才起身，然後轉頭對他身後的洛羽和洛川商量道：

「兩位大哥，我只知道自己叫雲岫，其他的都想不起來了。我能在你們的火堆旁待一會兒嗎?天一亮，我就離開。」

她等待洛羽與洛川的回覆，結果卻是程行彧出聲應下。「好。」

他也想摸清她的底細。

隔天，天剛亮，程行彧察覺到她的腳步聲，越走越遠，似乎是離開了。他沒放下戒心，令洛羽跟上去，見人進了文縣後，才回來覆命。

程行彧便把這件事放下，不想，三日後他們又在文縣相遇。

文縣是賀州的首府，文燕閣是文縣最大的酒樓。

那日，他正在文燕閣對面的小食肆用膳，樓下卻傳來爭吵聲。

「掌櫃，你可別賴帳，兩日工錢共一百六十文。」

程行彧站在二樓窗口，看見對面的人是三日前出現在他帳篷旁的那個女子，他記得她叫雲岫。

雲岫沒有穿著那套奇裝異服，而是一身寬大的灰色衣裳，眼睛出奇的閃亮。

「是妳不幹的，可不是我們不要妳。小姑娘，想要錢就留下，若是想走，一毛都沒有，還得把身上這身衣服還回來！」

初來乍到就進黑店，虧它是文縣最大的酒樓，雲岫慶幸自己留了一手，沒在他們面前展現廚藝。連著兩日跑腿打雜，錢要不到就算了，還想讓她脫衣服?這些老色鬼想得美!

於是，她哭哭啼啼地開始抹眼淚。「諸位客官，小婦人上有老，下有小，家中夫君患病，入不敷出。本想來這裡掙點藥錢，不想掌櫃看上小婦人美色，欲逼我行不軌之事，我不就範，他就要強求……嚶嚶嚶，小婦人可以不要工錢，但這身衣服脫不得啊！」

若在其他州府，必有人動容，偏偏這裡是賀州。在場之人雖心有不忍，卻不敢出手相助，那是文燕閣，不是一般的小食肆。

男人臉上滿是橫肉，冷笑幾聲，不當一回事，伸手就要把人拖回去。臭婊子，敢和他玩虛的，他不把她玩死，就不是文燕閣的掌櫃。

看見男人眼中的淫邪，程行彧心生厭惡，對洛川道：「下去救人。」

洛川還來不及應下，就在眾人為之惋惜時，程行彧親眼看著雲岫從寬大的衣裳內，掏出一個很亮很小、在陽光照射下還會發光的東西，用雙手手指拉開後，像是一把刀似的，在兩人拉扯間，俐落準確地刺入那人胯下。

一陣淒厲喊叫聲響起，男人的鮮血滴滴落下，她乘機溜走了。

程行彧看著她開溜的方向，讓洛羽去幫她斷後，道：「再給她十兩銀子。」

但是，十兩銀子沒給成，因為洛羽找不到她了。

十日後，他們第三次見面。

她又換了一身裝扮，成了一個臃腫黑胖的男人，頭髮梳成高髻，臉上有很多麻子。那雙眼睛依舊很亮、很有神采，與賀州普通百姓的眼神截然不同，他在船上一眼就認出她了。

她不知道從哪裡找來一些葡萄，裝在提籃裡，像個街溜子似的蹲在橋腳邊叫賣。而通緝她的畫像就貼在石橋另一頭，卻無人察覺，告示中的犯人就在眼前。

玩燈下黑嗎？但那副偽裝確實很成功，程行彧不由好笑，好有意思的女子。

他讓船靠在岸邊，把她的葡萄全部買下，丟了一個錢袋子給她。

雲岫認出了買葡萄的人，捧著那個沈甸甸的錢袋子，神情陷入糾結。

船過石橋後，她順著岸邊追來。

「公子，公子，你給得太多了！」

粗聲粗氣的，還真像那麼回事，逗得程行彧再次笑出聲。

程行彧撐著竹杖站在船頭，笑道：「你沒認出那個賣葡萄的小販是誰嗎？」

洛羽跟洛川側頭看去。「就是個大叔啊，好似並無異狀。」

洛羽不解。「公子？」

程行彧忍不住又笑出聲，真是好厲害的偽裝，連洛羽和洛川都沒看出來。「告訴她，多餘的錢是賞她的，不必奉還。」

他是個瞎子，有些事還是由別人做才自然。摸了一顆葡萄送入口中，唔，挺甜的。

他們的第四次相遇，她是送果子到帆船上的小販，一樣又黑又胖，只是這回跛著腳。而他是正在與人談生意的商客，亦是一隻待宰的肥羊。
雖然知道賀州人肆無忌憚，喜歡黑吃黑，但程行彧沒料到自己會這麼早中招。其實他最不懼的就是與人纏打，青玉一出，殺人又快又準。可是船艙裡的小孩讓洛川放鬆了警惕，以為是無辜之人，並未誅殺。
漏此魚，炸此船。
火光紛飛，船隻解體，三人失散，落入水中。
而且，程行彧不會鳧水！
他手持青玉掉進水裡，渾身被水包圍，無法控制身體。可他不能死，他還沒有查出母親死因，還沒有探清賀州鹽鐵案，還沒看見景明侯府破敗……他不甘心，想掙扎，卻越來越往下沈。
就在他的胸口疼痛至極時，看見一道人影向他游來，拽住他手中的青玉。
可是，他已經沒力氣了，青玉脫手。
一個個氣泡從口中吐出，他失神之際，下一秒被人拽出水面。
秋日的賀州很冷，何況是下水救人。可那落水之人，是給了她一袋碎銀的小瞎子，所以這恩得報。
雲岫拖著他游到岸邊，發現他昏迷失去意識，忙把他的棍子丟在一旁，為他做心肺復甦。胸外按壓三十次，她捏緊他的鼻子，抬著他的下巴，撐開他的嘴，吹氣兩次。

反覆數回後，雲岫拍拍他的臉，摸了摸他的頸動脈，有些著急。「喂，喂，小瞎子？」

程行彧沒有回應，沒有咳出聲。

這是雲岫第一次對真人做心肺復甦，要不，再試試？於是，她又對程行彧做了兩組心肺復甦。

程行彧在聽見她喊小瞎子時，就已恢復意識，來不及出聲，兩瓣冰涼且微微顫抖的唇再次貼近他。

她在他清醒的時候，又親了他四次！

第六十六章

程行彧咳咳出聲，微微偏過頭。

雲岫著急道：「小瞎子，你能自己呼吸了嗎？答應一聲啊！」

程行彧忍著身體不適，出了聲。「我叫程行彧。」

雲岫一點都不尷尬，因為人工呼吸不是接吻。

但程行彧很難為情，於他而言，那就是吻。

他躺在岸邊，盡力忽略內心的那絲異樣，側眼看雲岫撿起岸邊的衣裳，摸索著身上，然後一聲驚呼，說起很奇怪的話語。

「糟糕，我的小包包掉進水裡了，還有我的手機和摺疊小鋼刀！」她轉身又跳進江裡。

程行彧來不及制止她，撐到青玉撐著起身，來到江邊，一邊嗆咳、一邊急喊。「雲岫！雲岫！」

江面很平靜，只有遠處火光未滅，照出江面上漂浮的殘木，卻始終沒有她。

此時，一個腦袋浮出水面，程行彧用力呼喊。「雲岫，東西我賠給妳，妳快上來！」

但江中的人很固執，反覆潛入水中數次，直至力竭，才不甘地游回岸邊，抓著他遞出去的青玉爬上岸。

程行彧見她坐在地上悶聲哭泣，眼眶通紅，淚珠滾落，卻只能一聲不吭。

他是個瞎子，不能暴露自己，便假裝不知，好半晌才道：「雲岫，妳丟失了什麼東西，我賠給妳？」

雲岫自顧自地呢喃。「我的摺疊小鋼刀，虧大了，這裡煉不出來的，無人賠得起。嗚嗚……還有我的手機、我下載的小說……」

她說著程行彧聽不懂的話，程行彧想了想，從濕漉漉的懷裡摸出一枚玉珮，說道：「雲岫，憑此玉可到錢莊取錢。等天亮，妳就去取一千兩，是我賠給妳的。」

雲岫沒有接過玉珮，反而糾結於稱呼，仰頭問他。「你怎麼知道我的名字？」

程行彧失神半刻，虛無目光對上那雙眼睛，又編了一個謊話。「妳的聲音很特別，妳就是半個月前出現在我帳篷外的女子，對嗎？」

其實，是眼睛很特別，無論是奇裝異服，還是街溜子小販，或是剛剛送果子上船的跛子，他都憑那雙眼睛認出了她。

雲岫吸吸鼻子，才接過那枚玉珮，拿到他眼前晃了晃，問道：「我掉落的東西價值千金，你這玉珮能取多少銀票？」

程行彧回她。「不便告知。」

那瞬間，他確定那雙眼睛更亮了，她似乎很缺錢？

雲岫提議。「小瞎……小公子家在何處？來此做甚？你眼睛不好，應該需要人照顧吧？

我正巧在找活計，不如我打工照顧你幾天，幫你找到同伴，到時多賞些銀子給我可好？」

程行彧微微皺眉，她問了很多問題，有些話更聽不太懂，只知道她好像想留在他身邊。

但程行彧拒絕了，他是裝瞎不是真瞎，他有聯絡洛川與洛羽的方式。更重要的是，他不需要一個女子跟在身邊，於是婉拒。

「不必，明日取了錢，妳便離開吧。」

他，不需要人照顧。

「哦，那行吧，明日我們一起去錢莊取錢。說好的一千兩，你可別反悔。」

「嗯。」

雲岫看著兩人濕漉漉的，商量道：「不如，我帶你去烘乾衣服，你明天給我一千零十兩如何？」

十兩而已，程行彧應道：「好。」

雲岫把程行彧帶到一處破院子，裡面有個真瞎的老婆婆。

生起火後，她就開始自顧自地脫衣服，程行彧偏頭避開，卻聽她說：「小公子，脫衣服啊。放心，我不會看你的。」

話雖如此，但程行彧的眼睛真的不瞎，雲岫明晃晃、直勾勾的目光落在他身上，這叫不看嗎？

然而，他既不想殺她，也不想暴露身分，只得跟著脫掉衣服，讓她拿去烘乾。

不過，他留了最後一層裡衣，擋住了雲岫如女流氓般的目光侵略。

雲岫道：「小公子，你是瞎子，還要閉眼嗎？」

程行彧回答。「江水不乾淨，眼睛不舒服。」

雲岫哎呀一聲。「你等等，我幫你沖洗眼睛。差點忘了，你們這種患眼疾的人，更要注意衛生，不要被感染。」

她拿著一個破葫蘆瓢盛了清水而來，讓他低身仰頭，為他沖洗眼睛。

他本是不想看她衣衫不整的樣子，才編出這個藉口，卻又因這個藉口不得不看她。

她穿著一件奇怪的抹胸，有兩根細細的帶子，連著一塊黑色的布，剛好遮住胸腹。黑色襯得她皮膚很白，胸很……總之，腰很細，手臂上還有細毛。

程行彧握住青玉的手越來越緊，他第一次離陌生女子那麼近。

「雲岫，可以了，我的眼睛舒服很多了。」

雲岫這才收起破葫蘆瓢，與他拉開距離。

程行彧虛望火堆，目不斜視。

瞎眼婆婆送來兩個乾扁的饅頭，兩人就著破瓢裡的清水果腹。

你一口、我一口，程行彧還拒絕不得，因為他是瞎子，只能假裝沒看到雲岫和他同飲一瓢水。

本來打算天亮給錢後，就分道揚鑣的程行彧失算了。

本來立誓遠離女色、專心查案復仇的程行彧破誓了。

一場閒聊，成了一根紅線，把他們綁在一起。

他說自己是個京都小商人，瞎眼婆婆聞言，激動地跪求他替賀州百姓進京告狀，申冤陳情，揭發賀州官商勾結、官鹽私賣、細鹽賣高價、粗鹽摻沙子賣的惡行。

程行彧就是來查私鹽案的，但不能明說。聽了瞎眼婆婆說的話，他藉口沒有證據而婉拒，且他一個瞎子查訪這些事，過於招搖。

雲岫卻應下，她不會武俠小說中那種高超的易容術，但可藉由書上學來的妝容、髮型、衣著以及某些特殊的行走方式，為他喬裝打扮，助他暗中搜尋證據，只要包吃包住就行。當然，再給些賞錢也是可以的。

思及雲岫所言，程行彧眼角微跳，此話正中下懷，他知道自己心動了，因為他非常欣賞雲岫那手連洛羽和洛川都沒看穿的喬裝之法。

「好。」

他應下，兩人再次有了交集。

幾日後，他們扮成要買鹽做鹹菜的小販夫妻，女的滿臉黑麻子，男的是個駝背，去文縣查鹽價及品質。此行之窘困，在於不知情的雲岫要他一個裝瞎子的人重新裝回正常人。

之後，他們又扮作遭歹人搶走細鹽的可憐兄妹，前往縣衙報官。他是被捅死的哥哥，臉上與身上糊滿了豬血，在衙門口躺了一下午；她則是被人打得鼻青臉腫的醜妹妹，跪在石梯下，從號哭不止到麻木無神。

這次，雲岫臉上的紫黑桑葚汁用醋汁清洗多次才得以去除，而他身上那股腥臊味，三日未消。

他們也是下山驅邪作法的道士，老道士道法高深，因道破天機而五弊三缺，眼疾不可治，還跛了一隻腳；頭髮微鬈的小道士攙扶師父去文燕閣用素齋，為隔壁桌的水煮魚提了一個建議，加蔥薑蒜末及辣椒，潑熱油油熗，此菜必成招牌。

三日後，師徒兩人被文燕閣奉為上賓，得以引薦至商賈徐家，為徐家老太太作法祈福，藉風水之名勘測徐府地形。

程行或還記得從徐府出來時，他一身老道士打扮，頭髮被雲岫用鴿子屎染得灰白，跛著右腳，當面迎上洛川和洛羽，與他們擦肩而過，竟未被識破。

胭脂水粉到了雲岫手裡，好像不再只是女子梳妝之物，連平日裡吃的桑葚、核桃，甚至是紅麴，她都有新的妙用。

她會妝點容貌、會改變髮色、會用火鉗燒熱後把頭髮燙鬈、會在鞋裡或衣下墊東西改變身形、會演戲說假話糊弄人……

此人有才，且歪點子又多又好用，他想把她留在身邊，收為己用，他和兄長需要這樣的人才。

她缺錢，而他有錢，於是他雇用了雲岫。

只是，隨著兩人相處日深，有些東西悄悄地改變了。

乾堎三十九年冬，程行彧要回京一趟，雲岫同他一起。

此時，他們已經很熟悉了。

程行彧一直在裝瞎，把雲岫的很多情緒看在眼裡。

她無聊的時候會盯著他看，眼裡有羨慕讚賞；有時候不經意的肢體觸碰，她會臉紅不自在；她開始有意無意地詢問他家中情況，父母兄弟如何、可否婚配等等。

程行彧告訴她的內容半真半假，但他不討厭雲岫這麼問，甚至有些竊喜。男女之事，他沒經歷過，不過也懂，所以他明白雲岫的意思。

可是，在他們回京途中，雲岫變得猶豫不決，經過有名氣的寺廟、道觀，必定要進去拜一拜，向那些大師、道長問一些莫名其妙的問題。

「此處可有高僧？一花一葉一世界，大師可知道小女自哪裡來，可能回那裡去？」

「這位道長，都說天有天外天，人有人外人，您看看小女面相如何？可能做場法事回歸本源？」

她在找尋高人，卻總是高興著進去，沮喪著出來。

直到在京都城外的大慈悲寺，某位大師對她說了兩個字：緣分。

然後，她把自己關在山下客棧兩日，出來後問了他幾個問題，便隨他一起回了京都城的臨光別苑。

那是他自己的宅院，他一個人的家，除了兄長之外，沒人知道。但他遵從內心，選擇把她帶進他的世界，為她重新辦了戶籍和戶帖。

春日，她在臨光別苑的書房翻閱書籍，看完了，他們會一起逛書肆，他也會帶她去城外踏青賞花。發現她喜歡珍珠後，他便收集各類珠子，請求兄長幫他留意好珠。

夏日，他帶她去釣魚，雲岫會教他鳧水；他們在荷塘中划船，品嚐京都吃食。

秋日，他們到城外莊子泡熱湯，吃火鍋。

他們情意相通，開始許下諾言。

「岫岫，我喜歡妳，我想娶妳為妻，這輩子都和妳在一起。我不曾娶妻納妾，也沒有通房丫鬟，我是妳喜歡的話本裡的那種乾淨男人。」

「你喜歡我？其實，我也喜歡你的。」

程行彧心底充斥著無盡喜悅，他知道，他有感覺，但她的親口承認更令他欣喜心定。

「那你喜歡了我，就不能再喜歡別人了。按我家那邊的風俗，你要是有了別人，我就不要你了，我會躲得遠遠的。」

雲岫的裝扮之術出神入化，若她躲得遠遠的，他就真的找不到了。

但他不會辜負她的，發誓道：「程行彧此生摯愛唯雲岫一人。」
雲岫主動抱住他，兩人依偎在一起，她笑咪咪道：「嗯，我們一生僅彼此。」
此生唯愛雲岫，一生僅彼此……

程行彧沈醉在夢裡，雲岫被他抱得越來越緊，矇矓間睜開睡眼，就看見他嘴角凝著恣意的笑容。

她窩在程行彧懷裡，忍不住用手指壓了壓他的唇角，完全沒反應。這是又在作什麼春夢了，竟然那麼開心？

雲岫被程行彧緊抱著，貼著一具炙熱的身子，有些受不了了。

「阿彧？程行彧？」

雲岫叫了兩聲，見他沒反應，環著她的臂膀又拉不開，於是想從他懷裡往下蹭。等蹭下去一些，她就有空隙鑽出去了。

蹭蹭～～再蹭蹭～～

她的呼吸噴灑在程行彧胸前，手抵住他的腹部，差一點點就能鑽出去了。

即將鑽出去的剎那間，清醒過來的某人環住她的腰，再次抱了上去。

「岫岫，妳做什麼？」程行彧在笑，目光卻極具侵略性地凝視著雲岫。

她知不知道，她蹭出的那一把邪火，已經活活把他撩醒了？

她知不知道，她打斷了他的洞房花燭夜？

她知不知道，此時她臉色微紅、伸著細白脖頸仰望他的樣子，格外誘人？

「岫岫，什麼時辰了？」不等雲岫找藉口，他又追問。

「不知。」雲岫呆愣回道。她也知道自己方才的姿勢很古怪，但她真的沒有那個意思！而且，她剛被熱醒，哪能知道現在是什麼時辰。

程行彧的手指在她肩膀處摩挲，攬著她，掀開青帳一角，瞄了一眼又放下，然後拉開床角珠子的輕紗，道：「天色還很沈，未到寅時。岫岫，睡不著嗎？」

瑩光照入帳內，意欲何為，兩人清清楚楚。

「睡得著，還沒睡夠呢！」雲岫想往床裡翻滾，卻滾不動。

程行彧伏在她上方，忍不住笑。「岫岫，妳怕什麼？」

雲岫閉眼閉口，不想搭理他。

「娘子，家裡做鹹菜的鹽不夠了，我們一起去選鹽買鹽吧？」

雲岫挑眉，半眯著眼打趣他。「你玩什麼把戲？」

程行彧低頭連親她數下，樂道：「快叫夫君。」

雲岫明白了，果然是她以前跟他一起角色扮演的經歷。

「娘子，明日去買鹽嗎？」

「夫君，不去了。」

「岫岫，明日去報官嗎？」
「哥哥，不去了。」
程行彧不滿意她的稱呼，含住她的紅痣，沙啞道：「錯了，不是哥哥，是彧哥。」
雲岫抓著他的頭髮，忙回答。「彧哥，不去了。」
情趣！這就是與話本不一樣的情趣！
「雲道長，明日要去驅邪嗎？」
「彧師父，不去了。」
程行彧撫著雲岫額邊碎髮，低笑不止，然後道：「既然都不去了，那明日便休息一日吧。我剛剛夢到洞房花燭時，就被妳打斷了。岫岫，妳得賠我。」
他糾纏著黏上去。
雲岫嗚咽聲漸起。
「唔，明明還有小公子與小丫鬟的，還有……嗚嗚，狗男人！輕點！」
程行彧輕笑，她想的都有，往後慢慢來，此時還是先把他的夢中洞房補上吧！

尾聲

德清七年，初夏。

曲灩接連從京都城寄了數封密信至蘭溪，告訴雲岫，今年的科舉考試圓滿結束，選拔了不少有志之士。陸清鳴自殿試結束後，稍有閒暇，雲府院舍也已收拾乾淨……字裡行間都在暗示雲岫，趕緊帶阿圓和安安回家看看，千萬不要忘記了，她還在京都城等著他們呢。

立夏後，雲岫和程行彧帶上兩個孩子，啟程前往京都，赴三年之約。

此行他們選擇乘船和騎馬交替而行，主要走南灕江水道，路過雍州渡口時，順便與許久未見的喬長青見上一面。

京都到雍州的水運已通，惠及沿途州府，自北向南分別是晉州、梅州、常衡州及雍州。

雍州是曲灩和曲瀲的故里，不過曾經把持鐵礦的曲家已分崩離析，如今只有零星旁支散居於此。程行彧親緣淡薄，與這邊的族親更是形同陌路。於是，兩人帶著孩子去縣裡溜達兩日，便又回到雍州碼頭，等待喬長青。

雍州碼頭雖然是半年前才興建好的，但其繁華程度一點不輸其他大港的碼頭。新建的房屋樓院星羅棋布，巷弄四通八達。

巷弄裡用麻石鋪砌臺階，靠近江邊則以長條麻石砌成三十六個大船埠及六十餘個小船埠，並用水泥澆灌鞏固。
大船埠便於往來舟船停泊和上下貨物，小船埠則方便當地百姓用水及出行。
程行彧和雲岫住在雍州酒樓，這是屬於官府修建並管理的，位置絕佳，安全性高，價格公道。
雍州酒樓有四層樓，涵蓋吃、住、行，貨物亦能託運寄存。但凡有事，可去找一樓櫃檯諮詢，他們都能為客人提出解決之法。
兩人帶著孩子要了兩間上房，位置在四樓，視野絕佳，可以看清這裡的書院、醫館、帶雨棚的集市，以及寬闊且人來人往的碼頭。
雲岫站在窗前，俯瞰雍州碼頭，心中既有欽佩，亦有感慨。
喬長青僅用三年時間，便打通南灘江水運的六分之一，當得起喬總鏢頭的名號。
程行彧從雲岫身後環抱住她，於她臉頰處印下一吻，道：「岫岫，快日落了，喬長青確定今夜要來嗎？」
「阿彧，收斂點，這裡不是錦州。你這樣親我，叫人看見多難為情。」雲岫握住腹前緊扣的雙手，發現怎麼都扯不開，不得不放棄，無奈搖頭。「她說了會來，便一定會來。」
「嗯，包廂訂好了，等等我先點菜。有幾道招牌菜餚，烹製需要時間，若是晚了，怕是難得品嚐。」
雲岫背靠著他的胸膛，輕輕蹭了蹭，應道：「好，煩勞阿圓爹啦。」

碼頭有不少商船停靠，此時還有人在搬運貨物。暮鼓響聲初歇，便見小船埠對面的雍州書院院門大開，陸續有小學子下學而出，有高有矮，有男有女，結伴而行。

程行彧順著雲岫的目光望去，心領意會，說道：「此屆科舉男女同考，眾所矚目，縉沅書院的林岑雪雖排在二甲第十七名，卻是進士科進入殿試考核的兩位女子之一。待授予她們官職，前往所轄之地赴任後，會有更多百姓相信女子真的能科考，可為官。」

「嗯，我明白，林岑雪寫信告訴我了。你既然已知曉名次，那你猜猜，她可能會去哪裡赴任？」雲岫笑咪咪的，為林岑雪欣慰，更為殿試第三名的女探花感到欣喜。

只要有機遇，女子也能在朝堂掙得一席之地，取得一番成就。

程行彧聞言，笑道：「我猜，可能會西去途州。」

雲岫微微側頭，看著他。「我也猜是那兒。」

如今途州與蠻夷商貿交易日益繁盛，陸清鳴有意漢化蠻夷，促進兩地交流與融合，便要乘機改革舊制。當地的吏治、農桑、畜牧、水利等等，急需革新。

因此，途州、熙州、越州等西邊的州縣需要人才，此次中舉的學子有不少人要到外地赴任，而林岑雪出自錦州縉沅書院，陸清鳴更不可能將她落下。

兩人望江閒談，論蠻夷漢化之策，等候著喬長青的到來。

待書院閉門，學子消失在街巷角落後，雲岫突然問身後男人。「安安和阿圓呢？」

程行彧回道：「都在隔壁。阿圓躺著休息，安安在幫他扎針舒緩。」

雲岫失笑。「從縣裡到這兒可有不少路，讓他逞強，非要自己騎馬回來，渾身都要顛散了吧。」

程行彧揚眉。「我看挺好，還能和安安說笑呢。不像一年前那般，騎馬出門一趟就累得直吐舌頭。」

雲岫笑而不語，這樣一對比，阿圓騎馬跑這麼一大程，確實還在他的承受範圍內。

看了一會兒風景，浮雲飄動，雲岫催促程行彧。「阿彧，你不是要點菜嗎？快去吧。」

程行彧把頭抵在她的頸窩處，手上輕揉她的側腰，咕噥道：「岫岫，我想要妳陪我，我們一起去？」

「那你不鬆手？」

「妳親我一下？」

「程行彧，到底是誰要人陪？」

「我我我，我要人陪。」

程行彧笑盈盈地反握住雲岫的手，兩人到隔壁，問兩個孩子要不要一起過去。

阿圓聽見吃的，拿了枕邊青玉就從床上躍起，拉著安安，跟雲岫和程行彧下樓了。

夜色降臨，江邊燈火亮起，映照水面，景色十分迷人。

二樓包廂內，兩大兩小已經喝了六壺茶。

程行彧面前的碟子裡堆了一層瓜子殼，而他手中還在繼續剝，攢滿一小茶碗後，就遞給雲岫，樂此不疲。

如今阿圓八歲多，每日和程行彧晨起練武，個頭長高不少，小圓肚也瘦下去，身形早已經和他的小名不相稱。可縉寧山眾人還是喜歡叫他阿圓，甚少用到雲霽之名。

他趴在桌上看程行彧幫雲岫剝瓜子，雲岫望著窗外風景，而他哥安安則抱著一本醫書，看得目不轉睛。

阿圓的手摸著身邊的青玉，上面套了一層黑色布套。唔，能感覺到青玉的冰涼，但上面雕刻的紋路花樣便摸不太出來了。

出門在外要低調，晚上睡前再摸摸它吧。

「燕燕，我們還要走幾天才到京都城？」

程行彧一邊剝瓜子、一邊回他。「雍州有直達京都城的客船，再走半個月的水路，就能到達。」

看著雲岫和安安沒有搭話的打算，阿圓便和程行彧聊起來。

「燕燕，那大伯和姨婆會到碼頭接我們嗎？」

「不知道。」

「燕燕，在京都城，我們住哪裡？客棧還是大伯家？」

「不知道。」

有可能是宮裡，但也可能是雲府，程行彧還不確定。

「燕燕，京都城裡有什麼好玩的？好吃的？」

「不知道。」

他也很久沒回京了，實在不清楚。

阿圓嗯哼兩聲，有些無趣地說：「燕燕，你怎麼什麼都不知道啊？」

程行彧抬眸看他一眼，耐心地說：「不知道，不是更好嗎？充滿神秘與未知，你可以自己去探尋。把期待變成驚喜，豈不是比我提前告訴你更有意思。」

「說得也是。那我們要在京都城住多久？」

「看你娘。」

阿圓的目光移向雲岫。算了，他娘肯定也會回不知道，他還是和他爹聊聊其他的吧。

父子倆你來我往，有問有答。

這時，雲岫突然站起身，趴在窗邊用力揮手，口中連聲呼喚著。「喬爺！這裡！」轉頭對程行彧使了個眼色，便拉開包廂木門，出去迎接喬長青。

阿圓湊過去，像雲岫之前那樣趴在窗前，沒看到喬長青，反而看見有個穿玄色衣裳的男人站在路邊，正仰頭看過來。

阿圓對上他的眼神，對方頷首淺笑，卻未有其他動作，好似沒有要上來的意思，只是站在路邊等人似的。

莫名其妙！阿圓嘀咕一聲，收回目光，跑到程行彧和安安中間，道：「燕燕，哥哥，樓下有個奇怪的人在盯著我們的房間看。」

程行彧有些意外，起身查看。

樓下確實有個男人，一身玄色衣裳，卻不是陸銜。

看起來，男人是在街邊等人，也對這處包廂感興趣，甚至向他展現出和善友好的態度。

程行彧若有所思，有些意思。

窗子依舊開著，程行彧到包廂外告知小二可以上菜後，又若無其事地坐下。

不久，喬長青一身男裝，和雲岫手挽手走進包廂，先與程行彧打了聲招呼，然後抱著阿圓和安安，親暱個不停。

「姑姑，喝杯茶，快坐下歇歇。」

「青姨，吃個果子。我點了您愛吃的菜，有粉蒸肉、虎皮滷雞爪，還有雙椒蒸魚，您喜歡嗎？」

喬長青抱著阿圓，誇個不停。「阿圓真棒，還記得青姨喜歡吃什麼。」攬著安安，欣慰地說：「安安也有心了，是姑姑最喜歡的桂花蜂蜜茶，是你們從蘭溪帶來的嗎？」

安安添茶，道：「嗯，桂花是羅爺爺和羅奶奶從盤州寄給我們的，蜂蜜是我跟阿圓在縉寧山裡找的，桂花醬是娘調配的。」發現少了個人，又補充道：「罐子是爹特地去買的，密封又不易漏。」

阿圓也道：「還有乾蕈和蕈油，與顧姊姊家的臘貨，都是青姨喜歡的麻辣口味，寄到快馬鏢局雍州碼頭分站了。青姨，您要記得去取。」

喬長青熱淚盈眶，她雖在外奔波，卻有家人記掛，摸摸兩人，感慨道：「兄弟倆都長高了不少。上次見面，還是一年多前晴鳶成親呢，日子過得真快。」

雲岫看到她眼中含淚，跟著鼻酸，好好一個姑娘，非要去開南灘江水運，以至於幾年都見不到一面。

從陸清鳴探訪錦州後，他們只和喬長青聚過一次，還是因為喬長青到蘭溪辦事，才能回縉寧山參加唐晴鳶和阿九的婚禮。

只要事關雲岫，一點風吹草動，程行彧都能敏感察覺。見雲岫眼眸濕亮，再這麼說下去，包廂裡的唯二女子就要哭鼻子了，便邀大家落坐。

「岫岫，喬長青也是一路趕來赴約，坐下邊吃邊聊吧。」

雲岫道：「是，瞧瞧我，光顧著聊天了。喬爺，餓了吧，先啃隻雞爪子。阿彧一直讓人蒸著，肯定軟嫩脫骨了。」

她為喬長青布菜，程行彧便幫她挾，兩個孩子端茶倒水。

喬長青見狀，眼中凝著的那顆淚最後還是掉了下來，偏頭遮掩。

雲岫心中也是酸澀一片。

程行彧和兩個孩子假裝沒看見，默默為她們添茶布菜。

喬長青喝下一碗熱雞湯，情緒稍緩。幾人一邊吃飯、一邊話家常，雲岫提及阿圓和安安的山中趣事，逗得喬長青喜笑顏開。

一頓飯吃到深夜，吃到就剩他們這一桌。

雲岫坐在喬長青身側，和她商量。「喬爺，今夜留下休息吧，我有好多話想跟妳說。」

程行彧臉色微變，他幾年沒和雲岫分開了，這是要逼他失眠？瞄向雲岫，發現她的心思全在喬長青身上。

喬長青注意到程行彧的神色，想要拒絕，一來她明日還有事，二來雲岫和程行彧是夫妻，她不便拆散兩人，令他們分床睡。

她正要出聲，卻見雲岫眼睛亮晶晶地望著她，又說：「喬爺，妳別看他，難道妳就不想和我聊聊天嗎？」

喬長青猶豫了，事情可以推遲，她確實想和雲岫聊一聊。

雲岫轉頭看向程行彧，撒嬌道：「阿彧，今晚你自己再開間房睡吧，或者和阿圓他們一起也成，行不行？」

「岫岫……」程行彧面露難色，他不想和雲岫分開，一點都不想。

雲岫笑咪咪地說：「你若是願意，我就應下你一次。」

一次？不划算。看了眼坐在雲岫身側的喬長青，程行彧獅子大開口。「十次！」

除了程行彧和雲岫，旁人都聽不懂他們在說什麼。

雲岫心裡恨得牙癢癢，面上又不能讓喬長青看出來，商量道：「阿彧，三次成不成？」

程行彧飲茶，眼底有笑，也有堅持。「岫岫，十次。今夜我絕不打擾妳們。」

機會難得，他寧願失眠數日，換取極致福利！

喬長青不明所以，以為讓兩人為難了，更想婉拒。「岫岫，要不……」

雲岫眼一閉，果斷應下。「十次就十次。」

於是，程行彧去另開了一間上房。

他喜歡雲岫纏在他身上，但忍受不了別人睡在他身邊，所以就讓他一人失眠吧。

今夜的清冷孤寂，是為了謀得他偏愛的喜樂歡愉。

他，可以的！

喬長青有很多話想說，雖然這些年來她與雲岫一直保持書信往來，但是，雲岫就在她身邊的那種安全感，是什麼都替代不了的。

「此次我們回京探望阿圓他大伯和姨婆，回程時就會把安安送去青州，進青州醫學院。如無意外，應該是師從典閣主。

「現在安安和阿圓每日晨起練武，身子越來越強健。唐小鳥又經常為安安做藥膳，早年虛空的那些元氣都補回來了，妳不必過於擔心他，多注意自己的身體才是。

「妳看著精神不錯，但還是瘦了不少，平日要按時吃飯休息，不要忙起來，就什麼都忘了……」

兩人躺在床上，用被角蓋住腹部。喬長青嘴角噙笑，側躺著靜靜聽雲岫與她說安安的日常，以及來自好友的關懷絮叨。

雲岫摸了摸喬長青的臉頰，略感欣慰。「唔，還是黑，可是皮膚光滑不少，也細膩很多，看來縉寧山研製的護膚膏有些效果。」

她說著，又用手指輕輕摸了摸喬長青的唇角。「小鬍鬚也少了。唐小鳥為妳研製的調理藥丸，妳應該有繼續吃吧？月事還準嗎？都正常吧？若有哪裡不舒服，及時去醫館看診，也要寫信告訴我們……妳別只管笑，就沒有什麼話想和我說？」

喬長青溫順道：「有。好想妳，不僅想知道妳的近況，也有好多好多事想與妳分享。」

「我什麼都好，有阿圓爹在，更是省心不少，沒什麼煩惱。每日去書院教課，閒了就和他們父子到處瞎跑瞎逛。妳呢？妳想和我說什麼，我都聽著呢，說吧。」雲岫動動腿腳，最後還是搭在被褥上。程行或不在，她的腿沒地方放，怪不自在的。

「岫岫，妳就不好奇陸銜和陸水口嗎？畢竟我在信中一直沒有提及與其相關之事。」

「想，但是我不會逼妳。妳想說，我便傾聽；妳不想，我也不會過問。我和唐小鳥只求妳平安健康，隨心而活。」

喬長青莞爾，先問了一個問題。

「岫岫，在妳和阿圓爹分別後，聽聞他四處尋妳，妳是怎麼想的？就是妳逃出京都，但他又緊追不捨的那段時間。」

她也遇到了一個怎麼都甩不掉的人，整日跟著她，卻又不打擾她。明明已經決定不再碰情愛，但人心不是石頭，它會有感觸，也會有改變。

然而，她也怕，怕遇到另一個陸銜。

喬長青問出這個問題時，雲岫心如明鏡，猜想她肯定又遇到一個可能令她搖擺不定，或再次心起漣漪的人。

她回憶過去那段經歷，如實告訴喬長青。「當年阿圓爹挺煩的，我常說他是狗男人，是很貼切的形容，彷彿能聞到我的氣息似的，順著味道便追過來，甩都甩不掉。以前，我從京都向西行，沒跑幾天，他就追到三羊縣；青州重逢後，雖然我僥倖逃脫，但他又從青州追到盤州，從盤州追來錦州。

「煩是煩，但也有喜，大概是七分煩，兩分怨，一分喜。煩他不好聚好散，窮追不捨；怨他生事，若他沒有娶親，我們哪裡會分別；卻也竊喜，他願意放棄一切追尋我而來，證明我沒愛錯人。

「喬爺，妳遇到了一個類似阿圓爹的人，是嗎？」

面對雲岫，喬長青大方承認。

「陸銜自以為瞞天過海能哄騙我，卻不知我也誆騙了他。我和陸銜虛與委蛇兩年，該學的本事都學了，去年我離開陸水口時，陸家已經是一團散沙，不用外人出手，五年內必因內鬥而遭其他勢力及幫派蠶食。

「可是，我離開陸水口後，有個人也跟著我出來了，而且我怎麼都甩不掉他。他會找到我、跟著我，雖不打擾我，卻讓我知曉他一直都在。」

雲岫沒去過陸水口，也沒見過那個人，遂問：「妳對他是什麼想法呢？厭惡？喜歡？」

喬長青抿嘴，呆愣一瞬，然後回答雲岫。「我也弄不清楚，一開始是感恩，因為他在陸家曾幫過我很多次。我不確定他是什麼時候起了心思，當他道明心意時，我迷茫不解，因為完全沒想到他會喜歡我。

「他與陸家行事風格迥異，甚至是相互牴觸。我曾經根據陛下給我的消息利用他，故而對他亦有負罪感。離開陸家後，我以為我們會回歸各自的位置，但他自請除族，跟著我東奔西跑。我對他，沒有對其他陸家人的厭惡，更多的是愧疚，因為我可能回應不了他。」

僅僅幾句話，雲岫就猜到那人的身分。

在陸家有權說話才能幫喬長青，在陸家有地位才需要除族，更重要的是，這人與陸家格格不入！

除了陸家失而復得的嫡子，她想不到其他人了。

「岫岫，他叫陸泊簡，就是陸銜同父異母的弟弟，是幾年前才被陸家找回的嫡子。其實，他現在就在雍州酒樓附近，等我出去，好再繼續跟著我。岫岫，妳說，我該怎麼辦？」

這種事，若是兩情相悅，那就是情趣；若是一廂情願，那對另外一人來說，便是困擾。

雲岫和程行彧之間有感情基礎，所以有些事她沒和他計較。

但是，喬長青還不清楚自己的心意，她又怎麼能提出解決之法？

「抱歉，喬爺，感情的事我幫不了妳，妳需要遵從內心，自己去決定。」雲岫實話實說。她不希望喬長孤身一輩子，可也不能亂點鴛鴦譜。

感情的事，從來就不能勉強。

「妳討厭看到他嗎？比如碰見他便想躲開，看見他的某些眼神、行為，就覺得噁心？喬爺，其實辦法是有的，妳一聲令下，就可以讓身後的兩位皇家親衛解決他。可是妳沒有，所以妳內心究竟如何想，只有妳自己知道。」

剎那間，喬長青豁然開朗。

是啊，她明明有辦法的。

以她這些年的功績，把陸泊簡送去京都城好吃好喝地伺候，只要別出現在她眼前，陸清鳴是會答應的。

但是她沒有，她什麼都沒做，任由他跟著。

雲岫見她沈思，勾唇淡笑，靜靜側躺著。

「岫岫，可是我怕，我怕又遇到另一個陸銜。妳說，我真的有那份運氣、有那份緣分，可以像妳、像晴鳶一樣，遇到一個真心人嗎？」

喬長青語氣飄忽不定，她的第一次心動遇到的是別有所圖，以為把心封起來，便能不再受到傷害。

可是情愛這種東西無形無跡，令人防不勝防，不是自己能控制的。

「我相信妳能遇到的。妳是誰？妳是喬總鏢頭！

「喬爺，凡事都可以試一試，就像什麼菜都得吃一吃，不然怎麼能確定自己喜歡的口味是什麼呢？

「妳有財、有勢、有人，且情愛與妳的事業並不衝突，若妳喜歡，便給日子增添幾分調味；若妳不喜歡，就分開另尋良人。何況你們之間並沒有婚書，你們是自由獨立的。

「如果怕了，先以妳覺得自在的方式與他相處，成不成親不重要，有沒有那份婚書也不重要。重要的是，妳和他在一起開心就成。

「女子與男子在一起，不是去奉獻付出的，應該是相互照顧，在一起的感覺是自在舒適、快樂喜悅。等妳哪日願意成親了，無論妳帶誰回縉寧山，我和唐小鳥都會為你們舉辦婚儀，唱祝詞。」

喬長青心中明白雲岫的言語之意。之前，她雖然有些想法，但一直下不了決心。

感情的事不像走鏢、開水運，她需要雲岫的鼓勵才敢再邁出那一步，而她現在願意去嚐一嚐那盤菜。

她拉住雲岫的手，咧嘴一笑。有此好友，真是她這輩子最大的幸運。

「岫岫，妳知道嗎，陸泊簡比我還小四歲呢。」

雲岫挑眉。「擔憂什麼，阿圓爹也比我小一歲。有些事，緣分到了，年齡不是問題。」

喬長青感慨。「阿圓爹的運氣真好，能遇到妳。可惜我不是男兒身，不然我也想與他爭一爭。」

雲岫嘆氣。「喬爺，妳怎麼和唐小鳥一樣啊。不過，這話別在阿圓爹面前說，不然下次我們還想睡一起，就更難了。」

十次呢，等她想點辦法糊弄一下，可不能由他無拘無束地瘋。

難嗎？喬長青想起方才包廂裡兩人的你來我往，問道：「妳和阿圓爹說的三次、十次的，那是什麼意思？」

雲岫眼眸發亮，故意逗喬長青。「就是……不告訴妳！哈哈！」

這種事，等她以後慢慢自己去悟。

今夜與喬長青聊了很多體己話，能幫助到她，雲岫很開心，在床上滾來滾去，衣裳滑落了還不自知。

兩人嬉笑私語，直到喬長青忽然指著她左胸上的紅痣處，一聲驚呼——

「岫岫，床上怕是有小蟲不乾淨，妳胸前被叮得起紅疹了，還紅了一小片！妳有帶藥膏嗎？我幫妳上藥。」

雲岫彷彿被點了穴一般，頓時定住。

喬長青罵罵咧咧，起身要去找小二更換房間，卻被回過神的雲岫叫住。

「喬爺，這紅疹是前幾日去縣裡被叮咬的，與雍州酒樓無關，不必換房。」

程行彧這個狗男人，害人不淺！幸好撞見之人是喬長青，而不是唐晴鳶那個深諳話本精髓的小黃人。

「喬爺，快來睡覺吧，不必驚擾別人。阿圓爹已經幫我上過藥，過兩日就會消了。」

「這樣啊，那好吧。」

雲岫整理衣領，把自己裹得嚴嚴實實。喬長青也重新回到床上，口中嘟囔著。「晴鳶這些年的醫術越發精純了，這藥膏連一點藥味都聞不到。」

雲岫汗顏，剛才她差點不知道如何解釋，幸好應付過去了。

兩人臥床敘談，直到後半夜才漸漸睡去。

雲岫和程行彧帶著兩個孩子，在雍州碼頭待了三日。

喬長青推了手上之事，白日帶阿圓和安安遊覽雍州，晚上和雲岫夫妻吃飯聊天。

陸泊簡並未被正式引見，但雲岫和程行彧都知道了這人的存在。每次吃飯，透過二樓包廂的窗戶，都能看見他的身影。

「隨緣吧，等她確定下來，自會帶回縉寧山的。」

「嗯。」

第四日，雲岫一家乘坐直達京都的客船北上，喬長青準備南下，繼續開通南灕江水運。

揮手道別後，喬長青望著客船遠去，終成為南灕江上的一個點。

她一轉身，便發現立於後方十步開外的陸泊簡，身形一頓，朝他闊步而去，迎上他侷促不安的目光。

「走吧，幫我去鏢局拿東西。」

陸泊簡大喜過望，不敢相信。「青青？」

已走出好幾步遠的喬長青側頭，再次出聲。「不去嗎？」

「去的！去的！」激動得同手同腳的陸泊簡忙舉步跟上。

恩人啊！他陸泊簡在雍州遇到恩人了！

此恩此情，日後必定回報！

——全書完

2024年4月出版

文創風 1252～1254

炊出好運道

鍾記小食肆暖心開張，一勺入魂，十里飄香～～

天馬行空的無國界創意料理不只暖胃，更能療癒身心。

裊裊炊煙中，煨煮出美味的幸福——

不負美食不負愛／商季之

穿越成富商養女，鍾菱的生活看似養尊處優，舒心快活。
誰知某天殘疾落魄的親爹突然找上門認親，
富貴轉眼成空，這劇情走向太曲折了吧！
不安之下，鍾菱選擇了不認祖歸宗，繼續當她的千金小姐，
豈料卻成為權力鬥爭下的犧牲品，淪落身首異處的下場。
人死了之後，她才看透誰是真心對自己好……
追悔莫及的鍾菱萬萬沒想到，
她的穿越人生竟能重新開局一次，回到命運分歧的那一日——
這一回，她選擇和老父回鄉，打算用一手好廚藝養家。
鍾菱憑藉敏銳的味覺和無限創意，嶄新吃法大受好評。
一手打造的小食肆便是她的小天地，
從街頭小吃糖葫蘆到經典國宴名菜雞豆花，
不論甜的鹹的，哪怕菜單上沒有，小食肆應該都點得到。
顧客品嚐料理時幸福的笑，彷彿能療癒一切——

2024年4月出版

吃貨動口不動手

文創風 1250～1251

她還小，只能靠賣萌嘴甜來攬客，
不過……開始賣自家月餅前，
她能不能先來一碗隔壁攤的豆腐腦？

背有家人靠，躺好是王道／覓棠

投胎前說好是千金小姐，投胎後卻成了清貧戶的小閨女，
姜娉娉深感被騙了，幸好仍擁有在現代的記憶，便決定藉此改善家計。
不過一切還輪不到她這個只會吃奶的小娃娃，爹娘已考慮好一切，
親爹的木匠手藝了得，不用將收入全數上繳後，生活自然好了起來。
等到二哥能聽懂並翻譯她的呀呀之語，她又獲得了狗頭軍師的助力，
在大人們做事時撒嬌指揮，為家中的事業發展，指出更多可能性。
而多虧家人對她的突發奇想能包容且肯嘗試，因此家裡的經濟越來越好，
她也樂得當一條鹹魚被寵愛，發揮小孩子想一齣是一齣、賣萌的天性。
然而太過安逸，災難就會悄悄來臨，誰想到她會傻得被拐子帶走呢？
想到爹娘她開始害怕，沒哭出來全因為旁邊的孩子們哭得更大聲，
唯獨一個叫做顧月初的男孩異常冷靜，讓她也平靜下來思索現況。
若是就這樣乖乖被帶出城，恐怕她爹和官差是追不上他們的，
但他們這群小不點，該怎麼樣才能從惡徒手中逃脫呢？

2024年3月出版

醫路福星

文創風 1244～1245

林菀沒想到剛穿越過來，就要為自己的人生大事做決定，
秀才李硯好心救了落水的她，卻被逼著要為她負責，
唉，這不是為難人家嗎？而且就算不結婚，她也有信心能在這裡站穩腳跟，
因為她發現，這裡有許多名貴中藥野長在山上，乏人問津，
這裡的村民太不識貨了，這些可都是《本草綱目》裡的神藥啊！

君心如我心，莫負相思意／夏雨梧桐

林菀覺得一頭霧水，她明明在醫院值完夜班累得半死，回家倒頭就睡，
怎麼一睜開眼，就到了這奇怪的地方？難道自己也趕時髦穿越了？
可她無法從原身的身上，搜尋到和這個世界有關的任何訊息，
不行，她得先搞清楚這是哪裡、她是誰，才能應付接下來的難關。
透過原身的幼弟，她得知這是大周，他們住的地方叫林家村，
父親被徵召戰死，母親不久也死了，姊弟三人由懂醫術的祖父撫養長大，
祖父死前安排好了大姊的婚事，如今家中僅剩十六歲的她和幼弟，
而原身採藥時意外跌入河中死了，然後她穿來，被路過的同村秀才所救，
恩人李硯將她一路抱回家，還好心地花錢從鎮上找了大夫來醫治她，
可問題來了，男女授受不親，這一抱瞬間流言四起，難道她要以身相許嗎？

若無相欠，怎會相見／茶楡

2024年4月出版

沖喜是門大絕活

看著書冊上筆畫複雜的字體，他確定自己一個字都認不得，
雖說他有心識這古代文字，可翻開書本才看幾眼他就覺得頭暈眼花，
他從不是個會委屈自己的，既不知該如何解釋秀才成了文盲，
那麼最好的方法就是趕緊棄文從商，先改善家裡的條件，
畢竟一個吃隻雞都要靠老人掏棺材本的農戶，賺錢才是當務之急吧？

文創風 1246 1

因為站錯隊，姜家在新皇登基後慘遭清算，一家子被流放北地，
流放路上，為了替生病的母親籌措診金，姜婉寧以三兩銀子將自己賣了，
她一個堂堂大學士家千嬌百寵的千金小姐，突然間成了替人沖喜的妻子，
夫君陸尚出身農家，年紀輕輕就中了秀才，若非病弱，或許早成了狀元，
除了身子不好，他還有一點不好，就是太過孤僻冷漠，對誰都少有好話，
想當然，她這個買來的沖喜妻更得不到他善待，每天只有無止盡的辱罵，
於是她忍不住想著，他怎麼還沒死？可當他真死了，她的處境卻沒改善，
相反地，因為沒了沖喜作用，她時時面臨著被陸家人賣去窯子裡的威脅！

文創風 1247 2

詐屍了！死去的夫君陸尚詐屍了！
夜深人靜，姜婉寧獨自在四面透風的草堂裡為病死的夫君守靈之際，
夫君他居然推開棺材蓋，從棺材裡爬出來了！
若是可以，她想頭也不回地逃出去，跑得越遠越好，最好一輩子不回來，
無奈她雙腿早跪麻了，只能邊哭邊四肢並用地往外爬著，
正當這時，身後一聲「救救我」讓她停下了逃跑的動作，
她擦乾眼淚，戰戰兢兢地上前查看，這才發現陸尚他居然復活了！
所以說，她這個沖喜妻莫名其妙發揮絕活，真把人沖喜成功了……吧？

文創風 1248 3

不對勁，真的很不對勁！陸尚自從活過來後，就像變了個人似的，
他不再是以前那個自私涼薄的人，不僅對奶奶好，對她這個妻子也好，
最令她不解的是，鄰人求他給孫子啟蒙，他嘴上應下，轉身卻丟給她教，
她學富五車，給孩子啟蒙實在是小事一樁，甚至教出個舉人都不是問題，
問題出在夫君身上啊，因為他復活後突然說要棄文從商，成立陸氏物流！
要知道，一旦入了商籍，之前的秀才身就不作數，且家中三代不准科考，
可他卻說，飯都快吃不起了，還想那麼多往後做甚？
……好吧，既然他這個真正有損的秀才都不著急，她急啥？要改便改吧！

文創風 1249 4 完

「我不識字了，妳能教我認認字嗎？」做生意得簽契約，文盲這事不能瞞。
姜婉寧錯愕地看著陸尚，每個字她都聽得懂，但合在一起她卻無法理解，
什麼叫不識字了？他不是唸過好多年書，還考上了秀才，怎會不識字呢？
他說，自打他重新活過來後，腦子就一直混混沌沌的，
隨著身子一天好過一天，之前的學問卻是越來越差了，
最後發現，他開始不認得字了，就連自己的名字都不會寫了！
因為怕說出來惹她嫌棄、不高興，所以他便一直瞞著不敢說，
看他低著頭一副小媳婦模樣，她不禁自責沒能早些發現，實在太不應該！

文創風
1270

養娃好食光 3 完

國家圖書館出版品預行編目資料

養娃好食光 / 三朵青著. --
初版. -- 臺北市 : 狗屋出版社有限公司, 2024.06
冊 ; 公分. --（文創風 ; 1268-1270）
ISBN 978-986-509-533-8（第3冊 : 平裝）. --

857.7　　113006131

著作者　三朵青
編輯　安愉
校對　陳依伶
發行所　狗屋出版社有限公司
地址　台北市104中山區龍江路71巷15號1樓
電話　02-2776-5889～0
發行字號　局版台業字845號
法律顧問　蕭雄淋律師
總經銷　知遠文化事業有限公司
電話　02-2664-8800
初版　2024年6月
國際書碼　ISBN-13　978-986-509-533-8

本著作物由北京晉江原創網絡科技有限公司授權出版

定價290元
狗屋劃撥帳號：19001626
網址：love.doghouse.com.tw　E-mail：love@doghouse.com.tw